Их жизнь –

аван

которую они затеяли сами...

Татьяна
**ПОЛЯКОВА**

## Коллекционер
## пороков и страстей

РУССКИЙ БЕСТСЕЛЛЕР

## ОБ АВТОРЕ

Про Татьяну Полякову можно смело сказать — жизнь удалась! Скромная воспитательница детского сада мечтала писать детективы. Попробовала — получилось. Мечта сбылась! А так как по складу характера она настоящая авантюристка, то и детективы получились авантюрными. Ее героини умны, красивы и коварны. Они упорно идут к своей цели. Их жизнь — чистейшей воды авантюра, опасная игра, которую они затеяли сами.
**Теперь имя Татьяны Поляковой знает вся страна!**

## Лучшее лекарство от скуки – авантюрные детективы Татьяны Поляковой:

■

Мое второе я
Уходи красиво
Неутолимая жажда
Огонь, мерцающий в сосуде
Она в моем сердце
Найти, влюбиться и отомстить
Тайна, покрытая мраком
Выйти замуж любой ценой
Миссия свыше
Жаркое дыхание прошлого
Коллекционер пороков и страстей
Судьба–волшебница
Наследство бизнес–класса

## Сериал «Фенька – Femme Fatale»

И буду век ему верна?
Единственная женщина на свете
Трижды до восхода солнца
Вся правда, вся ложь
Я смотрю на тебя издали
Небеса рассудили иначе

## Сериал «Анфиса и Женька – сыщицы поневоле»

Капкан на спонсора
На дело со своим ментом
Охотницы за привидениями
Неопознанный ходячий объект
«Коламбия пикчерз» представляет
Предчувствия ее не обманули

## Сериал «Ольга Рязанцева – дама для особых поручений»

Все в шоколаде
Вкус ледяного поцелуя
Эксклюзивный мачо
Большой секс в маленьком городе
Караоке для дамы с собачкой
Аста Ла Виста, беби!
Леди Феникс
Держи меня крепче
Новая жизнь не дается даром

## Сериал «Одна против всех»

Ночь последнего дня
Та, что правит балом
Все точки над i
Один неверный шаг

# Татьяна
# ПОЛЯКОВА

## Наследство
## бизнес-класса

Москва
2016

УДК 821.161.1-312.4
ББК 84(2Рос=Рус)6-44
П54

Оформление серии *С. Груздева*

Под редакцией *О. Рубис*

**Полякова, Татьяна Викторовна.**

П54 Наследство бизнес-класса : роман / Татьяна Полякова. — Москва : Издательство «Э», 2016. — 320 с. — (Авантюрный детектив Т. Поляковой).

ISBN 978-5-699-90395-5

Как может изменить жизнь обычное путешествие на поезде? Кардинально! В вагоне бизнес-класса Валерия стала невольной свидетельницей разговора двух мужчин. Один с болью в голосе рассказывал об изменах жены, а второй предложил избавиться от неверной самым радикальным способом. Валерия от услышанного в шоке и хочет предупредить женщину о грозящей опасности. Но неожиданно обманутый муж влюбляется в нее саму, а вскоре при невыясненных обстоятельствах погибает. Его жену похищают неизвестные. Валерия же оказывается наследницей огромного состояния. Вот тут и появляется на горизонте Кирилл — второй попутчик. Говорит, будто безумно любит, да и ведет себя как влюбленный. Валерия решает подпустить его поближе, чтобы разгадать так мучившую ее загадку: кто стоит за этими преступлениями? Подозреваемый номер один — Кирилл!

УДК 821.161.1-312.4
ББК 84(2Рос=Рус)6-44

ISBN 978-5-699-90395-5

Между ними секунду назад
Было жарко.
А сейчас между ними лежат
Снега Килиманджаро.

*«Сплин»*

Шеф отправил меня бизнес-классом, решив подсластить пилюлю. Последний месяц командировки следовали одна за другой, и тело, и мозг требовали передышки. Однако накануне вечером, когда я, сидя в гостиничном номере, пыталась справиться с ворохом отчетов, позвонил Борис Петрович и бодро сообщил: возвращение домой отменяется, из пункта «А» я сразу перемещаюсь в пункт «С», времена нынче нелегкие, и терять клиента никак нельзя. С этим я была согласна и вяло молвила:

— Хорошо, — и добавила со вздохом: — на отчет времени катастрофически не хватает, — а он порадовал:

— Поезжай бизнес-классом: и отдохнешь, и с отчетом справишься, — и поспешно отключился, пообещав все необходимые данные сбросить по электронке.

Через двадцать минут я их получила вместе с билетом на поезд. Путь к отступлению был отрезан. Родного дома я не увижу еще дня три. Особенно обидным показался тот факт, что поезд следует как раз через мой город. Смогу поглазеть на него в окно. Настроение с утра дохлое, и бизнес-класс его не улучшил. Работа есть работа, мне по большому счету все равно, где ею заниматься, а вот об отдыхе, на который намекал шеф, оставалось лишь мечтать.

Я заняла свое место возле окна, удивляясь, что пассажиров в вагоне совсем немного. Тяжелые времена не только у нас, граждане перешли на режим экономии. Поезд тронулся, место рядом со мной так и не заняли, что порадовало. Я открыла ноутбук и занялась отчетом. Подошла проводница, я попросила чаю, вновь погрузилась в работу и не заметила, как пролетело почти три часа. Через полчаса прибудем в Москву. По опыту я знала: большая часть пассажиров выйдет там, а им на смену явятся новые, следующие до моего города или до конечного пункта, куда, к сожалению, теперь направляюсь и я.

Убрав ноутбук, я попросила проводницу на пару часов забыть обо мне и закрыла глаза. Голова шла кругом, работать в таком состоянии — дело зряшное. Не дай бог в Москве кто-то из знакомых подсядет, придется тратить драгоценное время на разговоры. Вот я и торопилась вздремнуть.

И уснула почти мгновенно. В поездах со мной такое бывает редко. Обычно сознание балансирует на грани сна и яви, блуждаешь где-то, но при этом точно знаешь: ты в поезде, до тебя доносятся звуки и чьи-то разговоры, однако осмыслить их ты не успеваешь. А тут я по-настоящему уснула и даже видела сон: я опоздала на поезд, причем каким-то образом оставив в вагоне ноутбук со своими драгоценными отчетами. И бежала по шпалам, размахивая руками, в глупой надежде, что меня заметят и остановятся. Потом появилась дрезина, которой управлял бородатый дядька в телогрейке, и мы рванули за поездом. По дороге дядька рассказывал историю своей жизни, а я пела «Голубой вагон», дядька взялся мне подпевать, дрезина на скорости вдруг начала заваливаться вправо, и мы полетели под откос...

В этот момент я проснулась и тревожно огляделась, заподозрив, что заорала не только во сне, но и наяву, пугая остальных пассажиров. Вокруг оказались пустые кресла, судя по пейзажу за окном, Москву мы проехали. В вагоне было слишком тихо. Я уже решила, что осталась вообще одна, но тут до меня донесся мужской голос:

— Вот так я узнал, что она мне изменяет. Смешно, правда?

— Надеюсь, вы не обидитесь, если я скажу, что ваша история довольно банальна? Разумеется, от этого она не становится менее трагической, — ответил второй мужчина.

Они сидели на противоположной стороне вагона, нас разделяли два ряда кресел, говорили они, понизив голос и явно не рассчитывая, что кто-то их услышит. Но у меня на редкость хороший слух. В данном случае — к большому сожалению. Подслушивать я не собиралась. Я хотела вздремнуть еще полчасика, но против воли отмечала каждое произнесенное ими слово, что очень мешало расслабиться. А потом разговор вдруг заинтересовал. Хотя какое мне дело до этих двоих и их разговоров? Психологи утверждают, что откровенные беседы в поездах — не редкость, но я с этим столкнулась впервые. Может в самом деле легче все рассказать незнакомому человеку, с которым ты вскоре простишься и никогда больше не увидишься? Облегчил душу, вышел на перрон — и обо всем забыл. Хотя я бы вряд ли так смогла. Наверное, меня бы сдерживало чувство стыда — не во всех тайнах признаешься. Или еще что-то... Впрочем, у меня никаких тайн и нет. Очень много работы и полное отсутствие личной жизни. Раньше девицы моего возраста читали любовные романы и надеялись на встречу с принцем. Сейчас пишут в соцсетях и тоже надеются... Хотя я мечты о принце уже оставила (или нет?) и согласна на обычного парня без особых проблем и с покладистым характером. По мнению моей мамы, только такой меня и будет терпеть.

Размышления отвлекли меня на некоторое время, между тем один из мужчин задал вопрос:

— И что теперь делать?

— Простить, — ответил второй.

Видеть его я не могла, но была уверена, что он пожал плечами.

— Простить? — с усмешкой переспросил первый. — Боюсь, не получится. Я ее слишком любил. Я был в ней уверен на все сто процентов. Хотя с какой стати, собственно? Сам себе нарисовал картинку: мы с моей Никой в горе и в радости... Она не предаст и всегда будет рядом... Я никогда ей не изменял. Даже мысли такой не возникало. Она моя жена, часть меня самого. Как можно предать самого себя? Глупо, да?

— Вовсе нет, — ответил второй, теперь, наверное, покачав головой. — Ваши чувства я разделяю... Просто вам досталась не та женщина.

— Наверное. Семь лет, с момента нашей встречи, я знал, что нас в мире двое. Я любил ее, верил и был ей верен. А потом в один день все полетело в тартарары. Она обманщица, шлюха, а я дурак, потому что не понял этого раньше. Не разглядел в ней эту грязь, был ослеплен ее красотой... Или она хорошая актриса?

— Может быть, вы просто хотели от нее чересчур многого? Она лишь слабая женщина. Вы работаете, а она сидит дома. Возможно, скучает, а тут этот тип... Мужчины, когда хотят добиться своего, бывают очень настойчивы, умело пускают пыль в глаза. Кстати, почему у вас нет детей?

— Наверное, это моя ошибка. Она всегда говорила: не стоит торопиться, поживем немного для себя. И я соглашался. Думаете, будь у нас ребенок, это бы остановило ее?

— Не факт. Не терзайтесь так. Вы ни в чем не виноваты... Почему бы вам с ней не поговорить? Вдруг боль уйдет, если вы скажете жене, что знаете о ее измене?

— Первую неделю после своего открытия я собирался сделать это. Представлял, как приду и скажу ей: «Ты шлюха, моя милая, собирай вещички и выметайся!»

— Отличная идея, кстати.

— Ага. Она рыдает, умоляет ее простить. Вдруг я не выдержу и соглашусь? И буду потом изо дня в день мучиться.

— Почему же мучиться?

— Потому что я ее ненавижу! Она сломала мою жизнь, понимаете? Уничтожила ее. Теперь я ни одной женщине не поверю.

— Тогда она вряд ли сможет уговорить вас ее простить.

— А если сможет? Я ведь так любил ее... Вдруг и сейчас все еще люблю? Люблю и ненавижу. Разве так не бывает?

— Наверное, бывает.

— Вот-вот. Моя жизнь превратится в ад. А если я выгоню ее, а она лишь рассмеется в ответ? Уйдет к этому типу, заживет счастливо... Разве Ника не должна быть наказана за свое предательство? На деле же получается, что она в любом случае в выигрыше:

прощу я ее — она станет жить как прежде, прогоню — уйдет к своему любовнику, а вся боль достанется мне.

— То есть разводиться вы не намерены?

— Да я понятия не имею, что делать.

— Возможно, есть причина, которая удерживает вас от развода?

— Вы имеете в виду деньги? У нас брачный договор. Покойный отец настоял. Моя будущая супруга даже обиделась, когда он это предложил. Сказала, что не пойдет за меня замуж. Я, конечно, принял ее сторону, какой договор, когда мы любим друг друга! Но отец стоял на своем: если не будет договора, он лишит меня наследства. Вполне, кстати, приличного. Я готов был от всего отказаться ради своей любви, но невеста, поразмыслив, решила: пусть будет договор. Наверное, мне бы уже тогда задуматься, может, она не так наивна и чиста, как хочет казаться?

— И что записано в вашем брачном договоре?

— Если я уличу ее в измене, она не получит ни копейки, а если она меня — огребет семьдесят процентов всего, что я имею. Она предложила пятьдесят, но я настоял на семидесяти. Да хоть все сто, изменять я ей не собирался.

— Отлично. По крайней мере, она не будет жить со своим любовником на ваши деньги, над вами же и посмеиваясь.

— Деньги для меня никогда не были главным. Счастливую жизнь на них не купишь. Не купишь любовь, верность, душевное спокойствие.

— И что, по-вашему, вам может его вернуть? Я имею в виду душевное спокойствие?

— Понятия не имею. Глушу снотворное, чтобы уснуть хотя бы под утро... Не удивлюсь, если единственным выходом в какой-то момент покажется самоубийство. Стыдно признаться, мысль об этом уже приходила в голову.

— Бросьте. Лишить себя жизни из-за бабы, которая даже не поняла, какой счастливый билет вытащила, встретившись с вами? Только подумайте: ей останутся все ваши деньги, она будет их тратить со своим любовником, радуясь, что вы облегчили ей жизнь своим уходом. Или вы всерьез рассчитываете: она придет в ужас от своего предательства и, оплакивая вас, скроется от мира в монастыре?

— Сомневаюсь. У нее слишком сильна тяга к мирскому. Тряпки, машины, салоны красоты... Господи, но ведь должен быть какой-то выход! — воскликнул мужчина в отчаянии.

Его собеседник некоторое время молчал.

— А вы не думали о том, чтобы убить жену? — вдруг спросил он.

— Конечно, думал, — фыркнул первый мужчина. — Представлял это во всей красе. Тешил себя иллюзией, так сказать.

— Почему же иллюзией? — удивился второй.

— В каком смысле «почему»? — растерялся первый. — Не могу же я в самом деле ее убить?

— Еще как можете. Что вас страшит: тюрьма или возможные муки совести?

— Никаких мук совести! Моя жена получила бы по заслугам.

— Значит, тюрьма? А если я помогу вам счастливо ее избежать?

— Вы?

— Я. Уверяю вас, это будет не так уж трудно.

— Подождите, вы серьезно?

— Более чем.

— Но... зачем это вам?

— В моей жизни тоже была женщина, которая с большой изобретательностью эту самую жизнь отравила. В отличие от вас, я еще и денег лишился. Иногда мы встречаемся, и я всякий раз сожалею, что не убил ее. Не было рядом человека, согласившегося помочь. А у вас он есть. Считайте это местью всех преданных когда-то мужчин.

— Вы ведь не всерьез это говорите? — в голосе первого собеседника было сомнение того самого свойства, когда оно борется в человеке с большой надеждой.

— Я говорю абсолютно серьезно. Давайте убьем вашу жену. Вам станет легче. И мне, надеюсь, тоже. И не сомневайтесь, в моем поступке нет никакого подвоха, я не попрошу об ответной услуге, ибо моя печальная история уже быльем поросла. И шантажировать вас я не смогу, раз уж приму в убийстве активное участие. Через десять минут ваша остановка, поэтому буду краток. Вот номер моего мобильного, если решите позвонить, воспользуйтесь телефоном-автоматом, чтобы нашу связь невозможно было проследить. Никто не должен знать, что мы знакомы...

В этот момент появилась проводница.

— Через несколько минут прибываем, — сказала она, а я, пока девушка отвлекала их внимание, чуть приподнявшись, взглянула на мужчин. Появилось искушение их сфотографировать, но я не рискнула. Вдруг все-таки заметят? Зато постаралась их как следует рассмотреть.

Один из них поднялся, достал с полки портфель. Мужчине лет тридцать, одет в дорогой костюм. Часы, наверное, золотые, рубашка с запонками — явный анахронизм. Симпатичный. Блондин, волосы зачесаны назад. Светлые глаза, красивый рот.

Поезд начал притормаживать. Блондин протянул руку своему соседу.

— Всего доброго, — сказал тот.

— А знаете, я вам позвоню, — со смешком произнес блондин.

— Буду ждать, — ответ прозвучал весьма серьезно.

Второго я рассмотрела не так хорошо, он сидел возле окна, но, прощаясь с блондином, поднялся. Выглядел старше своего собеседника, но ненамного. Волосы темные, резкие черты лица, недельная щетина... На нем был пиджак и бледно-розовая рубашка с каким-то затейливым рисунком. Если первый выглядел типичным бизнесменом, который, может, и интересуется модой, но все равно весьма консервативен, то второй, скорее, походил на человека свободной профессии. Но, безусловно, не бедного. Может, продюсер? Или даже актер? Или писатель? Почему бы и нет? Говорят, писатели так погружаются в работу, что зачастую путают свои фантазии с реальностью. Вдруг и этот решил «обкатать» очередной сюжет, вот и выступил в роли одного из своих персонажей. Смоделировал, так сказать, ситуацию?

Блондин, кивнув на прощание, заспешил к выходу, поезд стоит здесь две минуты. Очень скоро я вновь его увидела, уже на перроне. Он направлялся к зданию вокзала в сопровождении мужчины лет сорока. Портфель блондина теперь нес он, и я решила, что это, видимо, водитель — встретил шефа, чтобы отвезти домой. Многие наши бизнесмены при поездках в Москву предпочитают автомобилю скоростные поезда, виной тому постоянные пробки, которые уже год испытывают терпение граждан из-за ремонта двух мостов на трассе.

Водитель что-то говорил, а блондин кивал, но, судя по выражению лица, был погружен в размышления. Должно быть, недавний разговор произвел на него впечатление. Идет и думает о том, как жену укокошить? Ничего себе... Этот тип живет в моем городе. Странно, что раньше я его не встречала. Впрочем, почему странно? Полмиллиона жителей — это немало, и я далеко не обо всех бизнесменах слышала и уж точно не всех видела. Жаль, что нельзя узнать фамилию, заглянула бы в Интернет...

— Вам что-нибудь принести? — проводница обращалась к брюнету, оставшемуся в одиночестве.

— Нет, спасибо, — ответил он и весело добавил: — Похоже, попутчиков у меня уже не будет.

— Это точно, дальше без остановок.

— Непривычно малолюдно у вас сегодня.

— Да уж. Такое случается. Слава богу, нечасто.

— Надо и вам иногда отдохнуть.

— Если вам что-то понадобится... — Она направилась в мою сторону, а я прикинулась спящей, чтобы ей не вздумалось обратиться ко мне. Вряд ли мужчина, увидев меня, непременно решит, что я слышала их разговор. Но на всякий случай я нацепила наушники — вдруг он отправится в туалет и меня увидит. Вот этого очень не хотелось, я имею в виду не хотелось, чтобы увидел. Я что, всерьез решила, будто они замышляют убийство? Чушь. Такого не бывает. Ага, все люди братья и жизнь у себе подобных отнимают лишь по неосторожности. На самом деле убивают, и, к сожалению, довольно часто. Иногда по весьма дурацкому поводу, а тут измена, разбитая жизнь... Жену блондина зовут Ника, надо запомнить. Дело за малым: узнать, кто из наших бизнесменов женат на женщине с таким именем. Не скажешь, что задача из простых. Ника — это просто Ника или производное, например, от Вероники? Да и с блондином не все ясно. То, что он вышел на этой остановке, еще ни о чем не говорит. Допустим, приехал в командировку. Я-то вот мимо своего дома проскочила на всех парах. В переносном смысле, само собой, — дом из окна поезда не увидишь. И слава богу, не то бы, наверное, разревелась от досады. Мысли заметались между родным диваном, на котором очень хотелось немедленно вытянуться, предварительно приняв ванну, и все тем же блондином, безымянным, но с женой Никой, которую он намерен убить. Тешить себя мечтами об убийстве изменницы — еще не преступление. Но брюнет предлагал свою помощь вполне серьезно. Или все-таки дурака валял? Блондин ему точно поверил. Надеюсь, оба уже завтра забудут друг друга... А если нет? И женщину в самом деле убьют? Они интеллигентные люди... А убивают обычно дегенераты с выступающими надбровными дугами?

Минут через пятнадцать я рискнула подняться и направилась в туалет. Брюнет вроде бы дремал. Так и подмывало его сфотографировать. Но риск был велик. Если он это заметит, то непременно заподозрит: их разговор я слышала, с какой еще стати мне оставлять на память его портрет?

Вернувшись из туалета и еще немного поразмышляв, я все-таки полезла за смартфоном. Принялась «щелкать» пейзаж за окном и брюнета сфотографировала. Он то ли действительно этого не заметил, то ли хитрил. Мысль о его предполагаемой хитрости свидетельствовала о том, что к болтовне двух мужчин я отнеслась исключительно серьезно.

Брюнет так и сидел с закрытыми глазами до конечной станции, практически не меняя позы, лишь за полчаса до прибытия попросил кофе. Получив его, немного поболтал с проводницей. Чувствовалось, что девушке он нравится. Почему бы и нет? Он, кстати, симпатичный, и на лбу у него не написано: потенциальный убийца. Похоже, в предполагаемом злодействе я уверилась на все сто процентов, потому что решила за брюнетом проследить.

Поезд начал торможение, брюнет направился к выходу, и я за ним, на всякий случай устроив возню со смартфоном в надежде, что он не разглядит мою физиономию. Впрочем, не похоже, чтобы я его заинтересовала, мужчина продолжал болтать с проводницей, которая готовилась открыть дверь.

Состав замер, дверь распахнулась, брюнет уверенной походкой зашагал по перрону. Никто его не встречал. А вот меня ждал сюрприз: девушка с листом бумаги в руках, на котором значились мои имя и фамилия.

— Валерия Владимировна! — шагнула она мне навстречу. Только я решила восхититься ее прозорливостью, как вспомнила: в вагоне больше никого нет. — Меня зовут Татьяна. Я вас в гостиницу отвезу.

Забота шефа не знала границ, я сочла это невероятной удачей.

— Отлично, — кивнула я, стараясь не потерять в толпе брюнета. Его затылок пару раз мелькнул впереди, я заторопилась. — Идемте.

Девушка непременно хотела нести мою сумку, на дурацкие пререкания ушли драгоценные секунды.

Сунув ей в руки свой багаж, я понеслась к зданию вокзала, боясь упустить брюнета и одновременно пытаясь придумать, как объясню Татьяне свой внезапный интерес к попутчику. Любовь с первого взгляда? Любопытно, это нанесет урон моему имиджу? Разговоров по этому поводу точно будет предостаточно. Ну и пусть...

Мы достигли дверей вокзала, сердце мое тревожно екнуло: брюнета нигде не видно. На площадь можно попасть, воспользовавшись проходом через улицу, тем, что в арке направо. Так куда идти — прямо через здание вокзала или свернуть?

— Машина на парковке, — сказала Татьяна, слегка запыхавшись, и свернула к арке.

Я продолжала вертеть головой в поисках брюнета. Мы вышли на площадь, но и здесь его не было. В машину садиться я не спешила, вторично вызвав недоумение девушки. То несусь как угорелая, то замираю соляным столбом.

— Извините, — промямлила я. — Хочу журнал купить... — И направилась к киоску Роспечати, он находился довольно далеко, это позволило еще раз осмотреть площадь. Я надеялась, что брюнет вот-вот появится из здания вокзала, но он точно сквозь землю провалился.

Купив журнал, я вернулась к машине. Мысленно чертыхаясь и испытывая жгучее разочарование, я наконец села на заднее сиденье и со вздохом произнесла:

— Поехали.

До самой гостиницы я неутомимо пялилась в окно в тщетной надежде увидеть знакомое лицо среди прохожих или в проезжающей мимо машине, но звезды были против, и я только что не разревелась с досады.

В свой номер я заглянула лишь на несколько минут, после чего мы с Татьяной отправились ужинать. Я по-прежнему вертела головой и замирала, увидев очередного брюнета. Разумеется, ожидать, что мужчина вдруг появится, было совсем уж глупо. Моя досада росла, а надежда таяла на глазах.

После ужина я еще примерно час болталась по улицам, вместо того чтобы заняться отчетом. Татьяне я это объяснила просто: разболелась голова, вот и хочу прогуляться.

Вернувшись в номер, я засела за работу и понемногу отвлеклась от навязчивых мыслей, зато во сне преследовала убийцу. Утром сон я помнила смутно, однако тревожное чувство осталось.

Дома я оказалась только через три дня, к тому моменту понемногу успокоившись. В каждого встречного не вглядывалась, по городу не носилась, но вместо этого при первой возможности заглядывала в Интернет в надежде обнаружить среди наших бизнесменов того самого блондина. Результатом похвастаться не могла, вот и решила позвонить Элке.

С Элкой мы дружили с детства, девицей она была на редкость любопытной, с годами эта черта лишь усилилась, оттого я и решила: Элка — моя последняя надежда. Подруга, судя по всему, куда-то неслась и изрядно запыхалась.

— Привет, — произнесла она в ответ в два раза громче, чем требовалось. — Куда пропала?

— Работы завались, — пожаловалась я.

— Это хорошо или плохо?

— Наверное, хорошо. Давай встретимся. Дело есть.

— Какое? — заинтересовалась Элка.

— Встретимся, расскажу.

Ее обычное любопытство привело к тому, что встретились мы в тот же день, в мой обеденный перерыв. Перекусили, выпили кофе, подружка нетерпеливо ерзала, поглядывая на меня, а я, напустив в глаза легкой грусти, сказала:

— Нужна твоя помощь.

— А чего случилось-то?

Рассказывать все, как есть, я не планировала, памятуя о том, что моя подруга — журналистка и жажда очередной сенсации может завести ее очень далеко, оттого заранее заготовила сентиментальную версию своей истории.

— Понимаешь, — начала заунывно, — я познакомилась с парнем... Точнее, мы вовсе не знакомились... В общем, на днях, возвращаясь из командировки, разговорилась с попутчиком, — я улыбнулась и пожала плечами.

Элка кивнула, подождала немного и, ничего не дождавшись, спросила:

— Ну?

— Чего «ну»? Понравился он мне.

— Хорошо. А... так ты узнать о нем чего-то хочешь? — сообразила она. — Не женат ли и все такое?

— Было бы здорово.

— Давай попробуем. Ты что, влюбилась? — расплылась в улыбке подруга.

— Это сильно сказано, но... в общем, хотелось бы встретиться. А для начала узнать, кто он такой.

— Погоди, — нахмурилась Элка. — Я не очень понимаю...

— Чего тут понимать? Это он мне понравился, а не я ему. Свидания он не назначал, номер мобильного не просил и даже имя не назвал.

— Ну ты даешь! — покачала головой подружка. — Как же мы его искать-то будем?

— Я знаю, что он бизнесмен. И отец вроде бы тоже. Парень что-то о наследстве говорил. Симпатичный, выше среднего роста, блондин, глаза светлые, на вид лет тридцать.

— Ага, — фыркнула Элка. — Скажем прямо: негусто. Знаешь, сколько в нашем городе бизнесменов лет тридцати?

— Догадываюсь. Но не каждому наследство светит.

— Валерик, — помолчав немного, погрозила мне пальцем подруга, — чего-то ты темнишь. Он тебе о папе рассказывал, но даже не представился. А то, что номер мобильного у тебя не спросил, и вовсе фантастика. Ты красотка, мужики к тебе так и липнут...

— Ага, поэтому у меня и нет никого, — съязвила я и добавила: — Мужик пошел нерешительный, полтора часа трындел, а познакомиться не догадался. Поможешь?

— Я, конечно, попробую, но должна честно предупредить: шансы дохлые.

— Ты, главное, попробуй.

Через полчаса мы простились. Элка продолжала смотреть с подозрением, я и сама чувствовала, что моя история никуда не годится, но на подругу надеялась.

В последующие дни каждое утро начиналось со звонка Элки, которая недовольно сообщала:

— Пока ничего.

Время шло, энтузиазм подруги таял на глазах, и мой, само собой, тоже. Мне следовало вовсе забыть разговор, подслушанный в поезде, но мысль о возможном убийстве упорно не давала покоя, точно заноза, хотя я все чаще повторяла себе: это я отнеслась к чужой болтовне серьезно, а те двое успели о ней давно забыть. Одно утешало — что никто из жен бизнесменов нашего города вроде бы скоропостижно не скончался, и я могла быть спокойна: мое бездействие к трагедии не привело. Временами возникала идея наведаться в полицию, тем самым свалив всю ответственность на них, однако, представив, как мой визит будет выглядеть, я начинала нервно вздыхать. Да надо мной смеяться будут! И правильно. Кто ж всерьез отнесется к такому рассказу? Постепенно я начала склоняться к мысли: продолжения у этой истории не будет.

Но, как известно, человек предполагает, а господь располагает. Со мной случилось именно так. Недели через три, когда даже Элкины утренние звонки прекратились (подруга охладевала ко всему с такой же легкостью, с какой бралась за дело), в обеденный перерыв я оказалась в кафе. Сослуживцы предпочитали столовую за углом, но я поставила на ней крест, обнаружив в компоте муху. Никто не гарантировал, что в других заведениях общепита дела с мухами обстоят лучше, но я упрямо отправлялась в какое-нибудь кафе неподалеку или вовсе обходилась бутербродом.

В этот раз мне нужно было завезти документы в банк, оттого я выбрала кафе «Час пик», оно как раз по дороге. Заведение пользовалось популярностью, хотя по сути было той же столовой. Берешь поднос, расплачиваешься на кассе и садишься за столик. Только посуду за собой убирать не нужно.

Свободного места на парковке не оказалось (самое обеденное время), пришлось оставить машину в переулке. Я шла по направлению к кафе, прикидывая, чему посвятить вечер: съездить на дачу к родителям или все же заняться машиной? На техобслуживание я собиралась уже второй месяц, моя годовалая «Хонда» явно ожидала лучшего обращения. Тут я некстати вспомнила про кран в кухне, он подтекал уже несколько дней, и я каждое утро собиралась звонить слесарю, но времени на это так и не нашла. Родители, выйдя на пенсию, уже второй год жили на даче, в городе практически не появлялись, оставив меня в трехкомнатной квартире. Очень скоро выяснилось: вести хозяйство в одиночку — задача не такая уж легкая, а иногда и малоприятная. Одно отчетное собрание управляющей компании чего стоит. Родители хоть и с пониманием относились к тому, что я появляюсь у них нечасто, но злоупотреблять их терпением все же не стоило.

Двигаясь с подносом вдоль витрины с едой, я продолжала размышлять, чему отдать предпочтение: поездке на дачу, станции техобслуживания или слесарю. Только глубокой задумчивостью можно объяснить тот факт, что на людей вокруг я внимания не обращала и не видела того, кто не спеша все это время следовал за мной, выбирая блюда. Подойдя к кассе, я обнаружила табличку «Извините, терминал по техническим причинам не работает» и полезла в кошелек проверять, сколько там наличных. Немного. Женщина за кассой бойко застучала по клавишам, а я пыталась решить, от чего отказаться, дабы не попасть впросак, и потратила на это куда больше времени, чем следовало. Узнав, сколько придется заплатить, я досадливо поморщилась. Не хватало пятидесяти рублей.

— Извините, — покаянно начала я. — Я не обратила внимания, что терминал не работает...

И тут услышала за своей спиной мужской голос:

— Не волнуйтесь, я заплачу.

Я повернулась, чтобы поблагодарить и решительно отказаться от чужой щедрости, мужчина широко мне улыбнулся, а я замерла с открытым ртом. Передо мной стоял блондин из поезда, тот самый, которого я безуспешно все это время искала. С трудом удержавшись, чтобы не брякнуть «привет», я издала нечто вроде приглушенного писка, тут же понадеявшись, что его можно принять за выражение восторга, и, торопливо пробормотав:

— Спасибо, — подхватила поднос и устремилась к свободному столику.

Вот так везение! Очень возможно, блондин все это время обретался по соседству, теперь главное — не упустить его. Как хорошо, что я на машине, обычно на обед я хожу пешком в надежде хоть немного подышать свежим воздухом...

Надо выйти раньше блондина и дождаться его на парковке... Но судьба вновь вмешалась, точнее, в мои планы вмешался сам блондин. Он подошел с подносом к моему столу и неуверенно спросил:

— Можно?

Эта самая неуверенность подкупала, вызывая симпатию. Произнеси он те же слова как-то иначе, выглядел бы нахалом: доплатил за обед и теперь нагло клеится.

— Конечно, — кивнула я, изобразив улыбку. Вести себя естественно не очень-то получалось, передо мной был не просто приятный молодой мужчина, а потенциальный убийца, который последние дни занимает в моей жизни слишком много места.

Блондин сел напротив, стараясь смотреть в сторону, но взгляд то и дело возвращался к моей физиономии. Он засмеялся и сказал:

— Не сочтите меня назойливым... От вашего лица трудно глаза оторвать.

— Серьезно? И что в нем такого особенного?

Он пожал плечами.

— Вы очень красивая девушка.

— Надо будет приглядеться получше.

— Только не делайте вид, что вам никто не говорил этого раньше.

— Я мало обращаю внимания на болтовню.

Он опять засмеялся.

— Вы ведь не всегда здесь обедаете?

— Не всегда, — покачала я головой. К попыткам свести знакомство подобным образом я давно привыкла и в иных обстоятельствах пять минут назад пересела бы за другой стол, но здесь был особый случай.

— Я видел вас раньше, — огорошил он.

Все это время мужчина так и сидел с ложкой в руке, не проглотив ни крошки, я испуганно замерла. Он все-таки заметил меня в поезде? И теперь решил свести знакомство, чтобы выяснить, что мне известно об их разговоре со случайным попутчиком?

— Да, и где же? — сглотнув, спросила я.

Он вроде бы удивился.

— Здесь. Десять дней назад. Вы сидели вон там, — он кивнул в сторону окна. — Солнечные лучи запутались в ваших волосах, и я подумал: так выглядел бы ангел, приди ему охота спуститься к нам.

— Вы чем занимаетесь? — спросила я, нахмурившись.

— Сейчас или вообще?

— Вообще. Сейчас вы пудрите мне мозги, это совершенно ясно. Вам следовало бы стихи писать, но поэты выглядят по-другому: на вас костюм за пару тысяч евро. Где-нибудь в кармане лежит обручальное кольцо, которое вы почему-то не носите. Будь я немного понахальней, решила бы, что вы сняли его пять минут назад...

— Чтобы познакомиться с вами? К сожалению, вы правы. Кольцо лежит в кармане, и я снял его, когда увидел вас. А вы не только красивы, но и умны. А еще остры на язычок.

— Это мало кому нравится, — пожала я плечами.

— Значит, я оригинал.

— Женатого мужчину, заигрывающего с женщиной в кафе, оригиналом не назовешь.

— Наверное, — вздохнул он.

— Ешьте, — кивнула я на его тарелку, к еде он так и не притронулся.

— Аппетит пропал. Десять дней я надеялся на эту встречу. И вот вы сидите напротив, а я чувствую себя идиотом. На что я рассчитывал?

— Это вам лучше знать.

— Девушка вроде вас не станет знакомиться с женатым мужчиной... — он вроде бы задавал вопрос и сам же на него отвечал.

— Смотря с какой целью, — я улыбнулась пошире, прикидывая, правильно ли поступаю. Черт меня дернул сболтнуть про кольцо. Могли бы и вправду познакомиться, это значительно облегчило бы мне жизнь. Но нахальные женатики так достали, что я не удержалась.

— Разве цель не очевидна?

— Может, вы разглядели во мне отличного специалиста, который до зарезу вам нужен, — засмеялась я.

Он с готовностью кивнул:

— Вот именно. У меня для вас интересное предложение.

— Вы бы хоть спросили, чем я занимаюсь.

— Уверен, у вас все получается прекрасно. Как вас зовут?

— Валерия, — ответила я.

— Красивое имя, а мое самое обыкновенное — Виталий. Мы все-таки познакомились, — он улыбнулся. — Кстати, как вы о кольце догадались? Неужели у меня на лбу написано, что я женат?

— Крупными буквами.

— А у вас кто-то есть?

— Очень личный вопрос.

— Есть или нет?

— Нет. Но что это меняет?

— А если я скажу, что...

— Давно не любите свою жену? Не разочаровывайте, это так банально, что меня, чего доброго, стошнит.

— Я хотел сказать, что вот-вот лишусь супруги.

Я, признаться, опешила. Это он меня провоцирует, или у него мания раскрывать свои тайны малознакомым людям?

— Как это? — весьма неуверенно спросила я.

— Я успел ей изрядно надоесть, и она вот-вот меня бросит.

— И вы торопитесь найти утешение?

Он демонстративно вздохнул.

— В любовь с первого взгляда вы не верите?

— Когда о ней говорит мужчина с обручальным кольцом в кармане — нет.

— Что ж, придется мне набраться терпения. Надеюсь, после моего развода с женой ваше доверие возрастет. Как-то все не так сложилось, — вдруг пробормотал он. — Простите меня, пожалуйста. Ей-богу, я не хотел вас обидеть.

Виталий поднялся и направился к выходу, а я мысленно чертыхнулась. Следом не побежишь, а если я этого типа сейчас упущу, где потом его искать, скажите на милость?

Я все-таки поднялась и отправилась за ним. В случае чего нахально заявлю, что после его слов уже не мыслю без него жизни.

Когда я выходила из кафе, со стоянки выруливал «Мерседес» последней модели. Я отступила на шаг, надеясь, что Виталий меня не заметит, после чего торопливо забила номер «Мерседеса» в телефон, а потом бросилась к своей машине.

Виталия я догнала на светофоре, «Мерседес» стоял впереди, вызвав вздох облегчения. Я старалась держаться на расстоянии, не желая попасть ему на глаза и отчаянно боясь его потерять.

Минут через двадцать он свернул к «Экспоцентру» на Садовой, вышел из машины и скрылся за стеклянной дверью. Вновь я его увидела через полчаса. Он появился в сопровождении мужчины лет шестидесяти, тучного, лысого, физиономия его показалась смутно знакомой. Пожав друг другу руки, мужчины разошлись, лысый сел в «Лендровер», где его ждал водитель, а Виталий — в свой «Мерседес». На парковку «Экспоцентра» я предусмотрительно заезжать не стала и пристроилась за Виталием, уже не особо опасаясь, что он обратит на меня внимание, однако осторожность соблюдала. Он отправился в банк, где пробыл минут двадцать, а я начала нервничать: обеденный перерыв давно закончился, мне следовало находиться в офисе, а не кататься по городу, выслеживая потенциальных убийц. Бог знает сколько еще он будет разъезжать по своим делам.

Я позвонила на работу и придумала для начальства байку, почему задерживаюсь, при этом очень надеясь, что Виталий наконец-то отправится в свой офис, а еще лучше домой.

Вскоре он, должно быть, так и поступил, то есть отправился в родную контору, но мне от этого легче не стало, потому что Виталий въехал на парковку перед огромным офисным центром и занял место под табличкой «для персонала». Офисное здание насчитывало двенадцать этажей, вход украшал десяток табличек с названиями фирм, и в которой из них он трудится, оставалось лишь гадать. Сунуться внутрь и попытать счастья? А что? Он ведь болтал о любви с первого взгляда, вот пусть и не удивляется, столкнувшись со мной в коридоре. Однако от этой идеи я в конце концов отказалась: рисковать не стоит, куда разумнее пробить по Интернету все фирмы и выяснить, кого из хозяев зовут Виталий. Надеюсь, он там окажется в единственном числе.

Я отправилась на работу, утешая себя тем, что в любой момент могу вернуться в офисный центр и выяснить, чья машина стоит у них под окнами. В таком здании должна быть охрана, а предлог для своего настойчивого любопытства придумать нетрудно.

Дел, как всегда, навалилось предостаточно, и мысли о Виталии мигом меня оставили, но лишь только рабочий день закончился, мгновенно вернулись. Тут же возникло искушение отправиться к офисному центру, где была его фирма. Бизнесмены частенько задерживаются на работе, есть шанс проследить его до дома. Но мне не повезло: когда я приехала на улицу Гагарина, посреди которой, точно бельмо на глазу, торчала офисная двенадцатиэтажка, сверкая в лучах заходящего

солнца глянцево-черными стеклами, «Мерседеса» на
парковке уже не оказалось. Вздохнув, я отправилась
домой, вспомнила про намерение навестить родителей
и вскоре свернула к супермаркету. Купила продукты
и через час уже пила чай на веранде в компании мамы
и папы.

В деревне Интернет отсутствовал (папа был ярым
противником таких благ цивилизации, считая, что
на даче надо отдыхать от городской суеты), а домой
я вернулась поздно. В общем, с планами покопаться
в Интернете пришлось повременить.

Утром позвонила Элка. Я бежала к машине, и болтать было некогда, мы договорились встретиться
в обеденный перерыв все в том же кафе «Час пик»,
я собиралась рассказать ей о вчерашнем знакомстве
и дать задание заняться бизнесменами по имени Виталий, чей офис находится в башне на Гагарина. Круг
поисков значительно сузился, и я не сомневалась:
к вечеру не только буду знать фамилию блондина, но
и кое-какие факты его биографии.

Элка пришла раньше. Только я устроилась за ее
столиком, как в зале появился Виталий. По тому, как
он оглядывался, было ясно: он кого-то выискивает
среди присутствующих. Я решила, что высматривает
он меня, и не ошиблась. Встретившись со мной взглядом, Виталий радостно улыбнулся, но тут заметил
Элку, и радости в нем поубавилось. Через несколько
минут он прошел мимо с подносом в руках и сказал:

— Добрый день.

Я в ответ сдержанно кивнула.

— Откуда ты его знаешь? — удивилась Элка, глядя
ему вслед.

— От верблюда, — фыркнула я.

— Нет, серьезно. Откуда?

— Это он, — перешла я на шепот.

— Кто «он»? — не поняла Элка.

— Тот, с кем я ехала в поезде. Выходит, ты его знаешь?

— Ну, Сотникова, ты даешь! — откинувшись на спинку стула, покачала головой подруга в большой досаде. — Просто черт знает что такое!

— В каком смысле? — не поняла я.

— В смысле нашла, в кого втюриться. Неужто ты его не узнала?

— Он что, известный актер? — скривилась я.

— Он один из самых богатых людей города, балда! — махнула рукой Элка. — А я-то время трачу, рыскаю среди середнячков, а она, ишь, как замахнулась... Стой, а как же твой принцип не связываться с женатыми?

— Он женат? — загрустила я очень натурально.

— Конечно. Такие, как он, всегда женаты. Уж можешь мне поверить. Иногда мне кажется, они женятся прямо в колыбели. Кому-то все же везет, но не нам.

— Судя по всему, персонаж хорошо тебе знакомый. Удовлетвори мое любопытство, а на любви я уже крест поставила, так что с принципами все в порядке.

— Это Виталий Волков, — осчастливила Элка и, не обнаружив в моих очах особой живости, вздохнула: — Неужто не слышала?

— Не-а. Чем знаменит?

— Говорю же, бабла у парня немерено. Ну, об отце-то его, надеюсь, хоть что-то знаешь? Глеб Александрович Волков, с нашим бывшим губернатором бодался, депутат, защитник обиженных и угнетенных. Покойный.

— Что-то припоминаю, — промямлила я.

— Припоминает, — передразнила Элка. — Тебя хоть что-нибудь кроме работы интересует? Вот из-за таких, как ты...

— Я пробовала заинтересоваться симпатичным мужиком, — перебила я Элку, боясь, что она сядет на своего любимого конька и вгонит меня в гроб речами о гражданской ответственности. — Но и здесь не повезло: он женат.

— Теперь понятно, почему он у тебя телефончик не спросил. На редкость счастливый брак. Красивые, молодые... Счастье их ничем не омрачено... Хотя детей пока нет. Может, просто не торопятся...

— Может, — кивнула я, думая, что счастливым браком там и не пахнет, но посвящать в это Элку я по-прежнему не хотела и немного поныла на тему: «отчего ж так не везет?», не забывая поглядывать на Виталия.

Он обедал в одиночестве, сидя так, чтобы хорошо меня видеть (или это случайно получилось?). Когда наши взгляды встречались, он улыбался, демонстрируя легкую грусть, но дальше этого дело не пошло, присутствие Элки его сдерживало — то ли за свою репутацию переживал, то ли за мою, а может, просто хотел избавить меня от досужих вопросов.

Поел он быстро, но все еще сидел за столом. Надеялся, что Элка уйдет и я останусь одна? Кстати, надо решать, как вести себя дальше. Продолжить знакомство? Или отшить этого типа? Кто он такой, я теперь знаю. А дальше-то что?

— Ты меня до редакции подкинешь? — спросила Элка, поднимаясь, чем вывела меня из задумчивости, а заодно и ответила на вопрос, как поступить.

Мы вместе покинули кафе. Уже сидя в машине, я заметила Волкова, он направлялся к своему «Мерседесу», а на светофоре нахально пристроился сзади, держась на расстоянии. Совсем как я накануне.

Высадив Элку возле ее работы, я уже не сомневалась: Виталий следует за мной. Все-таки подобное поведение не свойственно женатому мужчине, да еще весьма преуспевающему бизнесмену.

В любовь с первого взгляда не особенно верилось, значит, этот тип заподозрил, что мне известно о его планах. А вдруг они решат меня убрать как ненужного свидетеля? Ничего себе! Нажила неприятностей... Вернувшись на работу, я постаралась отвлечься от тягостных мыслей о своей весьма незавидной доле свидетеля, а уже через полчаса вбила в поисковую строку фамилию Волкова. Писали о нем не то чтобы много, в основном речь шла о бизнесе, а также о благотворительности — ни то, ни другое меня особо не интересовало. На своей страничке в Фейсбуке он появлялся редко. Последний раз месяц назад выложил фотографию с рыбалки: он в компании двух бородатых верзил и трех огромных щук. ВКонтакте и Одноклассниках его не было. Жену Волкова я тоже нашла, ВКонтакте. Активным пользователем и она не была. Фотки выкладывала примерно раз в неделю, подписи — короткие и довольно однообразные. По ним трудно судить о человеке. А составить о ней представление хотелось. Я знаю, что она изменяет мужу. Такой поступок хорошим не назовешь. Но ведь что-то ее на это толкнуло. Страсть к другому мужчине или просто скука?

Я разглядывала ее последнюю фотографию с пристальным вниманием, точно намереваясь проникнуть в ее мысли. Женщина была красива. И имя у нее красивое — Вероника. Младше Волкова на два года, но выглядела, пожалуй, старше мужа. Умное породистое лицо. Я бы сказала, что интеллигентное, если бы не намек на стервозность, насмешливый блеск в глазах, как будто она говорила: «плохо вы меня знаете». Длинные темные волосы, большие глаза, аккуратный носик и красивые губы, которые она умело подчеркивала. Дамочка с характером. В таких мужчины обычно и влюбляются по-настоящему... А потом готовы убить...

Да с чего я взяла, что Волков в самом деле решил убить жену? Наболтался всласть со случайным попутчиком, теперь вот за мной надумал приударить, надеется в моих объятиях забыть неверную, отплатить той же монетой... Потом поймет, что лучше ее на свете нет, все простит и вернется побитой собакой.

— Угораздило тебя изменить мужу, — пробормотала я, глядя на экран компьютера. — А мне теперь голову ломай...

Может, стоит ей написать? Что-то вроде «ваш муж все знает, берегитесь». Звучит ужасно глупо, но если у нее рыльце в пушку, должна насторожиться. А если он и не думает наказывать изменницу, а я сунусь со своим сообщением, еще неизвестно, чем все это кончится. Какое я имею право вмешиваться в чью-то жизнь? Нет, с сообщением подождем.

Офис я покинула довольно поздно, недремлющая совесть вынудила-таки заняться работой. Дома собиралась приготовить ужин, но в конечном итоге обошлась кефиром. Устроилась с книжкой в надежде отвлечься (Волков с женой-изменщицей уже изрядно действовали на нервы). И тут раздался звонок на домашний телефон. Все мои друзья обычно звонят на мобильный, и лишь родители — на домашний. Снимая трубку, я была уверена, что услышу папин голос (он звонил куда чаще мамы), голос и вправду оказался мужской.

— Простите, я могу поговорить с Валерией?

— Можете, если скажете, кто вы такой.

Мужчина засмеялся:

— Слава богу, это вы. Живете с родителями? В телефонной книге значится Сотников В. А.

— Что вам за дело до того, с кем я живу? Вы, кстати, так и не представились.

Само собой, я уже поняла, кто звонит, но продолжала вредничать. Если честно, его настойчивость малость пугала. С чего вдруг такой интерес ко мне? Мысль, что свидетели долго не живут, явилась как по заказу, а Волков между тем продолжил:

— Извините, это Виталий, помните меня? Вчера мы познакомились в «Часе пик».

— Конечно, помню. Сегодня вы тоже там были.

— Был. Надеялся вновь вас увидеть. Но вы обедали с подругой, и я не решился подойти.

— И правильно сделали. Моя подруга журналистка. И вас узнала. Очень удивилась, что мы знакомы.

— Чему тут удивляться? Живем в одном городе, обедаем в одном кафе... Но все равно спасибо, что ничего ей не рассказали.

— С чего вы взяли, что не рассказала? — съязвила я.

— Я неплохо разбираюсь в людях. Лера... Можно мне вас так называть?

— Пожалуйста.

— Так вот, вы не из тех девушек...

— По виду вы тоже не из тех мужчин, что ищут радости на стороне, однако узнали мою фамилию, нашли ее в телефонной книге, а теперь звоните. — Сомнений не было, он сделал то, что вчера собиралась сделать я: проводил до офиса и спросил у охранника мою фамилию, небось еще и денег дал. А этот иуда... Завтра с ним поговорю...

— Тут вы, конечно, правы, — Волков покаянно вздохнул. — Вчера я дал себе слово быть благоразумным и забыть вас, а через час уже ругал себя на чем свет стоит, ведь я ничего о вас не узнал и очень боялся, что мы больше не встретимся. Лера, ей-богу, я сам себе удивляюсь...

— Дальше можете не продолжать. За вас все тысячу раз сказали другие.

— Простите мое нахальство, но... Может, мы встретимся, выпьем кофе... по-дружески.

— А давайте, — хмыкнула я, пытаясь решить: это гениальный шаг или несусветная глупость?

— Вы серьезно? — вроде бы не поверил он.

— Вполне. Подруга сказала, у вас денег как грязи, а я в них остро нуждаюсь.

— Вы шутите, — засмеялся он. — На отсутствие денег я не жалуюсь, но сомневаюсь, что они так уж важны для вас.

— А вы не сомневайтесь.

— Хотите, чтобы я думал о вас плохо?

— Вы-то не боитесь, что я о вас ничего хорошего точно не подумаю.

— Типичный бабник?

— В самую точку.

— Я ведь говорил: жена ко мне охладела. И я к ней тоже. Может, я бы и жил себе дальше, не особо заморачиваясь, но... в моей жизни вдруг появились вы.

— Знаете, ужасно обидно, когда вам втюхивают заведомую лажу.

— Согласен. Только я ничего не втюхиваю, все так и есть. Может, вы скажете, что я должен сделать, чтобы вы мне поверили? Я охотно это сделаю. Океанскую яхту не потяну, а квартиру — пожалуйста.

— Ах, вот даже как! Господин Волков, вы свинья. Еще раз позвоните, я о вашем предложении жене сообщу. Всего доброго.

Я повесила трубку, чертыхаясь сквозь зубы, хотя прекрасно понимала: сама виновата, напросилась, одним словом. Нечего было заигрывать с этим типом. Тип через полминуты перезвонил, я не сомневалась, что это он, снимая трубку, и оказалась права. Голос его звучал испуганно и умоляюще.

«Должно быть, напоминание о жене так подействовало», — злорадно подумала я.

— Лера, ради бога, простите. Это была идиотская шутка. Поверьте, я не хотел вас обидеть.

— Если честно, я тоже наговорила лишнего, — пошла я на попятную.

Некоторое время мы молчали, я дала ему время поломать голову, как выйти из щекотливого положения. Он ничего толкового придумать не мог, но трубку никто из нас вешать не спешил.

Наконец он, чуть ли не заикаясь, произнес:

— Мы встретимся завтра, выпьем кофе?

— Встретимся, — вздохнула я.

— Можно номер вашего мобильного?

— Можно. Обычно я заканчиваю в половине шестого.

— Отлично. Освобожусь к этому времени и встречу вас.

— Кафе сами выберете. Там и встретимся, ни к чему вам светиться возле моей работы.

Я продиктовала номер, мы простились, а через несколько секунд я получила эсэмэс: «это я». И ответила: «а это я».

«Интересно, он тут же его стер, чтоб жена не видела?» — подумала с усмешкой.

Элка в прошлом году умудрилась влюбиться в женатого, угробила на него семь месяцев, так что теперь я испытывала к ним личную неприязнь. Однако, выпив чаю и малость поразмышляв, я пришла к выводу: женатик мне достался какой-то странный. Если верить его словам, сказанным в поезде, негодяйка-жена могла претендовать на деньги при разводе, лишь уличив его в измене, то есть сейчас, когда он на нее в большой обиде, ему бы как раз следовало проявлять осторожность. Понятно, что обида велика, и получить реванш хочется, но ведь не ценой миллионов? Развелся бы с женой, оставив ее у разбитого корыта, и крутил романы в свое удовольствие. Я бы, кстати, тоже взглянула на него другими глазами: одно дело женатый мужчина, и совсем другое — свободный. Хотя если верить Элке (а она и здесь могла похвастаться опытом), секонд-хенд, как она называла разведенных мужиков, немногим лучше: либо на жену бесконечно жалуются, либо хотят, чтобы все было, как он привык в первом браке. И в том, и в другом случае получается, что в твоей квартире живет кто-то третий.

Допустим, Волков и вправду влюбился... Ха... Бизнесмены денежки считать умеют, подождал бы со свиданиями пару месяцев, никуда бы я не делась. Тогда что? У него есть на меня виды, но вовсе не те, которые могли бы польстить девушке. В голове этого типа уже созрел план убийства, и я для чего-то нужна в его скверной затее? Неприятно думать об этом, но такое куда вероятней безумной любви. Вот ведь гад! Он засек меня в поезде, а теперь опутывает лестью, чтоб я в полицию не бросилась. Но если он в самом деле решил убить жену, я стану куда опаснее после осуществления его плана, а не до. Хотя, кто его знает... Может, у него на этот счет другие идеи, и по гениальному замыслу я до убийства жены не дотяну. А я, дура, к нему на свидание собралась. Что ж, он мне яд в кофе сыпанет? С такого станется... Однако Волков с коварным злодеем как-то совсем уж плохо ассоциировался. На самом деле он выглядел симпатичным парнем, от которого пакости не ждешь. Симпатичные парни жен не убивают... Он пока тоже никого не убил. Возможно, и не собирается. Отвел душу, помечтав немного о мести. Убийство не для таких, как он. Надеюсь, Волков это понимает. Взгляд открытый, лицо приятное... ямочки на щеках. Второй мужик симпатягой не выглядел, Волкову бы следовало от него подальше держаться...

Кстати, непохоже, что Волков особо страдает. Человек, терзаемый ревностью и задумавший страшную месть, должен вести себя как-то иначе. Может, все дело в том, что он мне нравится и я не хочу думать о нем плохо?

В общем, я окончательно запуталась. Тут позвонила Элка и принялась меня изводить вопросами, что я собираюсь делать теперь, когда мне известно, кто такой мой попутчик.

— Я собираюсь спать, — ответила я, зевнув.

— Лерка, не вздумай с ним встречаться! Помни про свою несчастную подругу. У моего была жена-страшила и теща на одной с ним лестничной клетке, и то в семье остался, а Волкову с какой стати из гнезда лететь? Там полный порядок, и супружница — точно фотомодель...

— Я уже поняла: у меня никаких шансов. И его практически разлюбила.

— Да? Ну, тады ладно...

Мы перешли к другим темам, и я вздохнула с облегчением.

Весь следующий день я ждала звонка, и это было подозрительно. Не хватало, в самом деле, влюбиться. Одевалась с особой тщательностью, а в перерыв даже сбегала в парикмахерскую, подровняла волосы, убеждая себя, что давно собиралась это сделать.

Он позвонил ровно в половине шестого.

— Наш договор в силе? — спросил со странной интонацией, то ли боялся, что я откажусь, то ли именно на это и надеялся.

— Где встречаемся? — ответила я с наигранным равнодушием.

— Кафе «Черный кот», это...

— Я знаю, где это. Буду через пятнадцать минут.

Кафе он выбрал дорогое, в самом центре. Обычно в нем очень много туристов, а вот кого-то из местных встретишь нечасто. Думаю, на это Волков и рассчитывал, не желая светиться.

Когда я вошла, он, улыбаясь, поднялся навстречу, толком не зная, что делать.

— Давайте я повешу сумку... вот сюда.

— Оставьте ее в покое, — буркнула я, поставила сумку, которая так его занимала, на подоконник, и мы устроились за столом друг напротив друга.

Волков протянул мне меню.

— Здесь отличная кухня.

Я не спеша просматривала страницы, а он явно томился. Наконец я сделала заказ. Волков чуть расслабился, но ненадолго.

— Что вы ерзаете? — не выдержала я, понаблюдав за ним некоторое время. — Жену до смерти боитесь? Так нечего было свидание назначать.

— Дело вовсе не в жене, — обиженно ответил он. — Просто... У меня сегодня встреча, важная. Я не смог ее перенести.

— А чего тогда сюда притащились?

— Лера... — укоризненно пробормотал он, чуть не плача. — Я с таким трудом добился вашего согласия, а потом вдруг отменил бы наше свидание...

— Это не свидание.

— Не цепляйтесь к словам. Очень сомневаюсь, что вы сказали бы «да» во второй раз.

— Правильно сомневаетесь. Давайте все же обойдемся без жертв. Будем считать, ваш подвиг я оценила. Встретимся завтра.

— Спасибо, — расплылся он в улыбке.

— Пожалуйста. Пока-пока, — помахала я рукой, решив, что ужинать мне придется в одиночестве.

— У меня еще есть полчаса... даже сорок минут, — взглянув на часы, сообщил он. — Успею перекусить, и... еще раз спасибо за понимание.

— Ага. Я чуткая девушка. Надеюсь, за половину ужина заплатите вы, мой бюджет таких трат не вынесет.

— Господи, что за странные фантазии! Лера, иногда я пасую перед вашей манерой...

— Ничего, привыкнете, — перебила я.

Он засмеялся, я тоже.

Заказ принесли быстро. Волков еще раз взглянул на часы, а я подумала, что встреча, должно быть, действительно важная. В такое время? Хотя почему бы и нет? Бизнесмены трудятся двадцать четыре часа в сутки, по крайней мере, мой шеф твердит об этом чуть ли не ежедневно и рекомендует брать с него пример. А если... Мысль еще не успела сформироваться в моем мозгу, а я, перебив Волкова чуть ли не на полуслове, извинилась, отправилась в дамскую комнату и позвонила Элке.

— Ты где?

— Домой еду, — ответила подруга.

— Выручай, нужна твоя тачка. Срочно.

— А с твоей что?

— На моей ты сегодня покатаешься.

— И как я должна это понимать?

— А тебе и не надо. Кафе «Черный кот» знаешь?

— Ну...

— Через десять минут чтоб была там. Встанешь за моей машиной максимально близко, места пока есть. Документы держишь наготове, иных действий не предпринимаешь.

— Офигеть, как интересно, — ахнула Элка, и я поспешно прервала разговор.

Волков пил кофе, еще раз взглянул на часы и спросил с улыбкой:

— Значит, переносим свидание на завтра, нашу встречу, я хотел сказать...

— Переносим, — кивнула я.

Через десять минут, оплатив счет, он поднялся, подошел ко мне и, церемонно поклонившись, поцеловал мне руку.

— Будьте проще, — фыркнула я, а он вновь широко улыбнулся.

— Знаете, Лера, с вашим появлением моя жизнь стала несравненно привлекательней. Так и хочется заорать: «Жить хорошо!»

— Орите на здоровье, кто ж мешает.

— Я вам завтра покажу одно место... Накричимся вдоволь.

— Договорились. Я еще задержусь немного, сделаю пару звонков.

Он кивнул и отбыл. Я последовала за Волковым ровно через минуту, очень надеясь, что моя подружка его не заметит. Припарковалась я с торца здания, а его машина стояла прямо напротив входа в кафе.

Когда я выходила, Виталий успел тронуться с места и помахал мне на прощание рукой. Я, махнув в ответ, поспешно направилась к своей машине, с облегчением вздохнула, увидев «Субару» Элки, и бегом припустила к ней.

Слегка очумевшая подруга сидела в пассажирском кресле, держа в руках документы.

— Можно мне с тобой? — пролепетала умоляюще.

— Куда? — рявкнула я. — Давай, выметайся!

— Но ведь ты куда-то едешь? Да я от любопытства лопну!

— Выметайся, тебе говорят! — Я сунула ей в руки документы на свою машину, забрала те, что она так предусмотрительно подготовила, распахнула ее дверь и едва не вытолкала подружку на асфальт.

— Сегодня же все мне расскажешь! — крикнула она и погрозила кулаком, а я сорвалась с места.

Улица с односторонним движением, отсюда Волков мог попасть только на проспект. Там я его вскоре и обнаружила. Нацепила солнцезащитные очки, хотя солнце пряталось в облаках с самого обеда. В очках он меня не видел, авось и не узнает, если вдруг обратит внимание на машину, пристроившуюся сзади. Само собой, я старалась держаться на расстоянии. В городе это не так трудно. Но довольно скоро выяснилось, что город Волков собирается покинуть. По крайней мере, ему зачем-то понадобилась объездная дорога. Где может состояться встреча, о которой он говорил? В пригороде? Здесь два микрорайона, по сути, две деревни в черте города. Там, насколько я помню, даже кафе нет.

Мы благополучно миновали сначала один микрорайон, а потом и другой. Впереди показался поворот на Берестов, районный город в тридцати километрах. «Мерседес» Волкова уверенно свернул, и я, конечно, за ним. Встреча в Берестове? Этот городок — просто рай для туристов: старинные монастыри и прочие прелести. Но что там делать Волкову? Колокольный звон слушать? Может, у него встреча с кем-то из тамошних бизнесменов? Время не совсем подходящее... Хотя вдруг они в сауне встречаются?

«Мерседес» прибавил газу, и мне тоже пришлось поднажать. Камер здесь немерено, боюсь, Элку «письмами счастья» завалят, но что делать, не могу я упустить этого типа. Минут через двадцать мы миновали мост, отсюда открывался фантастический вид на древний город: луковицы церквей плавали в синеве летнего неба, солнце, вдруг пожелав показать себя во всей красе, зависло над звездным куполом Троицкого собора гигантским шаром. В другое время я бы остановилась полюбоваться этим зрелищем, но сейчас побоялась упустить Волкова. Он проехал через весь город, я было решила, что путь его лежит дальше, но тут он свернул и, немного поплутав по улочкам, остановился возле ворот Успенского монастыря. Я тоже остановилась, все еще держась на расстоянии. Он прошел через калитку, перекрестившись на надвратную икону, мне предстояло решить, что делать дальше. Рискнуть идти за ним? Ясно, что здесь у него вовсе не деловая встреча. Если он меня увидит, сразу поймет: я за ним слежу. Но любопытство уже гнало меня вперед.

Территория монастыря достаточно велика, от ворот идет широкая аллея к центральному храму, сейчас она была пуста. Слева — обзорная площадка, откуда прекрасный вид на реку и церкви на противоположном берегу. Может, Волков там? Я уже прошла метров сто, когда на соседней аллее мелькнул знакомый силуэт. Вздохнув с облегчением, я стала двигаться параллельно, прячась за кустарником.

Волков обогнул монастырский сад и вышел к небольшой площадке возле церковной ограды. Здесь стояла скамейка, на которой в настоящее время сидел мужчина. Я узнала его без труда: тот самый брюнет из поезда. Он поднялся навстречу Волкову, и они обменялись рукопожатиями. Устроились на скамье и не спеша заговорили, любуясь пейзажем. Причем сидели на некотором расстоянии друг от друга, и могло показаться, что они даже не знакомы. Брюнет что-то говорил, почти не шевеля губами, а Волков время от времени отвечал, односложно и быстро.

Видела я их хорошо и даже сделала фото. Вышло так себе, расстояние значительное, брюнет, как назло, еще и отвернулся. Ничего из их разговора я не слышала, и это было обидно до слез, но подойти ближе не рискнула. Мужчины проговорили минут сорок, Волков вновь пожал руку брюнету и отправился в обратный путь.

Брюнет сидел, закинув ногу на ногу, и щурился на солнце. Похоже, только пейзаж его и занимал. Лишь через пятнадцать минут после ухода Волкова он наконец поднялся и пошел по аллее, а я припустила за ним.

На выходе из монастыря располагалась сувенирная лавка, брюнет заглянул туда и довольно долго выбирал альбом с видами города. Я наблюдала за ним с улицы, через окно. Вышел он с альбомом под мышкой. Его машина, серебристый «Лексус», была припаркована неподалеку от ворот. Вскоре он уже выезжал из Берестова. И я, само собой, за ним.

«Что же получается? — подумала я. — Эти двое от своей затеи не отказались, иначе зачем им встречаться? Брюнет сюда за двести верст приперся, и встретились они в таком месте, где могли поговорить, не опасаясь свидетелей».

И что теперь делать? Понятное дело: попытаться узнать, кто этот тип. А если он в Нижний Новгород отправится? Это ж двести пятьдесят километров, если не ошибаюсь! Мне же завтра на работу. И машина не моя... А с чего я взяла, что он не из нашего города, может, в прошлый раз он, как и я, был в командировке? Идея критики не выдерживала, достаточно было взглянуть на номера его «Лексуса», но я все упрямилась: мог купить машину с рук и номера прежние оставить. Взял у кого-то тачку... В конце концов, я тоже на чужой катаюсь.

С объездной дороги брюнет свернул в центр нашего славного города и остановился возле гостиницы «Милый дворик», не самой дорогой, но, безусловно, одной из самых симпатичных. Он воспользовался парковкой для гостей, так что, скорее всего, здесь и заночует.

Брюнет скрылся за дубовой дверью, а я, поравнявшись с окном, успела увидеть, как он, взяв ключ у администратора, направился к лестнице. И решительно вошла в гостиницу. На счастье, в холле никто не толпился, девушка за стойкой пребывала в одиночестве. Я кинулась к ней и зашептала, задыхаясь от восторга и вытаращив глаза:

— Это он? Он сейчас прошел?

— Кто? — в свою очередь, вытаращила глаза девушка.

— Мужчина, брюнет. — Она пожала плечами, а я продолжила: — Он же артист, да?

— Артист? — переспросила девица, а я всплеснула руками.

— Как же, этот... Иван Литвинов из «Навсегда с тобой». Неужто не смотрели? — вдохновенно врала я.

— Не-а...

— Ну как же... классный сериал... и он там в главной роли. Не могла я обознаться.

— Еще как могла. Никакой он не артист. Я его сама сегодня оформляла. Он бизнесмен, по делам приехал. Сам так сказал. Вот, — заглянув в компьютер, продолжила она. — Ремизов Кирилл Александрович.

— Ну надо же... В самом деле какой-то Ремизов? А как похож... — Вздохнув еще пару раз, я направилась к выходу.

— Про что хоть сериал-то? — вдогонку спросила девица.

— Про любовь, конечно, — ответила я.

Мне предстояло нелегкое испытание: вернуть машину Элке и забрать свою, но главное — придумать для подруги внятное объяснение моей кипучей деятельности.

— Заходи быстрее, — зашипела она, открыв дверь. — Я вся извелась. Рассказывай.

Меня со страшной силой тянуло к компьютеру, хотелось пошарить в Интернете, вдруг удастся что-то узнать о Кирилле Ремизове. Но с этим придется повременить. От глазастой Элки ничего не укроется.

— Давай чаю, — буркнула я. — Документы оставляю на консоли. А мои где?

— Там же, под собакой.

Скульптурка французского бульдога, судя по весу, из чугуна, украшала Элкину прихожую и одновременно служила пресс-папье. Я убрала документы на машину в сумку и прошла в Элкину кухню. Квартиру подруге купили родители, они же на ремонт потратились, а также на кухонный гарнитур. А потом то ли деньги кончились, то ли их доброта. Элка жила здесь три года, но прочей мебелью так и не обзавелась. Спала на поролоновом матрасе, ноутбук стоял на полу по соседству, от стены до стены была протянута веревка, на которой висели Элкины наряды на плечиках. «А больше мне ничего не надо», — философски заявляла она.

Чайник закипел, Элка побросала в щербатые чашки пакетики с чаем, которые я терпеть не могла, и рявкнула:

— Ты долго издеваться будешь?!

— Чего орешь, малахольная? — возмутилась я.

— Так нет терпения! Ну?

— Гну. Засекла мужа своей подруги. Прикинь, сидел в кафе с какой-то шмарой. За ширмочкой, в уголке. А я слышу, голос знакомый. Проявила любопытство. Точно, этот гад. Тоже за ширмочкой укрылась, чтоб он меня не засек. Потом тебе позвонила. Кому же еще?

— Это ты правильно сделала. А дальше что?

— Само собой, хотела проследить, куда он девицу потащит.

— Ну и куда?

— Да никуда. Довез до автобусной остановки на Почаевской. Должно быть, просто коллеги. В общем, все закончилось хорошо. Для подруги.

— Да? И где ж ты столько времени была?

— Знакомую встретила, посидели, посплетничали.

— Мое журналистское нутро прямо переворачивается, чую — гонишь ты, подруга.

— Не-а, не гоню, — покачала я головой.

— А чей муж? — прицепилась Элка.

— Ты ее не знаешь.

— Не знаю твою подругу?

— Она, скорее, знакомая.

— Точно гонишь.

— Работала у нас одно время. Трое детей у девки, ага. Сначала мальчика родила, захотелось девочку, а тут бац — близнецы. И девочка, и мальчик. Оттого я сегодня так занервничала, ее муженька с какой-то девицей увидев.

— Да уж, любая занервничает, — согласилась Элка, поморгала немного, приглядываясь ко мне. — Валерик, — погрозила пальцем, — последнее время с тобой что-то происходит.

— Так ведь пытаюсь вырвать любовь из своего девичьего сердца, а это непросто.

— Еще как непросто, — вздохнула Элка.

Вернувшись домой, я первым делом схватила планшет с намерением добыть сведения о Ремизове. Очередное разочарование. В соцсетях — полный ноль. В наше время человек его возраста обязан хоть где-то засветиться, и подобное нежелание открыть себя миру очень огорчило. Может, у него была на это причина? Моя фантазия тотчас разбушевалась: конечно, нормальный человек не станет предлагать случайному попутчику помощь в убийстве. Наемный киллер? И в поезде он рядом с Волковым оказался не случайно? В этом месте я себя одернула: какой еще киллер? Как он мог узнать, что Волков задумал убить жену, у того что, дурные мысли на физиономии написаны? И все же пренебрежение к социальным сетям вызывало подозрение. Допустим, парень — оригинал, у него нет времени торчать в Интернете, и вообще, он не из тех, кто любит выставлять свою жизнь напоказ... Неужто такие еще остались? Решив предпринять еще одну попытку, я забила данные в поисковую строку Яндекса и, к своему удивлению, получила несколько ссылок. Сведений оказалось не так много, но кое-что прояснилось. Ремизов действительно бизнесмен. В одной из статей говорилось, что за последние пять лет он удвоил свое состояние, видимо, и без того немалое. Вот тебе и киллер! Хотя одно другому не мешает. Зачем преуспевающему бизнесмену влезать в сомнительную аферу с убийством? А может, все просто: богатенький дядя с жиру бесится и ищет острых ощущений? В любом случае сегодняшняя встреча говорит о том, что парочка отнеслась к своей идее всерьез. Уверена, Ремизов приехал в наш город, специально чтобы встретиться с Волковым. Причем здесь они встречаться не стали, предпочли Берестов. К чему такая осторожность, если пакостей не замышляешь? Предположим, они просто испытывают симпатию друг к другу, вот и решили встретиться. Ну, так и встречались бы на здоровье, зачем вся эта конспирация? А вдруг они просто играют? Двое великовозрастных детей, которым фантазии доставляют большое удовольствие? Мужики иногда ведут себя совершенно необъяснимо. Ага, а если эти фантазеры жену Волкова в самом деле шлепнут? Хороша же я буду!

Я вознамерилась немедленно написать Волковой, предупредить об опасности. Теперь-то уж сомневаться в том, что опасность ей грозит, вроде бы не приходится. Брюнет в городе, и парочка явно что-то затевает. Я вновь взяла планшет и призадумалась. Текст письма меняла раз десять. От простого «берегитесь, ваш муж все знает» до более пространного «у меня есть основания полагать, что ваш муж намерен вас убить, уличив в измене». Звучит ужасно по-дурацки. Если бы я получила подобное письмо, точно бы решила: это чей-то розыгрыш. Хотя я-то мужу не изменяла... У меня его попросту нет, а если бы был, а также был любовник, письмо наверняка напугало или хотя бы заставило задуматься. И что в этом случае сделает Вероника? В полицию пойдет? Как там отнесутся к подобному письму? Посмеются или зададут вопросы, среди которых будет и такой: а вы мужу действительно изменяете? Я бы, наверное, в полицию не пошла. Тогда какие еще варианты? Поговорить с мужем? Во всем покаяться и остаться без мужа и без денег? И не факт, что живой. Опять меня куда-то заносит.

Через полчаса я смогла себя убедить: большинство женщин, получив подобное письмо, перепугаются, но ничего предпринимать не станут в надежде, что как-нибудь само рассосется. Вероника начнет приглядываться к мужу и, может, на время прекратит с любовником встречаться. Вот и все. Стоп. Я не слышала, что Волков рассказывал об измене благоверной, то есть как он ее застукал. Да и застукал ли вообще? Мало ли что ему привиделось, может, и не было никакой измены. И что тогда решит Вероника, получив мое послание?

Я тяжело вздохнула и отложила планшет в сторону. Письмо не годится. Придется с ней встретиться и поговорить. Убедить быть осторожной. А если она меня в полицию потащит, заявление писать? При мысли об этом разом заныли все зубы. Если придется общаться с полицией, а Волков обо всем узнает, мое положение будет незавидным. Жену он, само собой, убивать не станет, а меня обвинит в клевете. Да еще скажет, что я в него влюбилась, вот и решила с женой поссорить.

«Дубина стоеросовая! — чуть не завопила я. — Зачем ты с ним встречалась? Может, он этого и добивается — хочет все свалить на тебя! Что свалить? Допустим, он засек меня в поезде и у него есть какой-то хитрый план... Не зря он меня обхаживает. Тут главное — глупостей не наделать. Присмотримся к Веронике, если выпадет случай — поговорим. И к этому лицемеру Волкову тоже присмотримся. Авось станет ясно, что ему от меня надо».

Я перебралась на диван, и тут еще одна мысль заставила чуть ли не подпрыгнуть. Ремизов. Он не отправился в Нижний, а остался здесь. Может, просто устал и не готов был проехать двести пятьдесят километров, а может... все произойдет сегодня ночью?

— Господи! — простонала я сквозь зубы и заметалась по комнате, толком не зная, что делать. Женщину спасать, естественно!

Я торопливо набрала номер Элки, а когда она ответила, спросила:

— Ты, случайно, не знаешь адрес Волкова?

— А тебе зачем? — удивилась подруга. — В гости к нему собралась?

— Просто интересно.

— Ну знаю. Там неподалеку господин Гусев живет, председатель нашего законодательного собрания, я у него как-то интервью брала. Волков точно его сосед, мне наш фотограф Семка дом показывал, то есть я хотела сказать дворец. Можно глянуть на карту и прикинуть...

— А не проще Семке позвонить? — фыркнула я.

— Точно. Чего-то я к вечеру торможу.

— Может, он номер домашнего телефона знает? — пискнула я.

— Немедленно рассказывай, что ты задумала? — после минутной паузы заголосила Элка.

— Ничего я не задумала, продолжаю вырывать Волкова из сердца и мучиться любопытством. Тебе что, трудно подруге помочь?

Пристыженная Элка обещала перезвонить. И перезвонила буквально через несколько минут.

— Первая Комсомольская, дом пятнадцать. Телефон он не знает, но его можно в справочнике найти. Валерик, ради бога, помни: только конченые дуры звонят женатым мужикам и жарко дышат в трубку, давясь слезами! Ты это сама говорила.

— Да? И кто меня слушал? Я не буду ему звонить, у меня и номера-то нет.

Я тут же схватила планшет с намерением заглянуть в городской телефонный справочник, очень сомневаясь, что домашний номер Волкова там значится. И оказалась не права: номер был, зарегистрирован на Волкова В. Г., и рядом соответствующий адрес. Но радость моя длилась недолго. Вдруг у Волкова определитель номера на телефоне? Мой домашний номер Виталию хорошо известен. Звонить придется из автомата. А еще что-то решать с Ремизовым.

Предупреждать Веронику об опасности по телефону я не собиралась. Если супруги сейчас дома, ей вряд ли что-то грозит. Я склонна верить детективам, в которых черным по белому написано: мужья всегда обзаводятся алиби на момент гибели благоверной. И уж совсем глупо убивать ее в собственном доме.

На счастье телефон-автомат есть возле почты, совсем рядом с моим домом. Я была там через пять минут. Набрала номер, сердце вдруг предательски ухнуло вниз, и я засомневалась, смогу ли справиться.

Трубку взял Волков.

— Слушаю, — сказал он, а я хрипловато спросила, меняя привычную интонацию:

— Веронику можно?

— Она сейчас в душе, позвоните попозже. — И, точно опомнившись: — Ей что-нибудь передать?

Я торопливо повесила трубку. Голос у парня спокойный и доброжелательный, непохоже, что нервничает. А должен, если задумал сегодня жену убить. Она в душе, время позднее, скорее всего, оба останутся дома. Я не спеша возвращалась к себе и уже начала восторгаться тихим вечером, как вдруг вспомнила недавно виденный фильм. Там коварный муж имитировал ограбление собственного дома, наняв киллера, и тот пристрелил жену, требуя назвать шифр сейфа... Жуть. Вдруг Волков тот еще хитрец?

Я заметно ускорилась и, вернувшись в квартиру, отправилась в гардеробную. Отыскала коробку со всяким барахлом, которое использовали на новогоднем корпоративе. Сверху в пакете лежал парик, а под ним — две пары очков с простыми стеклами. Парик здорово меняет внешность, по крайней мере, мою. Когда на нашем капустнике я вышла в парике и очках, меня дорогие сослуживцы узнали не сразу. Удовлетворенно взглянув на себя в зеркало, висящее тут же, я немного порылась в своих вещах. Черная юбка, белая блузка... Люди редко обращают внимание, во что одеты служащие гостиниц. В той же коробке я нашла бейджик с именем Лариса, бог знает как сюда попавший, сотрудницы с таким именем у нас точно не было. На всякий случай сунув в пакет джинсы, футболку и теннисные тапки, я спешно направилась к своей машине.

«Лексус» так и стоял на парковке гостиницы, хотя это ничего не значило. Злодей мог тайно покинуть свой номер. И мне сейчас надлежало проверить, там он или нет. Для начала следовало провести разведку. Обойти здание по кругу оказалось невозможно — вплотную к нему были пристроены два других. Сзади — прелестный дворик, из-за которого отель и получил свое название. Пытаясь выяснить, можно ли туда проникнуть, я пришла в замешательство при виде здешних подворотен. Архитекторы сюда точно никогда не заходили.

Очень скоро я уперлась в стену, преодолеть которую не представлялось возможным, между тем из-за стены доносились музыка, голоса, а по звону посуды и столовых приборов было легко догадаться: дворик как раз за этой стеной. В отель не проберешься, что для меня не очень хорошо, но и злодей таким маршрутом не улизнет, а это, безусловно, неплохо. Значит, мне остается наблюдать за центральным входом...

Тут вся нелепость предыдущего умозаключения стала очевидной: продукты в ресторан тоже через центральный вход заносят? Я свернула в соседнюю подворотню, куда, кстати, вела асфальтовая дорога, и увидела новенькую пристройку, где, собственно, и размещалась гостиничная кухня. Над широкой металлической дверью висела табличка «Машины не ставить, разгрузка товара». Дальше — деревянная решетка, отделяющая ресторанный дворик от подворотни. С той стороны она была сплошь увита диким виноградом. Пользуясь тем, что подворотня пуста, я подошла вплотную к решетке и ее обследовала. Никакого намека на калитку. Злодей, конечно, мог покинуть гостиницу через кухню, но это все же проблематично.

Тут я злодея и увидела. Чуть раздвинула листья, чтобы разглядеть дворик, и едва не ойкнула от неожиданности: он сидел за соседним столом и в одиночестве пил кофе. Испуганно отпрянув, я после недолгого колебания принялась его разглядывать. Приходилось признать: что-то в нем было. Чувствовалось, что человек он незаурядный. Волосы темные, модная стрижка, ярко-синие глаза в сочетании со смуглой кожей выглядели интригующе — сплошной бальзам для женского сердца.

Подошла официантка, он широко улыбнулся, вызвав легкое раздражение. Такой белозубой улыбкой я похвастаться не могла и сразу же решила: зубы у него ненастоящие.

Одет он был в белую футболку и темно-серую кофту известной фирмы, о чем свидетельствовал логотип на левой стороне груди, но и без логотипа было ясно, что тряпки дорогие.

Ремизов между тем поднялся, оставив деньги в кожаной папочке, принесенной официанткой, и направился к дверям гостиницы. Сидящие тут же дамы проводили его заинтересованными взглядами, оно и понятно: молодой мужчина весьма интересной внешности, при деньгах, да еще ужинает в одиночестве.

«Как бы он не улизнул», — с беспокойством подумала я и бегом припустила из подворотни. Если Ремизов и замыслил в тот вечер злодейство, покидать гостиницу он не спешил. Но вскоре я смогла увидеть его еще раз в одном из окон второго этажа. Ремизов отдернул легкий тюль и пару минут стоял, облокотясь на подоконник, точно предлагал убедиться заинтересованным лицам: он у себя и никуда не собирается. А может, он что-то заподозрил и проверяет, нет ли слежки? Чепуха, разве так проверяют... От окна Ремизов отошел, оставив меня гадать, что это было. Хитрый ход, который должен меня насторожить, или ничего не значащий поступок человека, размышляющего, как убить время в чужом городе. И все-таки я была уверена: Ремизов вскоре появится.

Прошел час, в его номере зажегся свет. Ремизов вновь возник возле окна, чтобы задернуть плотную штору. С чего это ему от мира загораживаться? Может, ждет в гости Волкова? Но они уже встречались сегодня, да и не стали бы рисковать, назначая встречу здесь, если уж раньше так шифровались. А если это как раз входит в их планы? Явится Волков, его жену в это время убьют, а Ремизов подтвердит его алиби. Слишком нарочито. Да и кто убьет жену, если оба здесь?

Через час я забеспокоилась: а что, если Ремизов все-таки сбежал через кухню? Придется вернуться к первоначальному плану.

Я решительно вошла в гостиницу и направилась в бар, который располагался прямо напротив ресепшена. Девушка за стойкой внимания на меня не обратила, я села за ближайший стол и заказала кофе. Расплатилась сразу и в распахнутую настежь дверь продолжала наблюдать за администратором. Минут через десять она отлучилась: вошла в комнату, дверь в которую располагалась прямо за стойкой. Я тут же направилась к лестнице. На второй этаж почти бежала. Длинный коридор, с обеих сторон — ряд дверей. Я попыталась сообразить, которая из них ведет в номер Ремизова. Окно четвертое слева, всего их девять. Дверей с этой стороны тоже девять. Я нацепила на блузку бейджик, поправила очки и осторожно постучала в дверь. В ответ — тишина. Я постучала громче. Только бы никого из работников гостиницы не принесло! Дверь, похоже, открывать никто не собирался. Я едва не застонала: мерзавец, сбежал! И тут дверь распахнулась. Ремизов стоял передо мной в белом гостиничном халате, с мокрыми после душа волосами и смотрел с некоторым недоумением.

— Простите, — пробормотала я. — Вы заказывали чай?

Он оглядел меня с высоты своего роста и нахмурился:

— Нет, не заказывал.

— Ой, я, наверное, что-то напутала. Извините...

— Ничего страшного... Лариса, — добавил он после легкой заминки, усмехнулся и закрыл дверь.

Никуда он не собирался, а я так глупо подставилась. Теперь он точно заподозрит, что за ним следят. В расстройстве чувств я едва не забыла убрать бейджик в сумку, быстро прошла мимо стойки регистрации. Девушка успела вернуться и молча проводила меня взглядом.

Выйдя из гостиницы, я по пути к машине бросила взгляд на окно ремизовского номера. Штора не колыхнулась, но я была уверена, что за мной наблюдают, по спине пробежал холодок, я ускорила шаг и свернула за ближайший дом, чтобы Ремизов не видел, к какой из припаркованных машин я направляюсь.

«Теперь он точно насторожится, — думала я, толком не зная, хорошо это или плохо. — С одной стороны, вроде бы хорошо: насторожится и от своей затеи откажется. А если нет? Если вместо этого начнет меня искать и очень быстро найдет, стоит Волкову рассказать ему о новой знакомой. Вряд ли меня спасут парик и очки...»

Еще час я просидела в машине. Свет в четвертом окне вскоре погас, но злодей не появился. А если все же выбрался через кухню? Не могу я быть в двух местах одновременно, да и перспектива случайно столкнуться с ним в переулке не улыбается. Напомнив себе, что завтра на работу, я с раздраем в душе и мыслях отправилась домой.

Едва проснувшись, я заглянула в Интернет, а потом позвонила Элке.

— Новостей нет?

— Каких? — зевая, спросила она.

— Разных.

— Валерик, ты в последнее время меня удивляешь. Какие конкретно новости тебя интересуют?

— Наши на Марсе высадились? — съязвила я.

— А должны?

— Вроде обещали.

— Надо полагать, твоя дальнейшая жизнь напрямую от этого зависит. Может, все-таки расскажешь подруге, что происходит?

— Ничего не происходит, — буркнула я. — Тебя это не беспокоит? Так вся жизнь пройдет мимо.

— Хорошо, давай на Марс слетаем. С завтрашнего дня начнем готовиться.

Уже на работе я то и дело возвращалась к ленте новостей, сердце сжималось в недобром предчувствии. Я сидела, уставившись в компьютер, когда чей-то настойчивый взгляд заставил меня поднять голову.

Передо мной стоял шеф и с большим усердием меня разглядывал.

— Ты какая-то бледненькая, — заметил он.

— Еще бы, света белого не вижу, рабовладелец!

— Да ладно, — хмыкнул Борис, устраиваясь на уголке моего стола.

Шеф у меня красавчик, одно время я была в него влюблена. Если честно, сейчас тоже, хотя с каждым днем все больше убеждаюсь, что ничего мне не светит. Познакомила нас Элка, он был другом какого-то ее приятеля и оказался в числе приглашенных на прогулку по реке на речном трамвайчике. Полдня мы плыли в одну сторону, еще полдня обратно и за это время успели перезнакомиться, много выпить, попеть хором и искупаться. Некоторым удалось познакомиться даже слишком близко, как, например, моей подружке, исчезнувшей часа на два с каким-то вихрастым парнем, называвшим себя художником. Тут рядом и возник Борька, красавец, умница и душа компании. Кто бы устоял? К вечеру я мечтала прожить с ним всю жизнь и умереть в один день. Он вроде тоже не возражал. Проводил домой, обещая позвонить, и позвонил. Мы встретились, я между делом сообщила, что ищу работу, а он с ходу предложил устроиться к нему. Я шла на собеседование, не особо рассчитывая на успех, уверенная: либо работа так себе, либо меня не возьмут. Но работа заинтересовала, и меня взяли, потому что Борька оказался не рядовым сотрудником, как я думала вначале, а хозяином фирмы. Тут бы счастью и обрушиться с невиданной силой, но работа, вместо того чтобы соединить нас, скорее, разъединила. И чем выше я продвигалась по служебной лестнице, тем очевиднее становилось это разъединение.

В первые дни я очень боялась, как бы коллеги не узнали о нашем знакомстве, не хотелось быть «блатной», а еще больше не хотелось сплетен на тему «особых отношений». Оттого я вела себя подчеркнуто официально и вообще старалась держаться от Борьки подальше. То ли это охладило его пыл, то ли нашлась девушка, более достойная его внимания, но в отношениях вне работы мы абсолютно не продвинулись. На первый новогодний корпоратив я возлагала большие надежды, подозреваю, он тоже. Накануне зашел в кабинет и пригласил, так сказать, персонально. Но наутро у меня прихватило горло, а к вечеру на губе вылезла лихорадка, из тех, что не замаскируешь. Обливаясь слезами, я осталась дома. Борька дважды звонил, я сказалась больной. При встрече после новогодних праздников он выглядел обиженным. В общем, не задалось.

Теперь наши отношения можно было назвать стойко дружескими, и ничто не предвещало их изменения в сторону большой любви. Ясное дело, сама виновата. Хуже всего, что любые кандидаты на роль возлюбленного при сравнении с Борькой явно проигрывали, и данное обстоятельство серьезно отравляло жизнь. Я до сих пор была одна, хотя биологические часы не тикали даже, а громыхали: мол, пора, давно пора, и все такое...

— Вовка в Америку улетает, — сообщил Борис, вертя карандаш, позаимствованный с моего стола.

— Карпицкий? — уточнила я. Вовку я знала не то чтобы хорошо, но слышала о нем регулярно, они с Борькой близкие друзья.

— Ага. Говорит, на месяц, может, больше.

Карпицкий — адвокат, а что ему понадобилось в Америке, мне неведомо.

— Я обещал его в аэропорт отвезти, — продолжил Борька. — Ты могла бы...

— Нет, — тут же пресекла я попытку переложить на меня заботы о дорогом друге. — Даже не надейся. У меня работы по горло, никуда не поеду.

— Вообще-то завтра суббота, — поерзав, напомнил Борька.

— Я, знаешь ли, и дома работаю, — съязвила я.

— Да? Надо тебе премию выписать.

— Спасибо. Все равно не поеду. К тому же в моей машине что-то гремит.

— Что гремит?

— Откуда мне знать? Что-то. В общем, вези своего Вовку сам.

— Да я так и собирался. Просто подумал... выходные, могли бы по Москве погулять, в театр сходить, к примеру. Или еще куда-нибудь.

Я пару раз моргнула, лихорадочно пытаясь решить, что ответить. Само собой, соглашаться, но в каких выраженниях? А если он имел в виду совсем другое и я неправильно его поняла?

— Я родителям обещала, — начала я, Борька закатил глаза, и тут в кабинете появились две сотрудницы, обе со стаканчиками кофе в руках. Борька поднялся со стола и сказал, направляясь к двери: — Ты подумай, я попозже зайду, — и удалился, оставив меня в полном смятении.

— О чем ты должна подумать? — мгновенно прицепилась Ленка.

— Об очередной командировке, — огрызнулась я.

— У нас вроде ничего не намечается.

И тут подключилась вторая:

— Лерка, ты правда не замечаешь, что шеф к тебе неровно дышит?

— Еще как замечаю! Премию обещал. А все потому, что в этом кабинете я одна работаю. Все, хватит кофе пить.

— Нет, серьезно. По-моему, он не прочь с тобой замутить. Кстати, кто-нибудь знает, у него девушка есть?

Обе уставились на меня, я развела руками:

— Понятия не имею. Он со мной свою личную жизнь не обсуждает.

— Но смотрит красноречиво. Я бы на твоем месте...

— Работать, козы! В конце концов, кто тут начальник?

Обе весело фыркнули, но заткнулись. И это было хорошо, потому что душа моя требовала тишины. Обалдев поначалу от неожиданного предложения, теперь я пустилась в своих девичьих мечтах во все тяжкие.

Мечты были безжалостно прерваны: примерно через полчаса позвонил Волков. По тому, как звучал его голос, я поняла: сегодняшнее свидание, скорее всего, отменяется. И оказалась права. После продолжительного вступления он наконец произнес:

— Лера, мне сегодня очень надо быть в области...

— И в чем проблема? Поезжайте.

— Но... мы ведь договаривались... Я вернусь в лучшем случае поздно вечером...

— По-прежнему не вижу проблемы.

— Хорошо, все в силе. Я никуда не поеду.

— Вы что, спятили? — удивилась я. — Давайте без жертв.

— При условии, что мы перенесем встречу на завтра.

Я легко согласилась, наверное, слишком легко, потому что он вдруг насторожился.

— Поклянитесь, — сказал совершенно серьезно. — Завтра у вас не возникнут сверхважные дела...

— Клянусь, — вздохнула я, некстати подумав о Борьке, и забеспокоилась: чего доброго, боженька накажет.

— Вы даже не представляете, какой груз сняли с моей души! — повеселел Волков. — Я полдня гадаю, как перенести встречу и при этом вас не обидеть.

— Делать вам больше нечего.

— Не удивляйтесь, Лера. Впрочем, я сам удивляюсь. Но вы вдруг стали очень много значить для меня...

Он отключился, а я еще некоторое время разглядывала мобильный в своей руке. Что это было? Звучит практически признанием в любви. Вот только с какой стати успешному, то есть очень занятому, к тому же женатому мужику вдруг в меня влюбляться? Да такое только в кино бывает, и то третьесортном. Либо его так от измены жены плющит, либо я ему для чего-то очень нужна. А что у нас в планах? Правильно, убийство благоверной. Стоп... Тут меня прямо-таки жаром обдало. Муж у нас в командировке в области, а что с женой? Да еще брюнет пасется в городе, вчера точно пасся. Все зубы заныли разом.

Я решительно поднялась из-за своего стола и сказала девчонкам:

— Будут спрашивать, я поехала к Лебедеву, потом еще в пару мест.

— То есть тебя сегодня уже не будет? — воодушевилась Ленка.

— Не знаю, в любом случае даже не мечтайте смыться с работы пораньше!

Обе скуксились, а я спешно покинула кабинет.

Возле «Милого дворика» я была через двадцать минут. Машины Ремизова на парковке не видно. Разумеется, это мало что значило. Он мог покинуть город, а мог отъехать по делам. Только вот что это за дела? Соваться в гостиницу еще раз я не рискнула, достала из сумки мобильный и набрала номер «Дворика».

Ответили мне после первого же гудка, и я сразу затараторила:

— Простите, вас беспокоят из фирмы «Инженерные решения», у вас остановился господин Ремизов Кирилл Александрович, мы не можем с ним связаться по мобильному, скажите, он еще в гостинице?

— Кирилл Александрович уехал утром, где-то около девяти, — после некоторой заминки ответила девушка.

— Да? Спасибо. Извините еще раз.

Я сидела в задумчивости, таращась на окна гостиницы и постукивая мобильным по щеке. Потом, точно опомнившись, отбросила его на соседнее сиденье. Ремизов уехал утром... Действительно уехал или готовится к злодейству? Мне-то что делать? Послать все на фиг и отчалить с Борькой в Москву, что бы он там ни имел в виду? Но кем я буду себя чувствовать, если, вернувшись, узнаю, что Волкова скоропостижно скончалась?

Я завела машину, еще сама толком не зная, куда направляюсь, то есть никакого плана в тот момент у меня не было, но, сворачивая на очередном светофоре, я поняла, что меня неодолимо тянет на Первую Комсомольскую, где живет со своей неверной Волков. Но даже когда я это осознала, никакого плана по-прежнему не вырисовывалось. Взгляну на чужое «гнездо», а там...

«Гнездо» впечатляло. Все в лучших традициях наших бизнесменов: дворец в классическом стиле за кованой оградой. Дом сквозь зеленые насаждения особо не разглядишь, но, проезжая мимо ворот, я успела заметить и фонтан средь зарослей роз, и каменных львов возле входа. «Вот чего я лишилась, так поздно встретив Волкова, — мысленно съязвила я. — Было бы у меня все это счастье...» Ага, и в придачу муж, который спит и видит, как меня укокошить... Хотя я мужу изменять не собираюсь. Может, и она не собиралась... Вообще факт ее измены лично у меня под вопросом. Эта пара — предмет всеобщих восторгов и зависти. Обычно мужья-бизнесмены в поисках новых ощущений женам изменяют, а не наоборот. Особенно когда после развода тебе ничегошеньки не светит, а ты ко львам и фонтанам уже душой прикипела. А не придумал ли Волков эту самую измену, чтоб от надоевшей жены избавиться? «Вот уж глупость!» — одернула я себя. Ему и напрягаться не надо, развелись, и все. У них же брачный договор, по которому она не получит ни копейки. Это если его в измене не уличит. А если изменяет как раз Волков, а вовсе не его жена, и теперь он боится потерять свои денежки? В любом случае куда проще заманить жену в ловушку и сделать компрометирующие ее фотографии, чем убивать. И безопаснее, и менее затратно.

Я уже второй раз проезжала мимо дома Волкова, описав солидный круг. Участки, огороженные высоченными заборами, здесь располагались вплотную друг к другу, но на противоположной стороне имелся небольшой проулок, по которому можно было проехать на соседнюю улицу. Он находился всего в сотне метров от ворот интересующего меня дома. Свернув туда и выйдя из машины, я смогла убедиться: дом отсюда видно неплохо, точнее, видны окна второго этажа. Ну и калитка с воротами. Сомнительно, чтобы убийца воспользовался калиткой или воротами. Торчать здесь совершенно бессмысленно.

Не успела я это подумать, как ворота открылись, и показался черный «БМВ», за рулем, безусловно, сидела женщина, лица не разглядишь, длинные волосы, очки от солнца. Она промчалась мимо, следуя по улице в сторону проспекта, и я, недолго думая, отправилась за ней. Муж у нас в командировке, посмотрим, чем будет занята жена. Хотя вовсе не факт, что за рулем Волкова, это могла быть родственница или подруга, ведь ни марка ее машины, ни тем более номер мне не известны.

Довольно скоро «БМВ» въехал на стоянку супермаркета, и я, конечно, тоже. Сомнения рассеялись: это Волкова. В магазине я паслась поблизости и смогла ее рассмотреть. Очки она, кстати, сняла. Первым делом прошла в винный отдел и прихватила бутылку виски, особенно не выбирая. Цена, скорее, удивила, обычно люди ее достатка предпочитают что-то подороже. Из одного отдела она перешла в другой, с равнодушным видом время от времени бросая что-то в свою корзину. Чуть дольше задержалась возле фруктов. Вертеться у нее под носом я не рискнула, стояла неподалеку и делала вид, что увлечена выбором сыра. На фото Вероника выглядела интереснее. В действительности она была все так же красива, но сейчас на лице застыло выражение брезгливого равнодушия. Может, я к ней просто придираюсь, потому что не мне львы достались? Одно несомненно: Волков почему-то вызывал гораздо большую симпатию. Тут мне стало стыдно: пусть она капризна и избалованна, это не повод ее убивать, тем более что он сам такую выбрал.

Вероника расплачивалась на кассе, а я направилась к выходу. Вскоре и она появилась с довольно большим пакетом в руке. Я гадала, куда она поедет: вернется домой или продолжит шопинг. Оказалось, ни то и ни другое. Волкова вскоре покинула город. Я следовала за ней, недоумевая, зачем это делаю. Женщина едет на дачу, возможно, к друзьям или к родственникам. Пожалуй, к родственникам. Тогда выбор спиртного более-менее понятен: не захотела тратиться.

Мы проехали километров тридцать, и я мысленно возмутилась: на что я в очередной раз трачу свое время! И тут наше путешествие внезапно закончилось. Впереди показались деревянные строения за невысоким заборчиком, на том, что выходило к дороге, двухэтажном, бревенчатом, виднелась аляповатая вывеска «Покровское». Волкова уверенно свернула и вскоре уже парковалась возле крыльца. Сомнительно, что она просто решила перекусить в придорожной кафешке, место для дамочки вроде нее не самое подходящее. Может, она торопится в дамскую комнату?

Я прижалась к обочине и терпеливо ждала минут пятнадцать. Волкова задерживалась. Вздохнув, я тоже свернула к «Покровскому». Припарковала «Хонду» подальше от машины Вероники, приткнув за «Газелью» в надежде, что благоверная Виталия не обратит на нее внимания.

Это был мотель, как я уже сказала, с двухэтажным административным зданием в центре, где, судя по вывескам, размещались ресторан и бильярд, вокруг него вразброс — небольшие домики-номера с открытой верандой, имелась также сауна, о чем свидетельствовало красочное объявление на входе, а еще мини-зоопарк. Он-то как раз интересовал меня меньше всего, потому что вряд ли мог заинтересовать Веронику. Я была уверена, что найду ее в кафе, то есть в ресторане, и, едва не столкнувшись с ней в дверях, мысленно чертыхнулась. Выходит, я поторопилась, дамочка сейчас уедет, и я наверняка привлеку ее внимание, если брошусь следом. Но тут я заметила у нее в руке ключ от номера с большим брелоком в форме бочонка с цифрой четыре на донышке и перевела дух. Улыбнулась Веронике, но она не обратила внимания ни на мою улыбку, ни, судя по всему, на меня саму. Подошла к машине забрать пакет, к ней подскочил молодой мужчина, видимо, кто-то из персонала, с намерением помочь, но она равнодушно отмахнулась:

— Я сама.

Она взяла пакет, а я поспешила войти в здание и направилась к стойке. Я еще не успела произнести ни слова, когда мимо, ни на кого не глядя, проплыла Волкова с пакетом и скрылась за дверью напротив, которая вела на территорию комплекса, к тем самым домикам.

— Номера свободные есть? — спросила я девушку-администратора.

— Да, конечно, — ответила она. — Вас какой интересует?

— Стандартный. Мне буквально на несколько часов.

— Понятно, — кивнула девушка и назвала сумму. — Номер двухместный, одноместных нет. Если уедете до двенадцати ночи, скидка сорок процентов.

Сумма существенного урона моему бюджету не нанесет. Я с готовностью согласилась, понятия не имея, что буду здесь делать до двенадцати ночи.

— Одиннадцатый номер, — сказала девушка, когда я расплатилась, и положила на стойку ключ.

Паспорт у меня не спросили, правда, фамилией все же поинтересовались и дали чек. Я зачем-то соврала, назвавшись Ивановой.

— Забавно, — усмехнулась администратор. — Перед вами девушка была, тоже Иванова.

— А можно мне другой номер? — вертя в руках ключ, спросила я. — Поближе к парковке. У меня за машину еще кредит не выплачен.

— За машину не беспокойтесь, у нас проблем не бывает. — Девушка посмотрела на мою разнесчастную физиономию и спросила: — Пятый подойдет?

— Да, спасибо огромное!

— Пожалуйста. Выходите в эту дверь и налево. По тропинке. Сауной интересуетесь?

— Нет.

— Зря. Не пожалеете. Бочка кедровая... Ресторан до часу ночи, кафе вон там. Может, чаю с дороги?

— Чай — это отлично.

И я направилась в кафе. Его безусловным достоинством была открытая веранда, выходящая не на дорогу, а внутрь комплекса. Заглянув туда, я сразу увидела Волкову, она как раз вышла на крыльцо своего домика, успев переодеться. Теперь на ней было легкое, почти прозрачное платье в пол, она потянулась навстречу солнечным лучам и собрала длинные волосы на затылке, закрепив их заколкой, после чего вновь скрылась в номере. В кафе обедало семейство, молодая пара с детьми и женщина в возрасте в широкополой шляпе. Я тут же решила: мне тоже не помешает обзавестись для маскировки шляпой, в магазинчике на входе я видела головные уборы и решила сначала купить шляпу, а уж потом пить чай.

Шляп здесь было с десяток, одна другой безобразнее, причем за немалые деньги. Я придирчиво их разглядывала, когда заметила в окно подъехавшую машину. Изрядно потрепанный «Ниссан» лихо зарулил на стоянку. Из него вышел дюжий детина с густой шевелюрой и трехдневной щетиной, одетый в джинсы и клетчатую рубашку, остроносые ботинки он не чистил неделю, если не больше. Парень быстро поднялся на крыльцо и пересек холл, а я бросилась на веранду кафе и поспешила занять столик.

Парень уже шел по тропинке. Пухлые губы, глаза с поволокой, но физиономия глуповатая. Он миновал первые три домика и уверенно свернул к четвертому.

Поднялся на крыльцо и толкнул дверь, после чего скрылся с глаз. Теперь сомнений не осталось: у Вероники любовное свидание.

— Ну ты и дура! — в сердцах пробормотала я, сама толком не зная, на что досадуя. Ее выбор был мне совершенно непонятен. С одной стороны, Волков — симпатичный, умный, интеллигентный, с другой — этот здоровяк, который уж точно звезд с неба не хватает. Какого лешего он ей сдался? Хотя... бизнесмены народ занятой и нервный, на жену времени не хватает, а этот всегда готов. Я вспомнила про дешевый виски, купленный Волковой в супермаркете, и усмехнулась. Вряд ли у нее к любовнику большие чувства, не стала бы она жмотничать.

— Обедать будете? — спросила подошедшая официантка.

— Только чай.

Чай я получила и задумалась, что делать дальше. Любовников караулить? Глупость. А если Волков их обоих здесь и порешит? То есть не сам Волков, а Ремизов, обеспечив обманутому мужу алиби. Если парочку укокошат, все равно на мужа подумают, и алиби не спасет. Решат, кого-то нанял. И то, что Вероника здесь с любовником, подозрения лишь укрепит. А если они дождутся, когда здоровяк уедет? Или убьют эту идиотку по дороге, инсценировав аварию? Мне-то что делать? Позвонить в номер и сказать: «Дура, муж в курсе твоих амуров и киллера уже нанял»? Я ее только перепугаю до смерти. По крайней мере, теперь я точно знаю: у Волковой есть любовник, ничего ее муж не выдумал, скорее всего, застукав в подобном месте. Может быть, даже здесь, заподозрил что-то и выследил. Так ничего толком и не решив, я купила шляпу и журнал и отправилась в свой номер.

Номер оказался весьма скромным, но все удобства в нем наличествовали — что еще надо влюбленным? Вот только была ли Волкова влюблена? Дешевый виски не шел из головы. Для того, кого любят, обычно ничего не жалеют, тем более если деньги есть. Тогда с какой стати рисковать семейным счастьем? Выходит, никакого счастья нет? И все же выбор Вероники казался довольно странным. Прибалдела от этой груды мышц и пустилась во все тяжкие? Такое тоже бывает. С точки зрения многих женщин, этот тип — красавчик. А если еще и в постели большой труженик, то немудрено, что у дамочки крышу снесло.

Устроившись на веранде, я читала журнал и чутко прислушивалась. Кондиционеры в комнате отсутствовали, дверь соседнего номера, выходящая на веранду, была открыта настежь, но за тюлевой занавеской вряд ли что увидишь. Звуки сюда тоже не доносились. Эти двое могут все время провалаться в постели и на веранду ни разу не выйти. Однако вскоре здоровяк появился, в джинсах, босой и без рубашки. Закурил, устроившись на пластиковом стуле и глядя вдаль. В мою сторону даже не посмотрел, что порадовало. Особенно счастливым, кстати, не выглядел, скорее, задумчивым. Докурил, но возвращаться в номер не спешил, пока женский голос не позвал:

— Аркаша, я тебя жду.

Он поднялся, поскреб подбородок и пошел, как идут на работу в понедельник. «Надо, Федя, надо». Без особого рвения, одним словом. Час назад он был куда бодрее. Измотала его дамочка, а может, о вечном задумался, находясь на природе.

Очень хотелось послушать, о чем эти двое говорят. Я прошлась вокруг своего домика, косясь на соседний. Спрятаться совершенно негде. Зато обнаружились два пластмассовых шезлонга, стоящих возле забора. Подхватила один и поставила на лужайке, разделяющей два номера, само собой, поближе к тому, где обретались любовники. Видеть по-прежнему ничего не могла, но теперь кое-что до моих ушей долетало. В основном это были звуки, прозрачно намекавшие на то, что за стеной происходит, и никаких тебе разговоров. То есть шептались любовники довольно много, но слов было не разобрать.

Я слушала все это в большом раздражении, в основном на себя. Чем, черт возьми, я занимаюсь? Лучше бы экспертное заключение написала, сдала к концу рабочего дня, и в выходные — вот она, свобода. И тут Аркадий за стеной вполне внятно произнес:

— Ты выполнишь свое обещание? Поклянись!

И женский голос вслед за этим:

— Конечно. Господи, я же люблю тебя. Все будет так, как ты скажешь.

«Неужто дамочка решила мужа бросить? — озадачилась я. — Похоже на то. Интересно, Аркадий в курсе, что после развода возлюбленная не получит ни копейки? Сам-то он точно не богатей, да и рожа вполне сутенерская, небось, уже представляет, что на «БМВ» раскатывает, перебравшись в уютный домик с фонтаном».

Я тут же устыдилась этих мыслей: а вдруг у них любовь? И обоим плевать на деньги Волкова, с милым рай в шалаше и все такое... Однако в любовь Вероники упорно не верилось, женщина с образованием, привыкшая к определенному уровню жизни, кругу общения... Этот тип по всем статьям проигрывает мужу, если не считать мускулатуру, конечно. Она же не дура, должна понимать...

Тут я некстати вспомнила историю Элкиной начальницы, нашедшей свою любовь в далеком Египте. Красотой избранник не блистал, знал по-русски и по-английски с десяток слов, среди которых лидировали «девушка» и «давай-давай», в общем, вести с ним интеллектуальные беседы никак не получалось, а тетка возьми да и кинь мужа-чиновника весьма высокого ранга, и в настоящее время живет с милым другом в двушке на окраине. К нему родни понабежало, и теперь у нее не квартира, а цыганский табор. Элка, рассказывая мне сию печальную повесть, уважительно повторяла:

— Это любовь...

Я поерзала немного, устраиваясь в шезлонге поудобнее. Любовь, как известно, зла, полюбишь сами знаете кого... Отпустил бы ее Волков с миром, все жили бы долго и счастливо, и мне никакой мороки. Скорее всего, Волкова выбор жены и взбесил, мол, я весь такой крутой, а она предпочла этого неандертальца. И ответ на вопрос «почему?» сам напрашивается. А мужики ко всему, что касается их сексуальных достоинств, относятся весьма ревниво. Оттого он и решил изменницу жестоко наказать. Не оценила, променяла и заслуживает смерти. Откуда в Волкове такая кровожадность? С виду интеллигентный мужчина...

Тут мне опять пришлось прерваться. В домике явно что-то происходило. Шаги, скрип двери, потом заработал душ. Свидание закончено. На всякий случай я перебралась на веранду, прикидывая, останется Волкова или уедет. «Давай-ка домой, греховодница, не могу я тебя здесь вечно сторожить». Нет, лучше пусть с Аркадием остается, он мужчина и просто обязан защитить свою любовь от всех киллеров мира. А я передохну.

Аркаша появился минут через двадцать, полностью одетый, со свертком под мышкой, судя по контурам, там находилась бутылка виски, то ли не допитая, то ли вовсе не распечатанная. Лицо у парня малость осоловелое, но, возможно, от недавнего усердия, а не от алкоголя.

Через минуту я отправилась за ним и смогла убедиться: он сел в свой джип и благополучно отчалил. Почти сразу и Вероника появилась. Увидев, что она садится в машину, я, метнувшись к стойке, вернула администратору ключ.

— Я уезжаю. Спасибо.

Девушка равнодушно пожала плечами, а я, само собой, кинулась вдогонку за Волковой, гадая, зачем все это делаю. Дамочка лихо обогнала «Ниссан» любовника, посигналила ему на прощание и пошла в отрыв. Нестись за ней дальше мне тут же расхотелось, мою «Хонду» стоило поберечь, да и собирать штрафы я не планировала. И пристроилась за «Ниссаном». Он ехал не спеша, и на дорогу до города ушло полчаса. Аркадий направился на юго-восток, в спальный район, я последовала за ним. Если уж я потратила на этого типа столько времени, должна о нем хоть немного узнать! Он въехал во двор пятиэтажки, припарковался возле первого подъезда. Я въезжать во двор не рискнула, отправилась пешком, в очках и дурацкой шляпе, с беспечным видом размахивая сумочкой. Аркадий уже успел выйти из машины и теперь оглядывался, я насторожилась, но тут он крикнул:

— Ярик!

Из песочницы в глубине двора поднялся малыш лет пяти и бросился к нему со всех ног с воплем:

— Папа!

Аркадий подхватил его на руки и посадил к себе на плечи. На балконе появилась молодая женщина в шортах и маечке, длинные светлые волосы распущены по плечам. Между прочим, красавица.

— Аркаша! — позвала она. — Ты молоко не забыл купить?

— Сейчас с Яриком сходим, — ответил тот, поставил малыша на землю, взял за руку, и они пошли со двора.

«Ну, мужики и гады! — злобно думала я. — Чего тебе спокойно не живется? Жена, малыш такой симпатичный... Идиот!»

Женщина смотрела им вслед, счастливо улыбаясь.

Дождавшись, когда Аркадий покинет двор, я подошла поближе к балкону и, задрав голову, крикнула, придерживая рукой шляпу:

— Девушка, скажите, Карасевы в пятой квартире живут?

Она перевела взгляд на меня и переспросила с недоумением:

— Карасевы? В пятой квартире я живу, и, по-моему, нет у нас в доме никаких Карасевых.

— А это какой дом?

— Семнадцатый.

— А 17а где?

— Наверное, девятиэтажка вон в том дворе, хотя точно не знаю.

Ну вот, у меня есть адрес: улица Никитина, дом 17, квартира 5. Только на кой черт он мне сдался? А если

Волков надумает с Аркадием разделаться и пошлет киллера сюда? А здесь ребенок. С ума с ними сойдешь!

Я вернулась в машину, завела мотор, пытаясь решить, что делать дальше. Волков в командировке, супруга тут же пустилась во все тяжкие. Интересно, где сейчас Ремизов и чем занят? И что они все-таки задумали? В любом случае я по-прежнему считаю, что убивать Веронику в своем доме Волков не станет. Убедимся, что мадам вернулась домой, и вздохнем с облегчением.

Увидев телефон-автомат, я притормозила и через две минуты уже звонила в гнездо Волковых.

— Да, — пропел женский голос.

— Люда? — спросила я.

— Что? Вы куда звоните? — голос вроде бы Волковой, хотя у них наверняка есть домработница. Нет, точно Волкова. Прислуга с такой интонацией обычно не говорит. Ее голос, ее...

Лишь только я переступила порог родного дома, беспокойство мгновенно вернулось. Не зря парочка мстителей из города смылась. Оттягивать момент убийства им не резон, о шашнях жены могут узнать посторонние, и убедить в своей невиновности следствие будет еще сложнее. Пока для окружающих Волковы все еще идеальная пара, и следует действовать.

Примерно через час я уже места себе не находила и в конце концов, схватив ключи от машины, отправилась к дому Волковых. Глупость несусветная, но у меня было странное чувство, что, пока я рядом, с Вероникой ничего не случится. В общем, я заняла позицию все в том же переулке и глазела на окна второго этажа. Свет вскоре погас, а я заволновалась еще больше. Дошла до того, что совсем было решила дозором ходить вокруг дома, но явилась здравая мысль: здесь могут быть видеокамеры. Или кто-нибудь из соседей на мой променад обратит внимание и, чего доброго, позвонит в полицию. Отчего бы, кстати, мне не позвонить? Не в полицию, а Веронике?

Я досадливо вздохнула, твердо решив дождаться возвращения Волкова. Где-то ближе к двум я, должно быть, отключилась, а когда открыла глаза, часы показывали 3.15.

— Никудышный из тебя наблюдатель, — проворчала я, поежившись. Шея затекла, поясницу ломило. Зевая, я таращилась на окна особняка Волковых. Гадай теперь, вернулся Виталий или нет.

Я завела машину и поехала домой. Сидеть в переулке и дальше просто не было сил. Но, заприметив телефон-автомат, остановила машину. Набрала заветный номер, послушала гудки, хотела уже повесить трубку, когда раздался щелчок и недовольный мужской голос произнес:

— Алло.

Я сочла за благо промолчать, чего доброго, Волков меня узнает, и побежала к машине, радуясь, что могу с чистой совестью отправиться спать.

Разбудил меня звонок мобильного. Я долго шарила рукой по тумбочке, пытаясь нащупать телефон. Глаза все же открыла, в комнате светло, часы показывают половину восьмого. Сегодня суббота, что за идиот звонит в такую рань? Идиотом оказался Борька. Я проворчала:

— Боря, ты спятил? — И только после этого вспомнила о его вчерашнем приглашении.

— Я тебе вчера весь день звонил, — ответил он обиженно. — И на домашний, и на мобильный.

Ну да, мобильный я выключила, когда в «Покровском» партизанила, и включила, только вернувшись домой. О чем, спрашивается, думала?

— Забыла телефон у подруги, извини... — Не очень удачное вранье.

— Ты едешь? Через полчаса надо быть у Вовки.

Девушке за полчаса на романтическое свидание не собраться, это я знала доподлинно. К тому же никакие силы небесные не заставят меня сейчас подняться с постели. Можно поспать по дороге в Москву... Прибуду помятой красоткой с размазанным макияжем. Очень сексуально.

— Извини, Боря, давайте без меня.

— Это ты извини. Разбудил в выходной... — Он еще немного подождал, точно давая мне шанс. — Ладно, пока. Увидимся в понедельник.

— Ага. Удачи!

Я отбросила мобильный и, накрыв голову подушкой, попыталась побыстрее уснуть, но уже через полчаса чистила зубы, стоя возле раковины в ванной, и ругала себя на чем свет.

«Мама, вы родили идиотку», как говорят в Одессе, если верить фильмам. Спать ей, видите ли, хотелось. Ну вот, проспала мужика, поздравляю! Конечно, мужиков у тебя пруд пруди, одним больше, одним меньше...»

Я прошла в кухню, все еще чертыхаясь, приготовила кофе. Очень хотелось позвонить Борьке, вот только какой от этого толк? А если рассказать ему правду... Интересно, как он отнесется к моей истории? Погонит в полицию или настоятельно порекомендует ни во что не ввязываться? Борька парень правильный и не вмешиваться вряд ли посоветует. Но уж и в засаде сидеть не станет. Рассказать можно и в понедельник. Странная вещь получается: чужие тайны меня занимают больше личной жизни. Может, я извращенка?

Я выпила кофе, наконец-то оделась и устроилась на подоконнике с книжкой. Не столько читала, сколько за окно смотрела. Надо бы обед приготовить, но желания не возникало. Я то яблоко грызла, то печенье. Наконец позвонил Волков.

— Лера, я у вашего дома.

— И кто вас сюда приглашал? — буркнула я, явно пребывая в так и не пережитой до конца тоске по Борьке. Точнее, по его предложению, которым я не воспользовалась.

— Я... извините, я просто подумал... — заволновался Волков, а я сказала:

— Неподалеку от моего дома есть сквер, ждите там.

Его машину я увидела издалека, а вскоре и его самого заприметила, он бродил по аллее, держа руки за спиной, точно старичок-пенсионер, и, судя по физиономии, ничуть ожиданием не тяготился.

Я подошла, он заулыбался до ушей и сказал:

— Рад вас видеть. В машине букет цветов, я не рискнул сразу совать вам его в руки, вдруг рассердитесь.

— Может, просто светиться не хотите? — съязвила я.

— Я довольно далеко от дома, никто из знакомых поблизости вроде не живет, — теперь он говорил без улыбки, при этом глядя мне в глаза и давая понять, что на мои шпильки обижаться не намерен.

— Извините, я себя странно чувствую.

— Странно?

— Ага. У меня отсутствует опыт общения с женатыми мужчинами, да и приобретать я его не планировала. К тому же отказалась провести уик-энд в Москве с парнем, который давно казался мне невероятно привлекательным. Раньше он меня в упор не видел и вдруг заметил.

— Вы отказались из-за свидания со мной? — как-то уж очень нерешительно спросил он.

— Сама удивляюсь...

— Лера, вы... Кстати, можно нам перейти на «ты»?

— Даже не думайте, — осадила я. Он пожал плечами.

— Как скажете. Куда поедем?

— Можем здесь погулять, раз в этом районе знакомых у вас нет.

— У меня другое предложение. — Тут Волков перевел взгляд на мои ноги. — Обувь у вас подходящая. Предлагаю отправиться в одно симпатичное место.

— В какое?

— Доверьтесь мне. Вы не пожалеете.

Легко сказать «доверьтесь». Интересно, что задумал этот тип? Я устроилась на заднем сиденье его машины и повертела в руках букет.

— Нравится? — спросил Волков, понаблюдав за мной.

— Конечно.

— Я сам его составлял.

— Серьезно? Вы не пропадете, про запас есть еще одна профессия.

Он засмеялся и стал рассказывать, как однажды, еще ребенком, ободрал все тюльпаны на участках соседей в дачном кооперативе и преподнес матери огромный букет.

— Она обрадовалась?

— Честно говоря, не очень, а отец выпорол меня ремнем. Он был строгий.

Мы немного посмеялись, но веселье мгновенно улетучилось, потому что Волков, вне всякого сомнения, намеревался покинуть город.

— Куда это вы? — заволновалась я.

— Покажу вам потрясающее место.

— Я терпеть не могу природу, у меня аллергия.

— На что?

— На все. Поворачивайте.

Он остановил машину и виновато посмотрел на меня.

— Лера, вы что, боитесь меня?

— Как вам сказать...

— Как есть.

— Ага. Я вас знать не знаю... Вдруг вы маньяк?

— Позвоните подруге, сообщите мою фамилию и номер машины.

— Ладно, напишу эсэмэс.

Я принялась строчить эсэмэс, но отправлять не стала. Кому? Элке? Чтобы она потом вопросами замучила?

— Теперь вы спокойны? — спросил Волков.

— Лучше бы нам все-таки вернуться.

Он улыбнулся и поехал дальше, сказав:

— Вы мне еще спасибо скажете.

Вскоре мы свернули на проселочную дорогу, я напряглась, но почти сразу увидела шлагбаум. Здесь же находился строительный вагончик, из которого появился мужчина в камуфляже и, поздоровавшись с Волковым, поднял шлагбаум. А еще через пару минут в просвете между деревьями показалось озеро.

Мы остановились на крутом берегу, вид отсюда открывался потрясающий. Волков взял меня за руку, и мы пошли вдоль берега.

— А зачем здесь шлагбаум? — спросила я и сама же ответила: — Чтобы кто попало не ездил? Охранник — ваш знакомый?

— Можно и так сказать.

— Вы купили эту землю и собираетесь здесь все изгадить? Угадала?

— Почти. Собирался строить здесь парк развлечений, город совсем рядом и озеро... Но приехал как-то и... В общем, ничего изгаживать, как вы выразились, я не буду. Приезжаю сюда иногда воздухом подышать.

Мы гуляли часа два.

— Ну, что скажете? — улыбнулся Волков. — Не зря приехали?

— Не зря. Спасибо вам. Странно, что я об этом месте ничего не знала. Жаль, еды не захватили, устроили бы пикник.

— Действительно жаль. Но есть альтернатива: в километре отсюда — ресторан, очень приличный.

И мы поехали в ресторан. Я опять села сзади, но вовсе не из предосторожности. Он мне нравился. Я подумала, что в других обстоятельствах могла бы влюбиться... Но он ведь, паршивец, жену решил укокошить, выйдешь за такого замуж, а он с тобой поживет-поживет, а потом раз — и к праотцам отправит.

В ресторане мы устроились на открытой веранде, поели с большим аппетитом, Волков заказал мне вина, сам пить не стал. Он то ли задумался, то ли загрустил о чем-то. Я ему не мешала. Взглянула на часы, он обратил на это внимание и вдруг предложил:

— Пойдемте вечером в театр.

— Куда? — переспросила я.

— Куда угодно. Понятия не имею, куда вас пригласить. Просто очень не хочется расставаться.

— Вы что, жену совсем не боитесь, или ваши друзья в театр не ходят, вот вы туда и намылились?

— Я же сказал, выбор за вами. Я согласен идти куда угодно, лишь бы не расставаться с вами. А что касается жены... Наш развод — вопрос нескольких дней. Простите за банальность.

— Да уж, вы бы не трудились зря, — усмехнулась я, он пожал плечами.

— Я уверен, вас мне бог послал. Как спасение. Неизвестно, до чего бы я дошел, если б не вы. Даже подумать страшно.

— А поподробней нельзя?

— Что? А... У меня было очень скверно на душе. А потом я вдруг увидел вас.

— Чувствую себя белошвейкой, еще не обманутой. Но все к тому неумолимо скатывается. — Я засмеялась, а он сказал серьезно:

— У жены вот-вот день рождения. Не хочу его портить. В следующую пятницу сообщу ей о своем решении.

— И зачем вы мне все это вывалили?

— Подумал, вам стоит знать.

— Спасибо, что удовлетворили мое жгучее любопытство. До пятницы далеко, вдруг еще передумаете.

— Между прочим, — засмеялся он, — по условию нашего брачного договора, жена оттяпает у меня большую часть состояния, если уличит в измене.

— То, что мы сидим здесь, вряд ли можно считать изменой, а в постель я с вами не собираюсь. Но вам бы лучше не рисковать. Обманутые женщины весьма опасны.

— Да, я знаю, — кивнул он. — Я даже хотел прекратить наши встречи до развода.

— Разумно. Да и после еще надо подумать.

— Наверное, разумно. Я размышлял об этом и понял: мне все равно. Деньги я всегда заработаю. А вчерашний день без вас показался просто ужасным.

— Виталий Глебович, а вы не заговариваетесь? — не выдержала я такого нахальства.

— Я понимаю, вам трудно поверить, — покивал он. — Как думаете, у нас что-нибудь получится? — спросил весело.

— Вот уж не знаю. Девушка я недоверчивая, на посулы не особо ведусь.

— Интересно, о чем вы думаете? — Он придвинулся ближе, поставив локти на стол, и впился взглядом в мои глаза.

— В эту минуту — о том, что здесь прекрасно, но нам, пожалуй, пора.

— Обидно, что чужие мысли прочитать не удается, — откинувшись на спинку стула, продолжил он. — Мы, наверное, здорово бы удивили друг друга. Даже близкие люди, с которыми ты рядом много лет... Тебе кажется, что ты все о них знаешь...

«Это он, должно быть, о жене», — решила я и дальше слушала с большим вниманием.

— Но в один прекрасный день все меняется. Я сейчас подумал... Впрочем, ерунда.

— Договаривайте, если уж начали.

— Пустое, — отмахнулся он, подозвал официантку и попросил счет. И стало ясно: тему «чужая душа — потемки» мы оставили. Но она-то как раз меня очень интересовала.

— Жена ваша где? — ворчливо спросила я.

— Жена? — он вроде бы удивился. — Собирается сегодня в Берестов. У нее там какая-то подруга, и вообще она любит этот город. Я предупредил, что буду занят в выходные.

«Берестов, — билось в мозгу. — Не зря они там с Ремизовым встречались. Решили женушку замочить под колокольный звон? Дружок, поди, уже на низком старте».

— Вы с женой что не поделили? — нахмурилась я.

— Не поделили? Да нет, дело не в этом... Как-нибудь расскажу, если интересно.

— Не очень. Просто хочу напомнить: вы ее когда-то любили. Ведь любили же? — Он кивнул. — Вот. Людям стоит прощать их грехи. Особенно близким людям.

— Как насчет театра? — улыбнулся он, меняя тему.

— Никак. Здесь недалеко дача моих родителей. Отвезете?

— А вы меня с ними познакомите?

— Мама не меньше трех часов в день бороздит Интернет, — соврала я. — Хотите, чтобы мне намылили шею за то, что я с женатым встречаюсь?

— Скажем, что мы просто друзья.

— Всех моих друзей мама знает. Отвезете или нет?

— Конечно.

По дороге мы все больше молчали, и это, признаться, порадовало. Я пыталась понять, что значат слова Волкова. Некоторые высказывания можно толковать примерно так: хотел убить жену, но тут возникла я, и он решил, что жизнь и так хороша, пусть женушка идет себе с миром. А пассаж на тему чужих мыслей? Что он имел в виду?

«Как меня эти догадки достали», — досадливо скривилась я.

Волков высадил меня на остановке автобуса, и к дому родителей я пошла пешком. Стоило машине Виталия скрыться за поворотом, вновь нахлынуло беспокойство. Жена едет в Берестов, а Волкова вдруг потянуло в театр. Желательно со мной. Об алиби заботится? Алиби-то, кстати, дохлое: жену убивают, а он с девушкой в театре, вряд ли поверят, что мы просто знакомые, хотя так и есть. Надо было Волкова разговорить и донести до его сознания простую мысль: оставь жену в покое со всеми ее грехами и себе тюремный срок не зарабатывай.

У родителей я пробыла меньше часа: всучила маме цветы, наврала с три короба о делах и припустила на ближайший автобус. Возле своей двери обнаружила Элку, она сидела на верхней ступеньке в компании чудовищных размеров букета в пластмассовой вазе.

— Привет, — сказала я и села рядом. — Давно ждешь?

— Минут двадцать. Подумала, ты должна скоро явиться, если цветочки здесь.

— При тебе доставили?

— Ага. Расписалась в получении, хотя особо и не настаивали. Надо же, вазой запаслись. Там записка. Одно слово «спасибо». Не просветишь?

— Теряюсь в догадках, кому приспичило. Может, Борька? Я план на двести процентов перевыполнила.

— Дура.

— Конечно. Теперь план увеличат...

— Про самураев слышала? — спросила Элка.

— Краем уха.

— У них обычай был после любовного свидания посылать любимой ветку сакуры и письмо с благодарностью.

— Это не сакура, и цветов — штук сто. Целая рота самураев. Ты ведь не считаешь подругу шлюхой?

— Это Волков? — Элка вздохнула и добавила: — Богатый, женатый, сплошной геморрой и разбитое сердце.

— И я так думаю. А чего здесь сидим, идем чай пить.

Мы втащили вазу в мою квартиру и часа полтора пили чай. Я соврала, что с утра была у родителей и только что вернулась. Элка вроде поверила, должно быть, ранее не заметила моей машины в глубине двора. Спросила:

— К сеструхе отвезешь?

— Запросто. — В ресторане я выпила бокал вина, но решила рискнуть, времени прошло прилично, а возбуждать у Элки лишние подозрения не хотелось.

Уже через полчаса я думала: лучше бы мне дома остаться! Элку к сестре я отвезла, а возвращаясь домой, увидела машину Волковой. На светофоре мы поравнялись, и сомнения окончательно развеялись: за рулем сидела Вероника. Наверное, были среди моих предков охотники, инстинкт сработал: лишь только зажегся зеленый, я перестроилась и поехала за ней. По словам Волкова, она собиралась в Берестов. Судя по всему, туда она сейчас и направлялась.

— Господи, ну зачем мне все это? — сквозь зубы бормотала я, накручивая километры.

Какое-то время я еще уговаривала себя вернуться, а потом махнула рукой.

В Берестове Вероника остановилась возле первого продуктового магазина, я успела свернуть в переулок, надеясь, что не привлеку ее внимания. Из магазина она вышла с большим пакетом. Я почти не сомневалась: у нее очередная встреча с любовником.

Вторая остановка — возле гостиницы «Никольская слобода». Местечко не дешевое и популярное. Ее привычки изменились? Дамочке следовало бы проявлять осторожность, дешевые мотели куда безопаснее. Въезжать на территорию я не стала, сидела в машине, проехав чуть дальше, и пыталась решить, что делать. Снимать номер в гостинице? Эти незапланированные траты начинали бесить. Я уже собралась сдавать назад, чтобы развернуться в переулке, когда вновь увидела машину Волковой, она проехала мимо, направляясь в центр, но там не задержалась и проследовала в спальный район, где не было никаких достопримечательностей.

К моему удивлению, Вероника остановилась возле трехэтажного дома и направилась в первый подъезд с пакетом в руках. Выходит, у нее здесь и вправду подруга. В каждом вранье должна быть доля правды, иначе велика вероятность засыпаться. Вряд ли Волкова пробудет здесь долго, если у нее сегодня встреча с любовником. Я бросила машину неподалеку, решив прогуляться. Само собой, прогуливалась я по соседству с тем самым домом и во двор заглядывать не забывала.

Через час бродить мне надоело, и я устроилась на скамейке возле третьего подъезда. Во дворе — ни души, и мое появление здесь никого не заинтересовало. Терпение мое было на исходе, когда из первого подъезда появилась подвыпившая компания: Вероника, молодая женщина в юбке и футболке в горошек, видимо, ее подруга, и мужчина в спортивных штанах и рубашке навыпуск. Из троих он был самым пьяным.

Затем во двор въехала «Сузуки», дверь с пассажирской стороны открылась, парень лет тридцати направился к Веронике, и они вместе пошли к ее машине. Все ясно: услуга «трезвый водитель». Подружки начали прощаться, пьяный мужик пытался вклиниться между ними, повторяя: «Меня-то кто-нибудь поцелует?»

Наконец Вероника села в машину, а я бегом припустила к своей, хотя могла бы не торопиться. Очень скоро выяснилось, что Вероника возвращается в «Никольскую слободу». Я дождалась, когда она войдет в гостиницу, и тоже зарулила на парковку.

В холле я устроилась возле окна и стала ждать появления Аркадия. Прошел примерно час, я забеспокоилась: он мог войти в здание через служебный вход. Вошел, не вошел... Я что, опять всю ночь буду караулить эту идиотку? Выходило именно так. Я побрела к стойке регистрации.

— Мне нужен одноместный номер.

— Да, конечно, — улыбнулась девушка и начала предлагать варианты.

— Моя знакомая здесь остановилась, я хотела бы номер рядом с ней.

— Подскажите, какой номер?

— Не помню. Фамилия Волкова. Вероника Волкова.

Здесь паспорт точно спросят, вот я и рискнула назвать ее настоящую фамилию.

— Волкова... — бормотала девушка, глядя в компьютер. — Ага... триста двенадцатый. Напротив номер подойдет?

— Вполне.

— Тогда триста тринадцатый. Паспорт, пожалуйста.

Я протянула паспорт и деньги. Девушка сканировала документ, даже в него не заглянув, и только когда она вернула паспорт, я поняла: он не мой, а Элкин. На майские праздники мы вместе летали в Сочи, и с тех пор он лежал в моей сумке. Элка уже дважды умудрялась терять документы, и за сохранность паспорта во время путешествия отвечала я. А потом забывала его вернуть, а Элка забрать, счастливо обходясь без документа. Оба паспорта в красной обложке с портретом Че Гевары. Разница только в том, что на Элкином звездочка на берете Че из красной пластмассы, а на моем ее просто нет. Увидев эту самую звездочку, я и поняла, что сунула администратору паспорт подруги. Девушка подмену не заметила. Пока я собиралась с силами, чтобы объяснить ошибку, она протянула мне ключ:

— Третий этаж. Приятного отдыха.

— Спасибо.

На душе от невольного обмана сделалось тошнотворно, хоть я и пыталась убедить себя: может, это к лучшему. Я поднялась на лифте на третий этаж. Коридор был пуст, и, проходя мимо триста двенадцатого номера, я пару минут беззастенчиво подслушивала. Все тихо.

Войдя в свой номер, дверь я прикрыла неплотно, планируя наблюдать за комнатой напротив, но дверь оказалась с секретом, точнее, была снабжена по краю металлической полосой, в результате обзор сквозь щель сокращался до минимума, и чтобы увидеть хоть что-то, пришлось бы держать ее открытой на ширину ладони. А на это непременно обратят внимание. Злясь на себя, на весь мир и особенно на дизайнера, который сотворил эту красоту, я подтащила к двери стул:

не увижу, так хоть подслушаю. Просидела я часа три, все это время по коридору сновали разные люди, но никого из них триста двенадцатый номер не интересовал. Улучив момент, я замерла возле двери напротив. Тишина. Может, Вероника спит и любовное свидание отменяется? А может, его и не должно было быть и Волкова действительно навещала подругу, а ехать домой пьяной, по понятным причинам, не захотела? Пожалуй, это еще хуже. Присутствие Аркадия — хоть какая-то гарантия ее безопасности.

Я перебралась на кровать, оставив дверь приоткрытой. Что бы ни задумал Волков, по законам жанра действие должно разворачиваться глухой ночью или под утро, когда народ крепко спит.

После двенадцати в коридоре шагов уже было не слышно, из ресторана еще некоторое время доносилась музыка, но вскоре и она стихла. Боясь уснуть, я то и дело поднималась с кровати и бродила по номеру. Разумеется, каждый раз выглядывая в коридор.

К трем часам ночи бороться со сном становилось все труднее. Я зашла в ванную и долго умывалась холодной водой. Вернулась в постель, глаза упрямо слипались. И тут я услышала шорох. Так и есть: будто кто-то скребется. Или что-то тащит по ковру. В этот момент тихо, но вполне отчетливо захлопнулась дверь. Я вскочила и бросилась в прихожую. Дверь моего номера оказалась заперта. Может, кто-то из сотрудников? Я потянулась к дверной ручке, пальцы заметно дрожали. Как можно тише приоткрыв дверь, я выглянула в коридор. В той стороне, где лифты, — ни души, я повернула голову и успела заметить силуэт мужчины в конце коридора. Там, кажется, переход в соседнее здание. Я вновь припала ухом к двери триста двенадцатого номера и даже рискнула проверить, заперта ли она. Заперта. За дверью тишина. Скорее всего, по коридору прошел загулявший постоялец. По крайней мере, я постаралась убедить себя в этом. Однако отправилась следом.

Стеклянный переход в соседнее здание был пуст. Это удивило: не мог мужчина преодолеть его так быстро. Хотя почему не мог? Тут я заметила рядом дверь без номера, чуть приоткрытую. Осторожно толкнула ее, за ней оказалась лестница. Мужчина мог подняться, а мог спуститься вниз. Подняться проще на лифте, а вот если он не хотел, чтобы на ресепшене его заметили... Я перегнулась через перила, никого не увидела, зато услышала, как внизу хлопнула дверь. И начала спуск по лестнице.

Дверь на улицу оказалась незапертой, выходила она на задний двор. Туи здесь росли сплошной стеной, за ними двор не разглядишь. В этот момент я вновь услышала странный звук, точно что-то тащили волоком. Здесь было темно, ни в одном из окон, выходящих во двор, свет не горел, может, оттого мне вдруг стало страшно. Отходить от двери не хотелось, точнее, возникло острое желание поскорее оказаться в номере.

Я попятилась и тут захлопнулась дверь машины, а потом заработал мотор. Я все-таки решилась обогнуть ближайшую тую. Свет фар ударил в глаза, машина стремительно развернулась и через мгновение скрылась за углом. Я побежала за ней, надеясь, что, если она окажется на дороге, я смогу ее разглядеть, но машина свернула не направо, где были ворота, а налево. Должно быть, там тоже имелся выезд.

— Черт, — пробормотала я и тут же сердито подумала: «Далась мне эта машина» — и пошла назад.

Глаза успели привыкнуть к темноте, к тому же вдруг выглянула луна, зависнув прямо над крышей, и стало заметно светлее. Я зябко поежилась, таращась на небо, пробормотала «Красота-то какая», но мысль о том, что триста двенадцатый номер остался без присмотра, заставила меня шевелиться.

Я поднялась на третий этаж и, поравнявшись с номером, который занимала Вероника, прислушалась. Тихо, как в могиле. Невольно поежившись от подобного сравнения, я поспешно вошла в свой номер. Все люди спят, только я бегаю как ненормальная. Сев на постель, я вздохнула, затем рухнула на спину и уставилась в потолок. До рассвета я не смыкала глаз, часов в пять еще раз вышла в коридор, припала ухом к чужой двери, зло подумав: «Дежурство закончено», — и отправилась спать.

Проснулась я часов в девять, хотя была уверена, что просплю до обеда. Приняла душ и пошла завтракать. В большом зале Вероники не оказалось, не было ее и на веранде. Она могла еще спать, а могла позавтракать раньше, но то, что ее не видно среди гостей, меня расстроило. Хотелось убедиться: с ней все в порядке, — и побыстрее уехать отсюда. Приключения мне уже надоели.

Оказалось, они даже не начинались. Само собой, по пути в номер я опять замерла возле двери триста двенадцатого номера. Там царила тишина. Спит или уехала? Я вернулась в начало коридора, где было большое окно, выходившее на парковку, и, увидев машину Вероники, вздохнула с облегчением. Хотя с какой стати?

Через несколько минут я была на улице, спустившись по той самой лестнице, что и ночью. Двор все так же пуст. Я пошла вдоль здания в том направлении, где вчера скрылась машина, и вскоре оказалась на хозяйственном дворе: трактор для расчистки снега, еще какая-то техника... Ворот нет, потому что забора тоже нет. Деревья и заросли кустарника скрывают двор от постояльцев, чтоб вид не портить. «И ни одной видеокамеры», — отметила я. Можно запросто проехать до центрального здания и потом так же спокойно смыться. И зачем тогда ворота на въезде? Впрочем, они ведь тоже открыты. И на парковке камер я не заметила. Отель непуганых идиотов.

В большой досаде я побрела назад. Можно было пройти через ресепшен и подняться на лифте, но я свернула во внутренний двор и вот тогда заметила пятна на асфальте, — цепочка пятен растянулась на метр, примерно в том месте, где ночью стояла машина. Я было решила, что это машинное масло. Хотя если уж масло течет, то, как правило, остается целая лужа. Присев на корточки, я дотронулась до ближайшего пятна, на руках остался едва заметный след, ничем особо не пахнет... И тут до меня дошло: мама дорогая, это же кровь, кровь, которая успела подсохнуть...

— Ничего себе, — пробормотала я ошарашенно и быстро выпрямилась.

Воображение услужливо рисовало самые жуткие картины. Шаги ночью, странный звук «точно что-то волокли по полу», машина, которой здесь совершенно нечего было делать, а теперь еще и кровь.

«Проворонила, — в панике подумала я. — Эти гады ее убили».

Я бросилась в гостиницу, бегом поднялась на третий этаж и затарабанила в дверь триста двенадцатого номера. Никто и не думал открывать.

— Вероника! — зачем-то крикнула я и опять принялась стучать.

Может, все не так плохо и она ушла завтракать? Я припустила к лифту. В зале — ни души, на веранде — несколько человек за столами, Вероники среди них нет. Мой внутренний голос то кричал «караул!», то призывал не валять дурака и прекратить панику. Я кинулась на ресепшен и обратилась к девушке:

— Подругу потеряла. Можно от вас позвонить в номер? — Девушка молча кивнула, я назвала номер комнаты, и она вскоре протянула мне трубку. Бесконечные гудки. — Не отвечает, — возвращая трубку, сказала я.

— Может быть, ушла куда-нибудь? Вы на мобильный позвоните.

— Он у нее еще вчера сдох, а подзарядку она забыла.

— Тогда ничем помочь не могу.

— Скажите, а она заплатила за сутки?

Девушка посмотрела с недовольством и вроде бы даже головой покачала, но ответила вполне доброжелательно:

— Номер снят на двое суток. До двенадцати часов понедельника.

— Спасибо.

«Зря я ношусь как угорелая, — думала я, нервно расхаживая в холле. — Волков сказал, Вероника очень любит этот город, вот она и отправилась прогуляться, я просто ее проворонила. Весь город обойдешь за несколько часов, глупо брать машину, здесь в центре на каждом шагу знаки «стоянка запрещена».

Однако кровь на асфальте не давала покоя. Я решила взглянуть на нее еще раз. Но опоздала. Во дворе стоял мужчина в комбинезоне и из шланга поливал туи, а вместе с ними и асфальт. На том месте, где я видела кровь, теперь была лужа. Я так разозлилась, точно у меня кошелек свистнули. Дались мне эти пятна... и чета Волковых в придачу.

Я вернулась в номер. Через час его придется сдать. Ни малейшего желания еще тратить деньги у меня не было. Надеюсь, Вероника до той поры появится.

Но она не появилась. Я сдала номер, перебралась на веранду, заказав чай со льдом, и дала ей еще два часа. Два часа прошли. В конце концов здравый смысл победил, и я отправилась на парковку. Шаря в сумке в поисках ключей от машины, я обратила внимание на парня в ветровке. Капюшон, темные очки и шарф, намотанный на шею, скрывали практически все лицо. Руки он держал в карманах. Выше среднего роста, худой. Что-то в его фигуре было не так... Но больше всего насторожил наряд: жарковато для ветровки.

Парень скрылся с глаз, я распахнула дверь своей «Хонды» и огляделась, чтобы понять, куда он исчез. Заработал двигатель машины, а вслед за этим мимо промчался «БМВ» Волковой.

— Да что за черт! — завопила я и бросилась следом.

«БМВ», вылетев за ворота, скрылся в переулке напротив. А мне пришлось притормозить: как назло, машины следовали одна за другой, и когда я наконец оказалась в переулке, «БМВ» и след простыл. Пытаясь его отыскать, я еще с полчаса колесила по улицам.

«Неужто у этой дуры машину угнали? — со злостью думала я. — А если все проще, и Вероника попросила кого-то перегнать ее машину? Зачем, спрашивается, а главное — куда? В Берестове она ей вряд ли понадобится, а возвращаться домой, не сдав номер, она тоже бы не стала. Точно, угнали... Черт с ней, с машиной, где сама Вероника?»

Понемногу я успокоилась, но вместо того, чтобы отправиться восвояси и спасти остатки выходного, вернулась в гостиницу. Поднялась на третий этаж с намерением во что бы то ни стало заглянуть в триста двенадцатый номер. Если мне не откроет Вероника, придется подкупить горничную, главное, убедиться, что Волкова не лежит в луже крови.

Дверь оказалась приоткрыта. Не зная, как к этому отнестись, я осторожно вошла в номер. Он был точной копией моего. Возле туалетного столика на кавролине — большое красное пятно. Удивительно, как я в обморок не рухнула, перевела взгляд на кровать, она была тщательно заправлена, дверь в ванную распахнута, но там, безусловно, кто-то был.

— Вероника! — испуганно позвала я. На мой вопль появилась горничная. — Простите, я думала моя подруга здесь, — сказала я.

Горничная кивнула, считая излишним отвечать. Я внимательно огледела номер: на консоли — косметичка, на спинку кресла небрежно наброшена кофта.

— Что это за пятно? — спросила я, кивнув на кавролин.

— Вино, — ответила горничная. — Теперь оттирать замучаешься.

— Вы сегодня видели женщину, которая здесь остановилась?

— Нет. Постучала, убедилась, что в номере никого, и стала убирать.

— Значит, это вино. Как же Веронику угораздило?

— Бывает. В ванной еще и кровь на плитке, и штопор валяется, наверное, им порезалась.

— Кровь? — я уже влетела в ванную. На белой плитке пола — ни пятнышка.

— Я все убрала, — пояснила горничная.

— Где вы видели кровь? — заволновалась я.

— Вот тут, на полу, и немного на раковине.

— Вы уже сообщили администратору?

— Зачем? — нахмурилась женщина.

— Вдруг что-то случилось? Нехорошее?

— А чего может случиться? Я же говорю: поранилась штопором... еще и вино пролила, бывает...

— Часто?

— Что? — не поняла она.

— Часто такое бывает?

— Гости разные... кто-то любит выпить. Мое дело — все убрать, — добавила она и отвернулась.

— На вашем месте я бы все-таки сообщила...

Я вышла из номера и устроилась на диване возле лифтов, раздумывая, как поступить. В полицию звонить, вот как! И что я им скажу? В полицию должна звонить администратор. Она, кстати, минут через десять появилась, прошла мимо, в мою сторону даже не взглянув, и скрылась в триста двенадцатом номере. Должно быть, на горничную мои слова все-таки подействовали. Однако никакого ажиотажа этот визит не вызвал, администратор пробыла в номере совсем недолго, возвращаясь к лифтам, соизволила меня заметить.

— Вы все подругу ищете? — спросила укоризненно.

— Ага. Если честно, я за нее беспокоюсь.

— Вы имеете в виду кровь? Если бы что-то серьезное произошло, она бы вызвала «Скорую», разве нет?

«А если ее убили?» — чуть не брякнула я, но вместо этого сказала:

— Ее машина со стоянки исчезла.

— Что значит исчезла?

— На ней укатил какой-то тип.

— Может, знакомый вашей подруги?

— Может, — вздохнула я.

— Вы ведь, кажется, уезжать собирались, — напомнила девушка, входя в лифт.

— Уедешь тут, — проворчала я, но она уже вряд ли слышала.

Никто здесь о Волковой не беспокоится, кроме меня. Может, и правильно. Кровь в номере и на асфальте здорово пугает, но номер пуст. С одной стороны, это хорошо, вполне вероятно, что Вероника жива-здорова и где-то неплохо проводит время. А если ее ночью увезли? Оттого и кровь на асфальте. А зачем ее увозить? Чтобы следствие запутать, само собой. В таком случае кровь в ванной оставлять бы тоже не стали, иначе никакой логики.

Вероники нет, машины нет, а моя история, сунься я с ней в полицию, — просто приключенческий роман. Асфальт вымыли, в номере все убрали, остаются ночные шорохи, неясные силуэты и парень в ветровке, которого, скорее всего, кроме меня, тоже никто не видел. А я напрасно сею панику. Да еще зарегистрировалась по чужому паспорту. Это, кстати, тоже придется как-то объяснять. Угораздило же меня Элкин паспорт сунуть! В большом раздражении я наконец-то отправилась домой, чужие тайны до смерти надоели.

По дороге мне позвонил Волков, и это показалось подозрительным. Вдруг злодеи обратили внимание на мою беготню в Берестове? Я ответила с некоторой опаской. Голос Волкова звучал без намека на нервозность.

— Как ваши дела? — ласково спросил он.

— Отлично.

— Вы все еще у родителей?

«Проверяет?» — мелькнуло в голове.

— Нет, вчера вернулась.

— Да?

— Ваш букет получила подруга. Ведь букет вы прислали?

— Я просил оставить его возле вашей двери.

— Не побоялись, что свистнут?

— Вы подозреваете соседей? — засмеялся он.

— Как ваша жена? Вернулась? — решилась я задать вопрос. Если он и вызвал у Волкова удивление, то он его никак не продемонстрировал.

— Нет. Все еще в Берестове. Вернется завтра утром. Вечер у меня свободен. А у вас?

— Нет, к сожалению.

— Жаль. Может, встретимся завтра, в обеденный перерыв?

— Может, и встретимся.

Я дала отбой, но облегченно вздыхать не спешила. Если верить Волкову, с его женой все в полном порядке. Вранье в том случае, если с Вероникой что-то случилось, выйдет ему боком. Где же носит эту девицу, и почему на ее машине раскатывает какой-то тип? Вдруг у нее не один любовник, а два? Или целая дюжина?

Утро понедельника начиналось как обычно: с беготни по квартире, двойного кофе и попытки выстроить подобие плана на день. Но уже через час все пошло кувырком. Только я завела машину, как меня неудержимо потянуло в Берестов. Сколько бы я ни гневалась и саму себя к порядку ни призывала — все напрасно.

Кончилось тем, что я позвонила Борьке и предупредила: задержусь, возможно, до обеда. Придумала что-то про больной зуб. От работы я никогда не отлынивала, и мне с готовностью поверили, что лишь усугубило муки совести.

Я неслась в Берестов, наплевав на камеры и штрафы, уверенная, что Вероника, если она вернулась вчера в гостиницу, еще спит, следовательно, я застану ее в номере и поговорю. Хватит с меня головной боли, пусть неверная сама печется о своей безопасности.

На парковке машины Волковой не было. Я поднялась на третий этаж и, едва выйдя из лифта, увидела: дверь ее номера открыта, в коридоре рядом с ней — тележка и пылесос. Уборка идет полным ходом. Так и есть, в номере горничная, но не та, с которой я вчера разговаривала. Я быстро окинула взглядом комнату, пятно на ковролине едва заметно, вещей Вероники нет.

— Номер уже сдали? — спросила я.

— Да, — охотно ответила горничная, хоть и смотрела с некоторым недоумением.

— Давно?

— Не знаю. Мне полчаса назад позвонили, велели номер убрать.

— А кто звонил?

— Администратор.

— Ключ администратору возвращают перед тем, как уехать?

— Конечно. А я иду проверить. Мало ли что. Иногда полотенца не досчитаешься или халата...

Я сунула в ее карман купюру и понизила голос:

— Сделайте доброе дело, уточните у администратора, во сколько сдали номер, а главное, кто сдавал. Я возле лифта подожду.

Вернулась горничная довольно быстро.

— Номер сдали полчаса назад.

— А кто сдавал?

Тут женщина пожала плечами:

— Ключ оставили на стойке, а кто — администратор не видела.

— Это что, в порядке вещей?

— Администратор могла отлучиться, гости торопились и ждать не стали.

— Понятно, — пробормотала я.

На самом деле ничего не понятно. Была здесь ночью Вероника и действительно ли сдала номер? Если это произошло полчаса назад, мы должны были встретиться на дороге. Это при условии, что отсюда она сразу поехала домой, а не решила напоследок прокатиться по городу и не заглянула, к примеру, в какой-нибудь магазин или к той же подруге.

Я помчалась на работу, всю дорогу высматривая среди машин знакомый «БМВ». Впрочем, учитывая, что Волкова водитель лихой, она уже к дому приближается.

«Только бы она вернулась», — с душевным томлением думала я и, въехав в город, бросилась звонить из ближайшего телефона-автомата.

Трубку сняли сразу, но радость моя оказалась преждевременной.

— Могу я поговорить с Вероникой? — спросила я и получила ответ:

— Ее нет дома.

«Да что за черт!» — едва не рявкнула я.

На работе меня ждали с большим нетерпением, и до часу я была так занята, что мысли о Волковой улетучились.

В час позвонил Виталий.

— Вам не пора на обед? — спросил весело, а я решила не церемониться:

— Ваша жена вернулась?

Он засмеялся:

— Вы за мои деньги переживаете? Зря я вам рассказал о брачном контракте.

— Вернулась или нет?

— Нет. Вчера она выпила лишнего и сегодня намерена весь день валяться в постели, вернется вечером. Мои деньги в абсолютной безопасности, — вновь засмеялся он. — Где встречаемся?

— Я сегодня остаюсь без обеда, — вздохнула я. — Придется довольствоваться пиццей.

— Жаль, — судя по голосу, он и впрямь огорчился. — А что вечером?

— Вечером ваша жена вернется, — и я повесила трубку.

Черт знает, кто из них врет. Либо Волков мне, либо Вероника ему. Пожалуй, все-таки она. Где-то встречается с любовником, а мужу сказала, что все еще в Берестове. Зря я вчера разволновалась. Скорее всего, было так: Вероника в субботу заехала к подруге, утром ее забрал из гостиницы любовник на своей машине, а «БМВ» остался на парковке. Но потом машина ей понадобилась, и она послала за ней приятеля. Утром ненадолго заглянула в номер забрать вещи и отдать ключ и сейчас мурлычет на плече своего здоровяка. Или его дублера. А я веду себя как идиотка и трачу свои кровные на номера в гостиницах, вместо того чтобы бродить с Борькой по вечерней Москве, держа его под руку.

Борька, легок на помине, заглянул в кабинет.

— Как зуб? — спросил заботливо.

— Уцелел. А ты как? Вовку проводил?

— Куда ж мне было деться? Ладно, пока. Рад, что у тебя все в порядке, — обида в нем чувствовалась, хоть он и старался ее скрыть.

— Умные-то девушки начальству не отказывают, — прошипела я, пользуясь тем, что в кабинете была одна. — Особенно холостому и симпатичному, по которому давно сохнут. Господи, я дура!

Поставив самой себе диагноз, я малость успокоилась, а ближе к шести вспомнила про Волкова. Позвонить ему, что ли? Если звонить, то с предложением встретиться. Не могу я ни с того ни с сего о жене спросить, получится совсем уж глупо. Чета Волковых к тому моменту вызывала у меня зубовный скрежет, и видеть Волкова совершенно не хотелось. Я подумала: может, сам позвонит? Но он не позвонил.

Вечером я отправилась прогуляться. По крайней мере, я так думала, пока не увидела телефон-автомат. Набрала номер домашнего телефона Волкова. Никто трубку не снял. Супруги могли куда-то отправиться вместе, сейчас всего-то половина десятого. Прогулка вдруг перестала меня интересовать, зато неудержимо потянуло к дому Волкова. Это здорово смахивало на паранойю и всерьез пугало. Я вернулась домой, выпила коньяка и постаралась поскорее уснуть.

За завтраком я твердо решила звонить Веронике. Предупрежу, что муж знает об ее измене, обо всем остальном сообщать не обязательно. На звонки Виталия не отвечать и уж тем более с ним не встречаться. Хватит этих дурацких игр в сыщика. Однако звонок Веронике я трусливо отложила на вечер.

Принятое решение повлияло на меня самым благотворным образом, по дороге в офис я думала исключительно о работе, и первый час трудового дня тоже.

Потом позвонила Элка.

— Как дела? — спросила подруга. Голос звучал немного странно, напряженно, что ли.

— Нормально. Ты немного не вовремя. Давай я тебе перезвоню. — Я собиралась дать отбой, когда Элка спросила:

— Лерка, надеюсь, ты не успела влюбиться в своего Виталия по самые уши?

— Что за глупость, конечно, нет.

— Слава богу. У меня скверная новость: Волков убит.

В первое мгновение я даже не поняла, что она сказала, и переспросила:

— Убит?

— Вот именно.

А перед глазами — недавняя беготня, кровь в номере Вероники, в общем, новость в голове не укладывалась, и я уточнила:

— Почему убит? Убита?

Тут уж Элка начала тормозить:

— Кто убита?

— Волкова. Ты ее имеешь в виду?

— Да с какой стати?! — возмутилась подруга. — Виталия Волкова застрелили. В его доме. Вчера вечером или ночью. Его жены в доме не было. Она куда-то уехала.

— Черт... — только и смогла произнести я и отключилась.

Минут пять я в полном обалдении пялилась в стену, тут мобильный вновь зазвонил.

— Ты там в обморок не хлопнулась? — с беспокойством спросила Элка.

— Пытаюсь переварить новость.

— Да уж, новость будь здоров. Волкова сегодня его водитель обнаружил. Они в Москву по делам собирались. Хозяин лежал в холле с двумя пулями. В голове и в груди. Похоже на работу киллера. Хотя по бизнесу вроде все нормально. Впрочем, этих бизнесменов не поймешь.

— Откуда ты все это знаешь?

— Детка, у меня свои источники в ментовке. Через пять минут после того, как им позвонили и сообщили о трупе, я уже все знала. — Хвастовство я подруге охотно простила, а она продолжила: — И даже кое с кем успела поговорить. Потом про тебя подумала.

— Спасибо.

— За что?

— За то, что иногда обо мне думаешь. Элка, у меня работы полно, встретимся вечером и все обсудим.

— Ты действительно в порядке? — с сомнением спросила она.

— Мне совсем не нравится, что людей убивают. А в остальном — порядок.

— Слава богу...

Мы наконец простились, и я вновь уставилась в стену: ничего себе новость! Я беспокоилась за Веронику, а убит Волков. Как же так? Вот уж идиотский вопрос. Людей иногда убивают. Особенно богатых. Особенно с серьезным бизнесом. На ее счастье, Вероники в доме не оказалось... Стоп. Полиция в первую очередь должна связаться с женой, если убит муж.

Я набрала номер Элки:

— Леди Всезнайка, а менты Волкову уже нашли?

— В каком смысле?

— Ее же не было дома, так? Они должны сообщить ей о трагедии, или им по фиг?

— Конечно, должны. Что-то я об этом не подумала. Сейчас позвоню.

— Давай. И не забудь мне сообщить.

— А тебе что за интерес? — спросила она недоуменно.

— А ты не догадываешься? Есть такое слово: «любопытство». С Волковым я была знакома, как тебе известно.

— Ладно, не заводись. Меня просто беспокоит твое душевное состояние.

Перезвонила она часа через полтора.

— С Волковой связаться пока не удалось. Домой она не вернулась, на звонки не отвечает. И, кстати, зря: непременно попадет под подозрение. Если мадам залегла на дно, значит, рыльце в пушку.

«Или ее тоже нет в живых», — испуганно подумала я.

Денек выдается нервный. Подозреваю, работником в то утро я была никудышным, все мысли — лишь о недавнем убийстве. К обеду сообщения о нем появились в лентах новостей. Скудные фразы: «убит в своем доме», «обнаружил водитель», «жена в отъезде, связаться с ней пока не удалось». С каждым часом я все больше сомневалась, что Веронику следует искать среди живых.

Волков и Ремизов встречались в Берестове и обсуждали ее убийство — лично у меня сомнений в этом не было. В выходной в Берестов отправляется Вероника и вскоре исчезает. Ремизов ее убил? И вывез тело? Возможно, это его шаги я слышала и его силуэт видела в коридоре. Он же и машину угнал. Парень в ветровке на него совсем не похож... Мог кого-то попросить. Да и убивать самому тоже не обязательно. Идем дальше. Волкова застрелили в собственном доме. Исчезновение Вероники тут же свяжут с этим убийством, и она окажется в числе подозреваемых. А на самом деле Волкова, скорее всего, скончалась еще раньше мужа, и виноват в этом не кто иной, как сам Виталий. Кто же знал, что ревнивцу-мужу жить осталось недолго? Вот она — ирония судьбы! Тут у меня мороз прошел по коже. А если Ремизов как раз и намеревался избавиться от обоих? И в поезде он оказался не случайно? Экий хитрец: подбил Волкова убить жену, в чем охотно ему помог, а потом разделался с самим Виталием и остался в стороне.

— Вилами по воде, — вздохнула я. — С чего он взял, что попутчик начнет изливать ему душу? Ремизов, без сомнения, парень со сдвигом, но сейчас должен чувствовать себя скверно. Он намеревался помочь Волкову из каких-то своих соображений (потому что просто псих, — тут же решила я) и, разумеется, остаться в стороне. Кто же его заподозрит? Но Волкова застрелили. Началось следствие, его переписку, звонки, передвижения тщательно проверят и, чего доброго, выйдут на Ремизова. А могут и не выйти, если я о нем не сообщу. Сообщить я просто обязана.

И вот тут я со всей ясностью поняла, в какую ловушку угодила: я встречалась с Волковым, я следила за его женой, я была в «Никольской слободе» в момент ее убийства, если ее действительно там убили. И мотив убийства налицо: мы с Волковым любовники, а супруга об этом узнала и по брачному договору должна была получить большую часть имущества. Заодно я и от соперницы избавилась, Волков ведь мог с женой не развестись, боясь за свои миллионы. Мне, чего доброго, и его убийство припаяют: поссорились, и я сгоряча... Чушь, откуда у меня оружие? Зато мотив железный, а алиби нет. Что я делала вчера вечером, а также ночью? Была дома, одна? А подтвердить это кто-нибудь может? Кстати, оружие дал мне сам Волков, чтоб я с его супругой разделалась...

Волосы у меня, должно быть, встали дыбом. Я уединилась в переговорной, заперев дверь, нервно бегала и пыталась себя успокоить. Если бы я собиралась ее убить, не стала бы светиться в гостинице. Конечно, ответят мне на это, оттого и воспользовалась чужим паспортом. Камеры на дороге проверят, и станет ясно: я следовала за Вероникой. Черт, черт, черт... Надо же быть такой дурой! Так, спокойно... Кто знает о моих встречах с Волковым? Никто. Вряд ли он о них рассказывал. Хотя Ремизову мог рассказать. Зачем? Если они рассчитывали меня как-то использовать... Предположим, я следила за Вероникой, а Ремизов за мной. Им нужен был человек, на которого они могли свалить убийство, и если уж нашлась такая дура, отчего не воспользоваться? Слишком опасно, хоть и заманчиво. Любой намек на неверность делает Волкова подозреваемым номер один. Ремизову сейчас самое время лечь на дно, это он, надеюсь, и сделает. Веронику пока не нашли ни живой, ни мертвой. Значит, надежда есть.

О разговоре в поезде лучше молчать, но тогда как объяснить, зачем я попёрлась за Вероникой в Берестов? Я ее узнала, заподозрила в измене мужу, и во мне взыграло любопытство. Допустим. Если следователи решат, что она попросту сбежала, я, возможно, вообще останусь в стороне. При условии, что администратор гостиницы не расскажет о моем странном поведении, которое следователей, безусловно, заинтересует. А дальше совсем просто: узнав о девице из 313-го номера, то есть обо мне, полицейские обратятся к Элке, а та скажет, где находится ее паспорт. Предупредить Элку?

Стоп, стоп, стоп! Полицейские будут разыскивать Веронику, живую Веронику, которую подозревают в причастности к убийству мужа, с какой стати в этом случае интересоваться мной? Если никуда не лезть, есть шанс выбраться из этой истории без особых потерь. Но я-то знаю: Вероника не сбежала, ее, скорее всего, нет в живых. И, спасая свою шкуру, я готова смириться с тем, что убийца будет разгуливать на свободе?

Найти убийцу Волкова я точно не помогу, раз о его делах ничего не знаю, и с Вероникой все далеко не ясно... В общем, осталось лишь ждать, что будет дальше: явятся ко мне следователи или мне вдруг фантастически повезет, и я в поле их зрения не попаду, хотя надежда на это ничтожна.

Я отправилась домой, вошла в подъезд и машинально взглянула на свой почтовый ящик. В нем что-то лежало. Точно не бесплатные газеты, которые иногда бросали, и на платежки не похоже. Бог знает, почему я вдруг заволновалась. Впрочем, в свете последних событий много и не надо, чтобы разволноваться. Я поспешила открыть дверцу и увидела конверт из плотной коричневой бумаги. На конверте только мое имя и больше ничего, то есть его не доставляли по почте, а бросили прямо в ящик.

С сильно бьющимся сердцем я вскрыла конверт, в нем оказались две фотографии: я и Волков на веранде ресторана, в котором мы обедали в субботу. Он перегнулся ко мне, его рука на моей ладони, я счастливо улыбаюсь.

Я вдруг очень ясно вспомнила тот момент, как будто фантастическим образом перенеслась в прошлое, чувствовала его руку и слышала голос, и сердце сжалось от боли, потому что только сейчас я поняла: Волкова больше нет, он — прошлое, от которого остались фотографии да воспоминания. Эта мысль была так мучительна, что я едва не заревела, а потом меня точно хлестнули по лицу: кто мог мне это прислать? А главное — зачем?

Я бегом поднялась в квартиру, заперла дверь, бросила сумку в прихожей и с конвертом в руке прошла в гостиную, где обессиленно повалилась на диван. На второй фотографии Волков помогал мне сесть в машину. Его взгляд вряд ли можно было назвать дружеским, так смотрят на любимую женщину. Как бы то ни было, фотографии свидетельствуют о нашей связи, любовной или нет — это уж второй вопрос. Откуда фотографии вообще взялись? Ответ прост: кто-то следил за Волковым, и в поле зрения этого человека оказалась я. Кто мог следить за ним? И здесь ответ очевиден: убийца. Он наблюдал за жертвой, ожидая подходящего момента. И сделал фотографии? Зачем?

— Затем, чтобы теперь тебя ими шантажировать, дура! — рявкнула я в досаде.

Спокойно... В конверте — никакой записки, вообще ничего, кроме фотографий. И как понимать подобное послание? Да очень просто: никуда не лезь, иначе неприятности тебе обеспечены! Значит, с точки зрения убийцы (а я была уверена: фотографии прислал именно он), я все-таки представляю опасность, то есть знаю нечто такое, что способно осложнить ему жизнь.

Я вскочила с дивана и нервно забегала. Волкова убил киллер из-за каких-то неведомых мне дел. Допустим, он видел меня с Виталием и предположил, что тот рассказал мне о своих проблемах, например о поступивших угрозах. И даже назвал имя человека, которого подозревал в намерении лишить его жизни. Если вдуматься, полная чушь. Волков мог поделиться с женой, друзьями, с кем-то из своих сотрудников, наконец. Им-то о предполагаемых проблемах в бизнесе известно куда больше, чем мне. А шантажируют почему-то меня... А если фотографии прислал Ремизов? Волков рассказал ему о встречах со мной, и этот тип решил подстраховаться. Понимать послание нужно так: молчи, и я промолчу о тебе. Тогда получается, оба знали, что я подслушала их разговор в поезде. Или Ремизов заметил слежку? Это куда вероятнее. Волков о встрече в поезде ни разу не упомянул. А вот его внезапные чувства ко мне выглядят очень подозрительно. Но не он же эти фотки сделал! Точнее, сделал кто-то по его приказу. Зачем? Это ведь компромат: попади фотографии к жене, лишился бы денег. А если Вероника за ним следила? Заподозрила в измене, обратив внимание на странности в поведении, и отправила понаблюдать за ним все того же Аркадия. Ты поймал меня, я — тебя, расходимся по-доброму, и я получаю солидную компенсацию. Но мне-то зачем в этом случае фотки присылать? Все-таки Ремизов — кандидатура более подходящая: они с Волковым планировали убить Веронику, а где она сейчас — неясно.

Я повалилась на диван в полном отчаянии. В основном из-за того, что разгадать этот ребус никак не удавалось. Одно было ясно: неприятностей мне не избежать. Я ругала себя на чем свет стоит до тех пор, пока в дверь не позвонили.

Испуганно замерла, потом поспешно спрятала фотографии в секретер и пошла открывать, гадая, кто это может быть. Один из вариантов — полиция с ордером на арест, что мне особенно не нравилось. Но за дверью стояла Элка, хмуро переминаясь с ноги на ногу.

— Заходи, — буркнула я.

Она вошла, сбросила туфли и сказала:

— Давай кофе, а еще лучше — пожрать что-нибудь... У меня такие новости, зашибись!

Со всеми этими треволнениями, слежками и прочим о еде я попросту забыла. По счастью, хлеб нашелся и яйца в холодильнике тоже.

Пока я готовила яичницу и кофе, Элка, устроившись за столом, произнесла:

— История, я тебе скажу, темная. И даже более того.

— Какая история? — нахмурилась я.

— Издеваешься? Убийство Волкова, естественно. Ты Вовку Герасимова помнишь?

— Нет. А должна?

— Ну ты даешь... Я же тебе рассказывала.

— Бог с ним, с твоим Вовкой... — начала я злиться.

— Как это бог с ним? Я ведь замуж за него собиралась, но потом передумала. Теперь выходит, что дурака сваляла. Он меня любит. А желающих вести меня под венец особо не видно.

— Сочувствую, но мы вроде бы про Волкова говорили?

— А я про кого? Ты в самом деле ничего не помнишь? Ну, подруга! Вовка — следак в следственном комитете. Я сегодня к нему сунулась...

— Он ведет дело Волкова? — начала соображать я.

— Пока неясно, кому поручат, но он, само собой, в курсе.

— И тебе все выложил? — засомневалась я.

— Поклялась, что не напишу ни строчки без его разрешения и молчать буду в тряпочку. Я конкретно вопрос поставила: если у него на меня виды, то где тогда доверие? Сопротивлялся слабо и недолго. Надеюсь, все самое существенное рассказать не забыл.

— Что рассказал-то?! — рявкнула я, теряя терпение.

— Во-первых, дверь не взламывали, Волков сам убийце открыл. Следовательно, его знал.

— Или убийца убедил его это сделать, представившись... тем же полицейским.

— Точно, — ткнула в меня пальцем Элка. — Башка-то у тебя варит. Вовка то же самое сказал. Полицейским, космонавтом или родным братом Брэда Питта. — Я закатила глаза, а Элка хмыкнула: — Это я образно, в смысле, что представиться он мог кем угодно.

— Но был достаточно убедителен, — подсказала я.

— Вот-вот. Убийца вошел и выстрелил, труп Волкова лежал в нескольких метрах от двери. В доме вроде ничего не пропало, домработница утверждает, вещи на своих местах, но домработница знает далеко не все. Сейфов и тайников в доме не обнаружили, менты склонны считать, что убийство не связано с ограблением.

— А с чем оно связано?

— Похоже, бизнес — это основная версия. Хотя Вовка говорит, ни явных конфликтов, ни лютой вражды не было. Но кто знает этих бизнесменов? Жена Волкова на выходные уехала, и ее до сих пор не могут найти. Про выходные уборщица рассказала, слышала в пятницу их разговор. Но куда Волкова отчалила, не знает.

— Ей звонили?

— Конечно. Вот со звонками и вышла непонятка. Когда полицейские дом осматривали, на мобильный убиенного поступил звонок. И звонили с мобильного Волковой, на дисплее высветилось «любимая», мент ответил, торопясь сообщить пренеприятное известие, мол, нет теперь у любимой любимого, а мужской голос спрашивает: «Деньги приготовил?» Мент малость растерялся, брякнул сдуру: «Какие деньги?» — а надо бы отвечать невнятно «да», послушать, что человек еще скажет. Звонивший, видно, смекнул: что-то не то, или голос вызвал подозрения, в общем, тут же отключился. Мент пробовал перезвонить, но мобильный выключили, и до сих пор он молчит как проклятый.

— Подожди, — нахмурилась я. — Еще раз, пожалуйста. Они приехали после звонка водителя и попытались связаться с Волковой? Так?

— Ну да, намеревались сообщить о кончине супруга. Однако она не ответила, телефон был выключен.

— А потом она сама позвонила, то есть позвонили с ее телефона, и какой-то мужчина спросил: «Деньги приготовил?»

— Именно. Теперь соображаешь, какая хрень вырисовывается? Учитывая тот факт, что Волкова до сих пор неизвестно где.

— Соображаю я сейчас не очень, — ответила я, хотелось послушать версию Элки, ну и Вовкину, конечно, тоже.

— Ты меня поражаешь. У Волкова требуют деньги. Логично предположить — это связано с внезапным исчезновением его жены.

— А где она предположительно исчезла, они знают?

— Нет. Думаю, скоро узнают. Способов достаточно. Прежде всего ее мобильный. Проверят, откуда поступали звонки. Опять же, камеры на выезде из города...

— Это если она из города уезжала.

— Ты дальше слушай: менты мобильный Волкова проверили, за последние двое суток ему трижды звонили с номера жены. Вот только она сама звонила или тот тип, которого мент слышал? В субботу был звонок часов в семь вечера, говорили две минуты. Следующий — в воскресенье, в семь часов утра. Разговор шел почти пять минут. Рановато для дамочки, которая где-то отдыхает на уик-энде. Затем уже в воскресенье вечером, тут тоже говорили недолго. Но это не все. В столовой висел пиджак Волкова, в кармане записка: «Готовь деньги или простишься с женой».

— Буквы из газеты вырезаны? — хмыкнула я.

— Почему из газеты? — не поняла Элка. — На принтере распечатано.

— Ментам не показалось это странным?

— Думаешь, так легко этот принтер найти? Сколько их в городе? Все не проверишь.

— Я не об этом, — нетерпеливо перебила я. — Допустим, Веронику похитили и требовали выкуп. Зачем нужна записка, если у злодея есть ее мобильный и он запросто свяжется с мужем? А записку надо ведь как-то доставить.

— Зато записка выглядит зловеще. Как она к нему попала, неизвестно. Конверт нигде не нашли. Могли просто в почтовый ящик бросить. А потом позвонили на подготовленную, так сказать, почву...

Я пожала плечами, а сама подумала: «А если все еще проще? Записка прямо указывает на похищение. В этом смысле звонка по телефону, пожалуй, маловато: гадай, какие деньги имел в виду звонивший. А тут уже готовая версия...»

— В полицию Волков не заявлял, — продолжала Элка. — Ни к кому из друзей за помощью не обращался. А главное, не обращался в банк, сегодня менты это выяснили, и крупной суммы со счетов не снимал.

— И какой отсюда вывод?

— Пока никакого. Хотя я Вовке идею подкинула: Волков не собирался платить. Может, перспектива стать вдовцом его вовсе не пугала... — Тут я досадливо выругалась, а подружка хмыкнула: — Думаешь, такого не бывает?

— Ничего я не думаю...

Вранье чистой воды, подобное умозаключение и у меня сразу возникло. Вдруг это и был план Волкова? Разыграть похищение жены, а потом заявить: о поступивших угрозах в полицию не сообщил, опасаясь за жизнь супруги. Деньги отдал, но жену не получил и уж тогда побежал в полицию. Но в этом случае он был обязан действовать так, чтобы впоследствии избежать подозрений. За деньгами бы точно обратился в банк, еще бы и волнение демонстрировал. Допустим невероятное: они с Ремизовым задумали супружницу порешить, а некто в это время ее действительно похитил. Потребовал выкуп, Волков в полицию не заявил, решив, что это отличный способ избавиться от жены, не марая рук. Но тут и сам скончался. Мог его убить похититель? Пришел за деньгами и решил в живых не оставлять? На первый взгляд — бред, но если они были в сговоре — вполне мог. Убил Веронику и явился к Волкову... Тот приготовил деньги заранее, поэтому о них ничего не известно. Похититель деньги взял, а потом решил свидетеля своего преступления не оставлять. И этот похититель — Ремизов? Если я промолчу, его ни в жизнь не найдут.

— Кто, по-твоему, Волкова убил? — спросила я Элку, которая все это время хмуро наблюдала за мной.

— Тот, кто надеялся бабло получить, но не получил. Осерчал очень.

— И как твоя версия Вовке?

— Сказал, поспешность нужна при ловле блох, а сыщики с выводами не спешат. Вот ведь выпендрежник!

— Вовка твой прав, с выводами спешить ни к чему.

Подруга немного подумала, но все же спросила:

— Ты Волкову номер своего мобильного давала?

— Не помню.

— Что значит «не помню»?

— То и значит. Мой номер на моей визитке. Я их раздаю по сто штук в год.

— Я к тому, что, если они мобильным Волкова заинтересовались, могут все номера проверить. Ты сама ему звонила?

— Нет.

— Слава богу... Не переживай, ничего страшного, — подобрела Элка при виде моей разнесчастной физиономии. — Расскажешь все как есть. Тебя-то никто подозревать не станет.

«Это как посмотреть, — думала я. — Подозревать меня в убийстве Волкова и правда глупо, а вот с его женой все не так просто...»

На миг появилось искушение все рассказать Элке. Я представила свой рассказ, а также ее реакцию... Нет, попробую справиться сама.

Утром я вскочила рано, собралась за десять минут, но вовсе не трудолюбие гнало меня из дома. Я решила навестить подругу Волковой. Если повезет, встречусь с ней еще до работы, возможно, ей известно, где сейчас Вероника. Конечно, сомнительно. И еще сомнительнее, что эта женщина станет со мной откровенничать.

В восемь утра я была возле дома, где жила подруга Вероники. Пока я собиралась с силами для встречи с ней, она вышла из подъезда, ведя за руку девчушку лет пяти.

Я завела машину, решив их проводить. В трех кварталах от дома находился детский сад, туда они и направлялись. Женщина ненадолго скрылась в здании вместе со своей дочкой, а когда вышла за ограду, я уже ждала ее, прогуливаясь возле машины.

— Доброе утро, — сказала громко и пошла ей навстречу.

— Привет, — ответила она в некотором замешательстве.

— Вы подруга Вероники? Она ведь к вам приезжала?

— Приезжала, и что? — нахмурилась женщина.

— Я тоже ее подруга. Меня зовут Валерия. Она обо мне рассказывала? — Надо было имя другое назвать, с запоздалым сожалением подумала я, хотя что это изменит? Я все больше увязаю во вранье: если женщина сообщит обо мне в полицию, свое поведение мне будет объяснить очень непросто. Впрочем, я уже столько глупостей наделала, что хуже точно не будет.

— Валерия? — переспросила женщина. — Вроде чего-то говорила... Куришь?

Такого вопроса я не ожидала и растерянно покачала головой.

— Вон там сквер, — продолжила женщина. — Посидим покурим. Меня, кстати, Любой зовут. Тачка твоя?

— Моя.

— Не особо дорогая. Странно.

— Что странно?

— Вероникина подруга, а тачка недорогая.

— А у вас самой «БМВ» или «Мерседес»? — не удержалась я.

— У меня только фига, а у мужа «Жигули» — ветеран автопрома.

Мы вошли в небольшой сквер, Люба, устроившись на ближайшей скамье, достала из сумки пачку сигарет, закурила, вытянула ноги и сказала:

— Мужу обещала бросить, дома не курю, а так хочется, что челюсти сводит. Значит, ты Веронику ищешь?

— Ищу. Вы знаете, что ее мужа убили?

— Знаю. В новостях слышала. Вот так вот, было счастье, и тю-тю. Теперь вдова.

— С Вероникой никак не могут связаться. Мобильный выключен. Я знаю, что она к вам собиралась на выходные, вот и подумала...

— Была она у меня в субботу. Накануне позвонила, сказала: приеду. Мне что, я только рада.

— Она вас часто навещала?

— Да не выкай ты. Нет, не часто. Мы в колледже вместе учились, там и подружились. В одной комнате жили. Я, знаешь ли, конфликтовать не люблю, с кем угодно подружусь, если надо. А она не худший вариант, грязь за собой не оставляла, парней не водила, в общем, подружились.

— Вероника училась в колледже? В каком?

— Строительном. Она, поди, тебе об этом не рассказывала?

— Нет.

— Само собой. В университет она уж потом поступила, когда ее мамаша нашла себе мужичка богатого. Вдовец при бабках, мечта, а не мужик. Он, кстати, недолго пожил. Года два-три. Тогда мы мало общались, перезванивались иногда. Потом Вероника от матери свинтила и опять у меня объявилась, а я уже замуж в Берестов вышла, муж у меня местный. Подруг у Вероники в то время, кроме меня, не было.

— Почему?

Люба пожала плечами:

— Не особо нуждалась. Она по натуре нелюдимая, вся в себе. Бывает, за целый день двух слов не скажет. Да и мамаша ее всегда твердила: подруги либо завидуют, либо подсидят, а к словам матери она прислушивалась. Вот и привыкла обходиться. Ну, а после того, как ее парень погиб, совсем замкнулась.

— Ее парень?

— Ага. Она замуж собиралась, и вдруг такое несчастье. Чуть в психушку не угодила. Я-то ничего об этом не знала, пока Вероника вдруг не позвонила: «Можно приехать?» Приезжай, говорю. Она приехала, выглядела так, что краше в гроб кладут. Вот тогда и рассказала. Дня три у меня жила. Лежала на диване, уставившись в стену, но, видно, от того, что я рядом, ей легче становилось. Ну а потом Волкова встретила. Вытащила счастливый билет. Ты с ним знакома... была?

— Конечно.

— Тогда все знаешь. И красавчик, и богач, да еще добряк, каких поискать. Для нее ничего не жалел.

— Она его любила? Мы с ней на эту тему как-то не очень... — спохватилась я.

— Еще бы не любила! Жизнь пошла совсем другая. И нате вам... — Люба вздохнула и закурила вторую сигарету. — Не знаю, как она все переживет.

— Значит, в последнее время вы виделись часто?

— Как замуж вышла, считай, вообще не виделись. И на свадьбу забыла пригласить. Я не в обиде. Нам там делать нечего, да и ей за нас неловко.

— Почему вы так думаете?

— Вот что ты мне все выкаешь? — вдруг разозлилась она, и тут же рукой махнула. — Дело-то не в том, какие на тебе шмотки, а... вот здесь все дело, — она постучала пальцем по своему лбу. — Богатые думают по-другому. Ведут себя по-другому. Все другое, понимаешь? Вот ты, к примеру, интеллигентка, оттого и говорить по-простому не можешь.

— Почему? — обиделась я. — Очень даже могу.

— Короче, на свадьбу нас не пригласили. Да я и не ждала. Порадовалась, что у нее все хорошо складывается. И сама не звонила, зачем? А где-то с год назад она объявилась. Сказала, что увидеться хочет. Я малость напряглась, думаю, вдруг случилось чего. Но, слава богу, приехала она довольной и счастливой. Подарки привезла, и мне, и дочке. Даже мужику моему флакон дорогих духов, я потом в Интернете посмотрела, 200 евро. Посидели, выпили. С тех пор и стала заезжать время от времени. Видно, с новыми друзьями так не посидишь...

— Она от вас когда уехала?

— В субботу. Ночевать не оставалась... да и негде у нас. В гостиницу поехала, в «Никольскую слободу», обычно там останавливалась. А утром домой хотела...

— Она сама вам... тебе об этом сказала?

— Ну... до двенадцати, говорит, по-любому высплюсь и поеду.

— А в воскресенье звонила?

— Нет. И я не звонила. Закрутилась с делами, да и не принято у нас без дела-то названивать.

— То есть куда она могла уехать, ты не знаешь?

— Не знаю. По идее, домой должна, а уж как там на самом деле...

— Но... она ведь наверняка знает, что произошло с мужем? Хотя дозвониться до нее не смогли.

— Может, и знает. Оттого и на звонки не отвечает. Запросто могла крыша поехать. Жила с мужем в любви и согласии, да, видишь, недолго. Как тут с катушек не съехать?

— Ты хочешь сказать, она...

— Да ничего я не хочу, — отшвырнув окурок подальше, сказала Люба. — Ты спросила, я ответила. Люди по-разному на горе реагируют. Одни на всех углах кричат, другие в нору забьются и ни слова не скажут.

— А у нее есть такая нора? — спросила я.

Люба с минуту смотрела на меня, точно сомневаясь, стоит отвечать или нет.

— Может, и есть. От тетки ей дом остался, тут, неподалеку. Она его, по-моему, так и не оформила. Деревня Кривичи. Только уже нет никакой деревни, два дома всего и стоят.

Люба объяснила, как туда проехать, и я предложила:

— Может быть, вместе сгоняем?

— Нет уж.

— Почему?

— Потому что навязываться не в моих правилах, понадоблюсь — позовет. Я ей звонила вчера, как о муже узнала. Мобильный выключен. Значит, не хочет она со мной говорить.

— А если с ней что-то произошло? Нехорошее?

— В аварию попала? Плохие вести доходят быстро.

— А если... если ее тоже убили? — брякнула я.

Люба нахмурилась и с минуту сидела, не отвечая.

— Ее-то зачем? — наконец произнесла с сомнением. — Волкова — понятно, из-за бабла, он бизнесмен. Их вечно то стреляют, то сажают.

— Из полиции к тебе не обращались?

— Нет. С какой стати?

— Что значит с какой стати? — удивилась я. — Вы подруги, и, похоже, ты последняя, кто видел Веронику.

— Еще чего! — фыркнула Люба. — Она от меня с водилой поехала. Выпили мы, а она на тачке была, вот и вызвала водилу. Он должен был ее доставить в гостиницу. С него и спрос.

— Уверена, он ее доставил. А что было дальше?

— Вот уж не знаю. Пусть кому надо разбираются. У тебя менты уже были?

— Нет, — вздохнула я. — Но непременно появятся, — при мысли об этом я загрустила. С полицией встречаться ох как не хотелось. — Если в гостинице

Вероника раньше останавливалась, ее запомнили и твои слова подтвердят.

— В «Никольской слободе» дружок моего мужа работает электриком. Я, если честно, ему вчера позвонила, как только об убийстве Волкова узнала, ну и о том, что Веронику никак не найдут.

— И что? — заволновалась я.

— А ничего. По документам все в ажуре. Заехала, выехала. И взятки гладки.

— Какие взятки? Извини...

— Тут такое дело, — продолжила она с усмешкой. — Два года назад у них девицу изнасиловали прямо в номере. Пьяная в хлам девка подцепила какого-то козла и к себе притащила, потом он ей чем-то не угодил, и она его за дверь решила выставить, а он осерчал, двинул ей кулаком в ухо и попользовался. Крики услышали, вызвали полицию. И нажили себе кучу неприятностей. Мало того, что всех в ментовку затаскали, еще и сарафанное радио подгадило. Число постояльцев резко сократилось, потому что в отеле «небезопасно». Соображаешь?

— Не очень.

— А с виду девка неглупая. Хозяину на фиг не нужен еще один скандал. Что бы в гостинице с Вероникой ни произошло, ответ будет один: в субботу заехала, в понедельник выехала, оставив ключ на стойке администратора. — Я нахмурилась, пытаясь осознать ее слова, а Люба усмехнулась: — Дружок мужа к девкам подходил, которые там работают, узнать, что да как, они ему и ответили.

— С полицией им придется быть откровеннее.

— И с полицией рот будут на замке держать, если места не хотят лишиться. С работой у нас здесь негусто, а платят в «Слободе» хорошо. Чего-то там было, — вздохнула Люба и, заметив мой растерянный взгляд, добавила: — Дружку-то сказали, мол, о девке помалкивай. О Веронике то есть. Значит, чего-то боялись. Хотя, может, и нет. Просто разговоров не хотят. Вот так-то.

— Может, в деревню все-таки вместе поедем?

— Не-а. Я тебе объяснила доходчиво: захочет Вероника меня видеть — позвонит. А если дела у нее фиговые, я ей все равно не помогу, зато неприятности огребу лопатой. Оно мне надо?

— Что ж... спасибо... — Я поднялась со скамьи и еще немного потопталась рядом в слабой надежде, что вдруг она передумает. — Я тогда пойду...

— Иди. Может, все-таки скажешь, кто ты? — вдруг спросила она.

— Подруга, — пожала я плечами.

— Подруг у Вероники нет. И не было никогда. Не считая меня. На журналистку ты не похожа, и точно не из полиции. Будь по-другому, я бы откровенничать не стала. У меня на людей чутье.

— Хорошо. Мы не подруги. Я знала ее мужа...

— Любовница, что ли?

— Конечно, нет. Я очень беспокоюсь за Веронику и хотела бы ее найти. Просто убедиться, что с ней все в порядке. Но у меня сомнения на этот счет.

— Значит, говоришь, ментов надо ждать со дня на день? — спросила Люба, когда я уже собралась уходить.

— Вероника не отвечает на звонки, дома ее нет... А вы ее единственная подруга, по вашим собственным словам.

— Так и есть. Мне бояться нечего. Но лишней мороки даром не надо. Давай так: ты молчишь обо мне, а я о тебе. Идет? А уж там как сложится.

— Идет, — кивнула я и поспешила покинуть сквер.

Итак, появилась надежда, что мое дурацкое поведение не выйдет мне боком. По словам Любы, в гостинице откровенничать не намерены, а значит, обо мне промолчат. Особенно если обратили внимание на паспорт, точнее, на фотографию в нем. Хотя вовсе не обязательно обратили. В любом случае обвинения в халатности им ни к чему. Вроде бы надо радоваться, но радости не было и в помине. Потому что о пятнах крови во дворе и гостиничном номере следователи тоже не узнают, горничной наверняка посоветуют молчать об этом. Не узнают они и о том, что машину Вероники забрал с парковки неизвестный и что номер она не сдавала. Хотя вряд ли в «Слободе» рискнут врать полиции и по поводу ключа скажут правду: как уезжала, никто не видел, в номере порядок, вещей не осталось.

Люба в полицию обращаться тоже не спешит. Странно, но особого беспокойства за подругу в ней не чувствуется. Может, потому, что ей прекрасно известно, где сейчас Вероника? Узнала о гибели мужа и теперь оплакивает свою потерю в одиночестве? Если верить Любе, это вполне в ее характере. Но Вероника не может не понимать: такое поведение вызовет подозрения. Впрочем, когда человек в отчаянии, доводы разума не действуют. А Вероника в отчаянии? Волкову она изменяла... Данное обстоятельство — вовсе не показатель ее душевного состояния. К чувству потери прибавились муки совести. До разговора с Любой я была почти уверена: Вероника погибла. А теперь склонялась к мысли, что она где-то прячется. Муж убит, их личную жизнь начнут разглядывать под микроскопом и узнают о любовнике, брачном договоре и прочем... Вероника станет подозреваемой номер один.

Деревня, о которой говорила Люба, действительно находилась совсем рядом, километрах в десяти от Берестова. Увидев указатель, я свернула на проселочную дорогу. Вполне, кстати, приличную. Вскоре появилось село с церковью на пригорке и памятником на центральной площади: коленопреклоненный солдат со знаменем в одной руке и автоматом в другой. На автобусной остановке толпились люди, у них я и спросила, как проехать в Кривичи.

— Деревни давно нет, — ответила мне женщина с сумкой-переноской, в которой сидел кот, с неодобрением взирая на окружающих. — Уж лет десять как последние старики померли.

— Дачники вроде жили, — вступила в разговор еще одна женщина. — Два дома точно стоят. Я за ягодами на днях ходила и видела. Вы, девушка, прямо езжайте, Кривичи вон за тем леском, — показала она рукой.

— Да разве ж она на своей машине проедет? — хихикнул старичок в панаме. — Если только крылья выпустит. В объезд тебе, девонька, надо, через Кислицыно. Сейчас направо, а у скотного двора опять свернешь.

Вскоре все собравшиеся на остановке включились в дискуссию, как проехать в Кривичи и возможно ли это в принципе. Подошел автобус, граждане поспешно в него загрузились и отбыли, оставив меня гадать, как лучше поступить. Я решила рискнуть и поехать короткой дорогой.

Дороги не было вовсе, то есть она как бы была, но в таких рытвинах и ухабах, что слова старичка оказались пророческими: чтобы здесь на моей «Хонде» проехать, надо крылья выпускать. Я вышла из машины, довольно громко чертыхаясь, и тут заметила свежий след шин, он скрывался за ближайшими кустами. Я отправилась туда, скорее, из любопытства. Не так давно кто-то здесь проезжал и, сделав незначительный крюк, счастливо миновал две самые устрашающие ямы. Я прошла вперед еще немного, дорога и дальше не особо радовала, но проехать по ней все-таки было можно.

Я бегом вернулась к своей «Хонде» и повторила чей-то маневр: по лесу вдоль дороги, затем выбралась на остатки асфальта и малой скоростью затряслась дальше. Старушка обещала, что Кривичи совсем рядом, за лесом. И не обманула. Деревья вскоре стали реже, а впереди я увидела крышу дома, сам дом скрывали густые заросли, как выяснилось позднее — терновника. Указатель отсутствовал, да и самой деревни не было. Трава по пояс, колодец с покосившейся крышей и два дома. От дороги к ближайшему из них вела едва заметная тропинка.

Оставив машину, я пошла по ней. Окна закрыты ставнями. Забор у ближайшего дома завалился, но траву здесь недавно косили, к крыльцу я подошла без труда. На двери замок, но он легко открылся, стоило мне за него подергать. Я вошла в сени, на всякий случай позвав:

— Хозяева!

Само собой, мне никто не ответил. Сквозь дырявую крышу струился солнечный свет, я открыла дверь, обитую цветастой клеенкой, и оказалась в кухне. Здесь царил полумрак. Справа — русская печь, доски пола поднялись в двух местах, и идти дальше я не рискнула, чего доброго ноги переломаешь. В доме осталась кое-какая мебель и даже занавески на окнах. А вот электрический кабель отрезан, в чем я убедилась, выйдя на крыльцо. И отправилась обследовать второй дом. Траву и здесь скосили, значит, кто-то навещал родное гнездо. Забор у второго дома еще держался, ступени крыльца давно сгнили, но сверху лежала новая доска, заменяя ступеньку. Замка на двери нет, однако дверь заперта. Я присела на корточки, разглядывая личину, и даже прижалась к отверстию одним глазом. С той стороны царила темнота.

Выпрямившись, я пошарила рукой над дверью в надежде обнаружить ключ. Какой смысл брать его с собой? Ключ так и не нашла, хотя тщательно осмотрела крыльцо и даже под ступеньки заглянула. И направилась вокруг дома. Вплотную к нему пристроен двор, крыша его успела провалиться, но ворота крепко заперты изнутри. Пройти дальше невозможно, сплошные заросли терновника, забор, когда-то стоявший здесь, рухнул, и из высокой травы торчат доски с устрашающего вида ржавыми гвоздями.

Я повернула назад и попробовала обойти дом с другой стороны. Траву скосили только до палисадника, где буйно цвели ярко-синие колокольчики. Дальше забор, в котором я не без труда обнаружила калитку и с еще большим трудом ее открыла. Кухонное окно, выходящее на эту сторону, оказалось незаколоченным. Я прокладывала себе дорогу в зарослях крапивы, повизгивая и закрывая лицо. Окно от земли невысоко, и я смогла в него заглянуть. Все точь-в-точь как в соседнем доме: русская печь, возле окна стол, слева у стены скамья, справа два стула. У противоположной стены на лавке ведро под крышкой. Я забарабанила по стеклу на тот случай, если в доме кто-то есть. Ответом мне была тишина, которую смело можно назвать гробовой.

— Вероника! — громко позвала я. — Вы здесь?

И вновь тишина. Я вернулась к крыльцу, села и принялась оглядываться. Машину спрятать негде, в лесу ее не оставишь. Вряд ли Вероника пришла сюда пешком. «А красота-то какая», — вдруг подумала я. Лес, старый колодец, яркая синева неба и белые облачка вразброс... Неудивительно, что Веронике здесь нравилось. Но лично я ночью бы здесь не осталась. Жутковато. Хотя чего бояться? Привидений?

Я решила проверить колодец. Подошла, подняла крышку. Сбоку на железной цепи ведро, я опустила его вниз. Скрип давно не смазанного механизма, позвякивание цепи и всплеск. Все эти звуки вызвали умиление, привет из детства, когда мы с бабушкой жили летом на даче. Вода оказалась кристально чистой и очень холодной. Я сделала несколько жадных глотков, умылась и побрела к машине. Теоретически Вероника могла здесь укрыться. Вода есть, крыша над головой тоже. Еду привезла с собой, но какой смысл в затворничестве? Особенности характера, разве этого мало? Но поверить в то, что она в настоящий момент находится в доме, я не в состоянии. Должно быть у человека элементарное любопытство: кто я и зачем Вероника мне понадобилась, ведь я ее по имени звала.

В машине я включила радио. Взглянув на часы, равнодушно отметила, что давно должна быть на работе. Странно, но мне до сих пор никто не звонил. Коллегам в голову не приходит мысль о моем прогуле. Если отсутствую, значит, отправилась по делам. А я нагло закосила и даже угрызений совести не испытываю.

Кое-как развернувшись на узком пятачке, я поехала назад. Возвращаться пришлось через Берестов, но в город я решила не заезжать и двигалась по объездной в надежде сократить путь. Впереди возник указатель с названием города, перечеркнутый красной полосой, и в этот момент справа появился «БМВ», с проселочной дороги он выезжал на шоссе и теперь пропускал меня, готовясь повернуть в сторону Берестова. Я едва не ударила по тормозам от неожиданности: это, безусловно, была машина Вероники. Однако кто сидит за рулем, я увидеть не успела. Номера «БМВ» оказались заляпанными грязью, но все же читались. И это был ее номер.

Я притормозила. «БМВ» успел повернуть, вслед за ним на шоссе выползла «Киа» с помятым крылом, обе машины теперь двигались в Берестов, соблюдая скоростной режим и держась друг от друга на расстоянии десятка метров. Такое впечатление, что одна машина сопровождает другую. Разворачиваться на месте я не рискнула, чтобы не привлекать внимание, пришлось доехать до бензозаправки, к счастью, она находилась рядом.

Машины удалились на значительное расстояние, и я прибавила газа. У ближайших домов «БМВ» свернул, «Киа» так и висела у него на хвосте, а я старалась держаться на расстоянии. Обе машины петляли по узким переулкам частного сектора, создавая мне большую проблему: надо было умудриться и на глаза им не попасть, и из виду их не потерять.

Я выехала из очередного переулка и едва не завопила от досады: машины вдруг исчезли. Справа «кирпич», я поехала налево и вскоре поняла, где следует искать «БМВ». К одному из домов был пристроен гараж из темно-серых блоков. Ворота гаража закрыты, «Киа» стояла во дворе за низким деревянным заборчиком, с этой стороны был вход в гараж, узкая железная дверь, сейчас распахнутая настежь. Возле нее топтались двое мужчин, курили, лениво переговариваясь. Я проехала дальше, обратив внимание на номер дома и название улицы, на всякий случай занесла их в телефон и позвонила Элке.

— Я только что видела машину Волковой.

— Где?

— В Берестове. Она в гараже частного дома. Адрес сейчас сброшу.

— Прелестно. И зачем он мне?

— Затем, чтобы сообщить в полицию.

— А ты сама не можешь? — хмыкнула Элка.

— Не могу. Это у тебя друзья в следственном комитете.

— Вовка же спросит, откуда у меня сведения. Мне на тебя сослаться?

— Я не претендую на почетную грамоту и наручные часы. Кстати, сейчас я должна быть на работе...

— Да, а что ты делаешь в Берестове?

— Догадайся с двух раз, — разозлилась я. — Ты будешь звонить в полицию, или мне искать телефон-автомат?

— Разумеется, я позвоню. Валерик, ты чего-то недоговариваешь, и меня это тревожит.

— Меня тоже. Я вдруг обнаружила в себе задатки Шерлока Холмса.

— А это точно ее машина? Не хотелось бы потом с Вовкой объясняться.

— Точно, номер ее.

— Откуда тебе известен номер?

— Ты тратишь драгоценное время. Звони своему Вовке и скажи: тебе позвонил некто, не пожелавший назвать свое имя, на номер редакции...

— Гениально, — фыркнула Элка.

— А что? Ты известный журналист...

— Спасибо, — вновь фыркнула она, а я продолжила:

— Пусть менты решат, что соседи светиться не хотели, но очень желали напакостить.

— Кстати, весьма похоже на правду.

— Вот видишь...

— Я позвоню. Но имей в виду, вечером встретимся, и ты мне объяснишь, что это на тебя вдруг нашло.

— Не вдруг. Убийство Волкова меня подкосило, — серьезно сказала я. — Хочу найти преступника.

— Ага, — только и смогла произнести Элка, а я поспешно отключилась.

Вроде бы ничто не мешало отправиться на работу, но тут выяснилось, что особого доверия к чужому рвению у меня нет. А упустить машину Волковой не хотелось. В результате я пристроила свою «Хонду» на соседней улице и пешком вернулась к гаражу. Парней возле боковой двери я уже не увидела, но сама дверь так и осталась открытой, «Киа» находилась на прежнем месте. Я достигла конца улицы и вернулась назад, к моему огромному неудовольствию, спрятаться здесь было негде. Частный сектор, участки, разделенные заборами, вплотную друг к другу, узкий тротуарчик, палисадники. Заросли сирени и скамейка неподалеку, но если я надолго там зависну, непременно привлеку внимание хозяев. Я все же решила рискнуть, устроилась на скамье и теперь делала вид, что вожусь со смартфоном.

За этим занятием я провела примерно полчаса. Из гаража лишь однажды появился мужчина, зашел в дом, пробыл там минут десять и вновь вернулся в гараж. Теперь он был в рабочей одежде, в грязном оранжевом комбинезоне с пятнами масла.

Полчаса — маловато, чтобы добраться сюда из моего родного города, но я почему-то думала, что проверять информацию должны местные менты. Они явно не торопились. Я собралась звонить на работу, но тут же отказалась от этой мысли: что я должна ответить на неизбежный вопрос «когда будешь?». Закончу здесь и по дороге придумаю объяснение.

Наконец на улице появилась машина полиции и затормозила возле гаража. Из нее выбрался рослый полицейский, подошел к калитке и заорал:

— Серега!

На крик из открытой двери высунулся мужчина в оранжевом комбинезоне и проорал в ответ:

— Чего надо?

— Иди сюда! — полицейский махнул рукой, предлагая поторопиться. «Оранжевый» весьма неохотно направился к нему. Между тем из машины появился второй сотрудник полиции и тоже пошел к калитке. Это «оранжевому» явно не понравилось. Разговаривали мужчины вполне мирно. Жаль, слов не разобрать. Хозяин гаража разводил руками и отчаянно тряс головой. Я забеспокоилась: чего доброго, полицейские сейчас уедут. Но один из них решительно распахнул калитку и направился к двери гаража. «Оранжевый» вприпрыжку кинулся за ним, эмоционально размахивая руками. До меня донеслись слова «что за беспредел...». Полицейский достиг двери, заглянул внутрь, и парень тут же сник, перейдя с нахрапа на покаяние, о чем свидетельствовало выражение его физиономии и мгновенно испарившаяся уверенность.

Пока он что-то очень быстро объяснял, второй полицейский, все это время стоявший возле калитки, вернулся к машине и теперь разговаривал по рации. Я решила прогуляться и, проходя мимо, услышала, как он произнес:

— Да, «БМВ» в гараже. Номера уже сняли. Пока ничего толкового... — Закончив разговор, он крикнул коллеге: — Сейчас группу пришлют. — И добавил: — Допрыгался, придурок.

Надо полагать, эти слова адресовались «оранжевому». Что ж, теперь я со спокойной душой могу отправляться в офис.

По дороге я позвонила Элке и рассказала о появлении полиции.

— Надо узнать, откуда у этих типов машина Волковой, — напутствовала я.

— Кому надо?

— Мне. Кстати, кто у нас журналист? Вроде бы убийство Волкова еще недавно очень тебя интересовало.

— Оно меня и сейчас интересует. Вот только гложут смутные сомнения, что ты со мной откровенна, подруга.

— Откуда это недоверие? — фыркнула я.

— Валерик, ты мне все рассказала?

— Как на духу. Ладно, пока.

На работе никто даже не поинтересовался, где меня носит. После обеда заглянул Борька, спросил, стоя в дверях:

— Все нормально?

— Нет, — буркнула я, — но об этом чуть позже, когда отчет будет готов.

— Я не о работе. У тебя все нормально?

— Есть сомнения? — насторожилась я.

— Выглядишь как-то... необычно.

Он исчез за дверью, а я, достав из сумочки пудреницу, принялась разглядывать себя в зеркале.

— В одежде некоторая небрежность, — подала голос Вера, оторвавшись от экрана компьютера. — И погруженность в себя. Ты, случаем, не влюбилась? Неудивительно, что Борис Петрович беспокоится.

— Ему бы о другом беспокоиться. У меня для вас отличная новость: по итогам квартала есть шанс остаться без премии.

— Может, тебе правда влюбиться? — девчонки дружно вздохнули, а я сосредоточилась на работе.

Офис я покидала последней. Сев в машину, вспомнила, что весь день ничего не ела. Дома с провизией тоже негусто. Я поехала в торговый центр за продуктами, здраво рассудив, что расследование расследованием, но и о пище телесной думать все-таки надо.

Элка объявилась после девяти. Я устроилась перед телевизором в тщетной попытке отвлечься от назойливых мыслей, когда в дверь позвонили. Подруга прошла в гостиную, не разуваясь, и плюхнулась в кресло.

— Кажется, у меня роман.

— С кем? — решила уточнить я.

— А ты не догадываешься? С Вовкой, естественно.

— Почему «естественно»?

— По кочану. Добыча сведений — дело хлопотное.

— Но ты ведь не из-за этого с ним? — нахмурилась я.

— У меня с ним пока ничего, — передразнила Элка. — Но пришлось дать понять, что он вновь мне жутко интересен как мужчина.

— А на самом деле?

— И на самом деле тоже, но... — подняла она палец и сделала выразительную паузу. — Два таких человека, как я и Вовка, в одной лодке долго не усидят. Как известно, следаки терпеть не могут журналистов. Мы та самая форма жизни, которая вечно портит им нервы. Коллеги его не поймут. Чего доброго, начнутся проблемы с карьерой. И это при том, что Вовка надеется стать генералом.

— Правильно, чего мелочиться. Если он станет генералом, ты пойдешь в домохозяйки, и все прекрасно сложится.

— Ага. А пока у меня скверное чувство, что я пудрю мужику мозги.

— Если это из-за меня, то лучше не утруждай себя.

— И из-за тебя тоже, а еще из любопытства. Хочется разобраться в этой истории.

— Хочется — разберемся. Вовка что-нибудь полезное рассказал, или ты свое обаяние напрасно расточала?

— Типы в гараже тебе интересны? — хмыкнула она.

— Еще бы...

— Двое местных воротил малого бизнеса, в основном криминального. Латают машины, но бывает, что разбирают ворованные. Менты к ним давно приглядывались. Хозяин дома получил условно, срок еще не вышел. Ему бы сидеть тихо, но горбатого, как известно, могила исправит. Второй тип — его сосед и двоюродный брат. Такой же раздолбай.

— Машина к ним как попала?

— Для начала: тачка действительно принадлежит Веронике Волковой, тут ты оказалась права. По утверждению братьев, они обнаружили ее в лесу.

Вчера. Да-да, ходили в лес и увидели машину. Думали, хозяева бродят неподалеку. А сегодня опять поехали, утром. Машина стоит на том же месте. Братья вернулись домой и даже, по их словам, подумывали позвонить куда следует. Но соблазн был велик, и они в конце концов поддались искушению. Решили тачку укрыть в гараже, перебить номера и загнать друзьям-приятелям. Или разобрать на запчасти, что тоже довольно прибыльно.

— Придурки, — вздохнула я, памятуя об условном сроке одного из героев этой истории.

— Точно. Место в лесу они указали, и, судя по следам, машина там действительно стояла. Менты вокруг пошарили на предмет трупа, но ничего не нашли. Завтра с утра поиски продолжат, говорят, даже солдат задействовать собираются из местного гарнизона.

— И что твой Вовка думает по этому поводу? — спросила я.

— Если Волковой там, то найдут...

— То есть он не сомневается, что ее убили?

— Она до сих пор не вернулась, мобильный отключен, а теперь еще и машина, брошенная в лесу. Ключи, кстати, в бардачке лежали.

— А машина от дороги далеко стояла?

— Да не особо, и от Берестова всего километрах в десяти. Видно, побоялись на тачке раскатывать.

— Кто побоялся?

— Убийца, — пожала плечами Элка.

— Странно... — пройдясь по комнате, заметила я. — Если машину хотели спрятать, могли бы найти более подходящее место. Там река рядом.

— Вовка тоже так сказал, — кивнула подруга. — Веронику похитили, требовали выкуп, а когда узнали, что Волков убит и денег они не получат, поспешили от нее избавиться.

— Они могли получить деньги от самой Вероники. Уверена, она бы отдала любую сумму...

— Запаниковали. Хотя у Вовки есть еще версия: этот тип или типы, не знаю, сколько их там, хотели, чтобы все решили: Волкова в бегах, потому что замешана в убийстве благоверного. По мне, тогда бы от тачки стоило избавиться, а не бросать вблизи дороги, да еще там, где народ толпами бродит. Опять же, в этом случае получается, что похитители Вероники и убийцы Волкова одни и те же люди. Но если Веронику подставляют, на фига тогда эта затея с похищением?

— Вовке виднее, — пробормотала я.

— Как думаешь, ее убили? — помолчав немного, серьезно спросила Элка.

— Не знаю, — вздохнула я.

— Господи, ее-то за что? Следует сто раз подумать, прежде чем выходить за богатого и успешного.

— Ужинать будешь? — предложила я.

— Не-а, мы в кафешке встречались. У Вовки, между прочим, вполне приличная зарплата. Может, рискнуть?

— Из меня советчик в таких делах никудышный.

— Кстати, а что у тебя с Борькой?

— Ничего.

— Что-то в нашей жизни неправильно, подруга, — хмыкнула Элка и направилась к двери.

А я вновь погрузилась в размышления, от которых безуспешно пыталась избавиться. Скорее всего, Веронику похитили из номера гостиницы. На следующий день похититель забрал ее машину, чему я была свидетелем, и бросил в лесу. Кровь в номере и на асфальте свидетельствует о том, что из «Слободы» вывезли уже труп. И где-то спрятали. Спрашивается, кто этот самый похититель и потенциальный убийца Вероники? Получается, Ремизов. Но парень, которого я видела на парковке гостиницы, совершенно на него не похож — и ростом ниже, и в плечах уже. И вообще, было в нем что-то... бабье. А ведь точно! «Час от часу не легче, — заволновалась я. — Хотя чему удивляться. Ремизову помогает какая-то девица... А может, у меня уже глюки на нервной почве?»

Тут на ум пришел Аркадий. Интересно, что он думает о внезапном исчезновении возлюбленной?

«Ты к нему не поедешь, — произнесла я вслух, пугаясь собственных мыслей. — Как ты, несчастная, объяснишь свой нездоровый интерес к его подружке? А так и объясню: застукала вас и остро интересуюсь, не вы ли Веронику убили, а вместе с ней и ее законного супруга?»

Теперь его слова, сказанные Веронике, и ее клятва звучат довольно зловеще. В чем она клялась? Бросить мужа? Этот вопрос я, конечно, могу задать, но захочет ли отвечать на него Аркадий? Иметь дело с полицией он вряд ли жаждет, побоится, что жена узнает о его шашнях. Следует его припугнуть... А если он вместо ответа шваркнет меня по башке тяжелым предметом?

Само собой, это меня не остановило. Через десять минут я уже шагала к машине, не имея никакого плана, но полная смутных надежд.

Когда я подъехала к дому, где жил Аркадий, уже стемнело. В двух окнах его квартиры горел свет. Интересно, он у себя или нет? Если бы я знала номер его домашнего телефона, могла бы позвонить и выяснить. Вламываться к людям со своими вопросами довольно глупо: при жене он все будет отрицать. Милые начнут браниться, и это станет единственным достижением вечера. Жаль, что я об этом раньше не подумала. Глупость моего появления здесь была очевидна, и я уже решила возвращаться домой, когда из подъезда вышел мужчина. Приглядевшись, я узнала Аркадия и едва не завопила от счастья.

Сунув руки в карманы ветровки, он с угрюмым выражением на физиономии покинул двор. Я не спешила броситься к нему с воплем «А вот и я!», завела машину и поехала следом. Совсем иные мысли теперь бродили в моей голове. Куда он на ночь глядя? И не связано ли это с интересующим меня убийством? В общем, я была намерена за ним следить. Но одно дело двигаться за машиной в потоке транспорта, и совсем другое — за пешеходом. Я ползла малой скоростью, каждое мгновение ожидая подвоха: либо Аркадий свернет во двор, либо обратит внимание на сопровождение и тут же вернется домой.

Нервничала я недолго, слева возник небольшой сквер, и Аркадий уверенно направился к нему, игнорируя пешеходный переход. Свернуть здесь я не могла, не нарушив самым злостным образом правила, и что теперь делать, было не ясно. Он может просто пройти через сквер, сокращая путь. А если как раз здесь и назначена встреча? Что я увижу, находясь в машине? Я решила рискнуть. Припарковалась возле супермаркета и бросилась через дорогу, правда, по переходу.

В сквере царила тишина и, к несчастью, темнота, лишь на пятачке в самом центре, где была клумба и несколько скамеек, четыре фонаря озаряли пространство мутновато-желтым светом. Аркадия не видно, и это здорово расстроило. Где прикажете его искать? Я двинулась по боковой аллее, поглядывая в сторону клумбы и стараясь не терять из виду противоположный вход в сквер, обрамленный двумя вазонами из белого камня. Вход был неплохо освещен фонарями, находившимися на той стороне улицы, в общем, я надеялась быстро обнаружить Аркадия. Так и вышло: в просвете между деревьями я увидела фигуру мужчины и поначалу решила, что он следует к выходу. Но он вдруг повернулся и пошел мне навстречу, а я с перепугу полезла в кусты, решив, что он меня заметил, хотя это было маловероятно: на аллее довольно темно, а Аркадий ни разу не обернулся. Я ожидала его приближения с сильно бьющимся сердцем, но звук шагов стал затихать, я с недоумением высунулась из своего укрытия и увидела, что Аркадий вновь сменил направление. Тут стало ясно: он прогуливается туда-сюда, должно быть, кого-то поджидая. Я облегченно вздохнула (место для наблюдения у меня самое выигрышное) и попыталась угадать, кто сейчас появится. Неужели Вероника? А если Ремизов? Чересчур фантастично. Кстати, явиться может совершенно незнакомая девица, которой он назначил встречу. Одной подружки ему мало, и у него в городе еще десяток... Не скажешь, что этот сквер подходит для любовного свидания.

И тут я почувствовала едва ощутимое движение справа и замерла, боясь себя выдать. Вне всякого сомнения, от ограждения сквера к аллее шел человек. Шел очень тихо, не желая привлекать к себе внимание. Остановился в нескольких метрах от меня. Аркадий как раз сделал очередной разворот и теперь был к нам спиной. Мужчина, а, судя по фигуре, это, безусловно, был мужчина, скользнул за ним практически бесшумно. Только тогда я заметила: в руке он что-то держит. Их разделяла пара шагов, когда рука крадущегося незнакомца, с зажатым в ней предметом начала подниматься, а до меня наконец дошло, что происходит.

Я отчаянно заорала:

— Помогите!

Аркадий резко обернулся, и удар пошел по касательной, нападавший тут же отпрыгнул в сторону и бросился бежать.

— Держи его! — опять завопила я, но парень развил фантастическую скорость и мгновенно растворился в темноте. Судя по звукам, он успел преодолеть ограду сквера и теперь бежал через дорогу. Я припустила за ним, но, оказавшись возле ограды, испытала глубочайшее разочарование: на улице, которую отделяла от сквера проезжая часть, многолюдно, как узнать того, кто мне нужен? Он был одет в толстовку с капюшоном, это все, что я заметила, но даже цвет толстовки в темноте определить не смогла.

Я вернулась к Аркадию, он все еще брел на аллее и потирал плечо, на которое пришелся удар.

— Вы как? — спросила я.

— Нормально, — ответил он без особой охоты и, словно опомнившись, поспешно добавил: — Спасибо!

— Надо вызвать полицию. — Я полезла в сумку за мобильным, а он поморщился.

— Да бросьте вы. Какая полиция?

— Этот тип напал на вас.

— Он сбежал. Что толку теперь звонить? Слава богу, все обошлось. В следующий раз не стану болтаться в сквере один. Кстати, вы-то что здесь делаете?

— Жду подругу, — соврала я. — Я на машине, подружка вот-вот появится. Как правило, она ходит через сквер, сокращая путь.

— Обычно здесь безопасно, — кивнул Аркадий.

Тут я заметила свернутую трубкой газету, валявшуюся по соседству, и пнула ее ногой. В газете что-то было. Присев на корточки, я ее развернула: обрезок трубы.

— Ничего себе, — пробормотала я, снизу вверх глядя на Аркадия. — Этим вас ударили?

— Оружие городской шпаны, — хмыкнул он. — Наркоман или еще какой придурок. Надеялся разжиться мобильным, а если повезет — бабками. Давайте я вас до машины провожу, — вдруг заторопился он. — Где, вы говорите, ее оставили?

— Вон там, — неопределенно кивнула я, и мы зашагали к выходу. Аркадий пару раз оглянулся, стараясь делать это незаметно.

— Ну вот, — оказавшись у вазона, сказал он. — Здесь вы уже в безопасности. Спасибо вам... Всего доброго.

— А вы что же, здесь останетесь? — нахмурилась я, демонстрируя легкое возмущение. — Вас же едва не убили!

— Ну... Это еще вопрос, кому из нас сегодня повезло, — хмыкнул он. — Постоять за себя я умею.

— А вы что в парке делали? — решила я не церемониться.

— Девушку ждал, любимую, — засмеялся он.

— Нашли место. И время.

— Да, маху дал. Спасибо еще раз.

Я прикидывала, стоит ли огорошить его вопросом о Веронике или лучше проследить за тем, что он будет делать дальше. Второе, пожалуй, предпочтительнее. Я побрела к своей «Хонде». Сунув руки в карманы, Аркадий так и стоял, наблюдая за мной. Я села в машину и не спеша тронулась с места. Проводив меня взглядом, он достал мобильный.

Я свернула к торговому центру, Аркадий, закончив разговор, перешел через дорогу. Стало ясно: он направляется в супермаркет напротив. Бросив машину на парковке торгового центра, я тоже припустила к супермаркету. Когда вошла в магазин, Аркадий расплачивался на кассе. Он купил две пачки сигарет, сунул их в карман ветровки и направился к выходу. Я укрылась за камерами хранения. Убедившись, что он покинул магазин, вышла на улицу и огляделась. Аркадий удалялся в сторону своего дома. Возвращаться к машине было поздно, и я, решив рискнуть, отправилась пешком. И, как выяснилось, утруждала себя напрасно: по дороге он ни с кем не встретился и даже не звонил. Скрылся в подъезде, а я, устроившись на скамейке во дворе так, чтобы видеть его окна, костерила себя на чем свет стоит. У меня была прекрасная возможность с ним поговорить, но вместо этого я прогулялась по улице, а теперь сижу под его балконом.

Сомневаться не приходится, в сквере у Аркадия была назначена встреча. Кого он ждал — сказать трудно, но самого героя-любовника хотели покалечить. Если не убить. Причем он к данному обстоятельству отнесся довольно спокойно. Действительно верит в версию наркомана-грабителя? От меня поспешил отделаться и тут же позвонил по мобильному. Кого-то предупреждал? Мог нападавший в самом деле быть тем, кто намеревался проломить голову случайному прохожему, чтобы поживиться содержимым его бумажника и мобильным телефоном? Почему бы и нет? Не скажешь, что район здесь абсолютно безопасный, в любом случае в сквере в темное время суток в одиночестве лучше не появляться. С другой стороны, если хочешь, чтобы о твоих встречах не узнали посторонние, разумнее встречаться в таком месте, где гарантированно народ толпами не ходит.

Кто мог назначить ему встречу? Первое и самое очевидное предположение: Вероника узнала о гибели мужа и теперь скрывается, боясь за свою жизнь, любовник спешит к ней на помощь по первому зову, а после нападения предупреждает Волкову по телефону... Слишком спокойно он отнесся к нападению. Если на Веронику охотятся убийцы, ему бы следовало тревожиться куда больше. Радовался, что в тот момент рядом не было возлюбленной? Может, он герой по натуре и о себе вообще не думал? Опять же, с какой стати нападать на любовника Вероники, если их интересует она сама? Логично было дождаться ее появления. Да и обрезок трубы — вовсе не оружие киллера. Хотя как знать? Вдруг он хотел замаскировать убийство под ограбление? Тогда уж точно не стоило нападать на Аркадия. А если нападавший собирался сначала избавиться от него, а уж потом дождаться Веронику? О господи... Да с чего я вообще взяла, что он ждал Веронику? Кто угодно мог назначить ему встречу: приятель, например... Тогда почему он его не дождался? А если... Тут я едва не подпрыгнула от внезапной догадки: тому, кого он ждал, могло не понравиться мое появление, вот встречу и отменили. И по мобильному звонил не сам Аркадий, а ему звонили. И речь идет вовсе не о приятеле, решившем скоротать вечерок за кружкой пива. А, например, о шантажисте, знающем о связи Аркадия с Вероникой. Тогда герою-любовнику следовало поджидать его с обрезком трубы, а не наоборот.

Свет в окнах его квартиры погас, я еще немного посидела в надежде, что Аркадий появится, а потом побрела к машине. Он женатый мужчина, супруге надо объяснить свои внезапные отлучки на ночь глядя. В первый раз он мог сказать, что пошел за сигаретами, заодно свежим воздухом подышал. Второй раз подобное не прокатит. Надо бы узнать об этом Аркадии побольше. Легко сказать, а как это сделать в реальности? Соседей поспрашивать? Кстати, тоже мысль...

Я проходила мимо сквера, и тут меня осенило: чего ж я газету не рассмотрела как следует? Вдруг это след? Разумеется, я имела в виду газету, в которую был завернут обрезок трубы. Тащиться в сквер — чистый идиотизм, учитывая, что там совсем недавно уже пытались проломить голову одинокому путнику.

Но через минуту я неслась по аллее, беспокоясь лишь об одном: вдруг газета исчезла? Беспокоилась я напрасно: и газета, и обрезок трубы так и остались лежать на асфальте. Я решила взять и то, и другое, сама толком не зная зачем.

Вернулась в машину, включила в салоне свет и принялась изучать трофеи. Труба как труба, автограф на ней, к сожалению, не оставили. В кино крутые сыщики запросто могут определить, где ее изготовили, в каком году продали и т.д. Жаль, мне это не по силам. Газета бесплатная, из тех, что рассовывают по почтовым ящикам. Я тщательно просматривала страницу за страницей в тщетной надежде обнаружить подчеркнутое объявление, какую-то запись, хоть что-нибудь...

От разочарования я едва не заревела, такое впечатление, что и трубу, и газету неизвестный нашел на помойке. Может, это и вправду наркоман или буйный алкаш, готовый проломить человеку голову за бутылку водки? На газете могут быть отпечатки пальцев... Теперь там и моих отпечатков до фига, а злодеи обычно перчатками обзаводятся. Я еще раз тяжело вздохнула и поехала домой, выбросив свои трофеи в урну.

В тот момент мысль отправиться в полицию звучала особенно настойчиво, однако этот визит я вновь отложила на неопределенный срок.

Мобильный звонил над самым ухом, я подняла голову, еще плохо соображая спросонья, что происходит. Половина третьего ночи, кому вздумалось звонить в такое время? Номер чересчур длинный и точно незнакомый. Звонили, скорее всего, из-за границы. Это вызвало недоумение и одновременно заинтересовало.

— Да, — ответила я, откашлявшись.

— Валерия? — поинтересовался мужской голос, показавшийся смутно знакомым.

— Да. А вы кто?

— Я Владимир Карпицкий, близкий друг Бориса. — «Тот самый Вовка, который улетел в Америку», — сообразила я. Вот только непонятно, с какой стати он мне звонит.

— С Борей что-то случилось? — испугалась я.

— Надеюсь, с ним все в порядке. Простите, я вас, наверное, разбудил. Все никак не привыкну к разнице во времени.

— Разбудили, и ладно. Что случилось? Не помню, чтобы вы мне раньше звонили.

— По пустячному поводу беспокоить бы вас не стал. Может, вы мне кое-что объясните? Дело весьма щекотливое.

— Валяйте ваше дело.

— Сегодня мне стало известно об убийстве Виталия Волкова. Он довольно длительное время был моим клиентом. — При этих словах под ложечкой противно засосало. — И как законопослушный гражданин, я обязан оказать всяческую помощь следствию.

— И что вам мешает? — начала злиться я, вспомнила о фотографиях и мысленно чертыхнулась. Может, Карпицкий их тоже получил?

— Вы хорошо знали Волкова?

— Не особенно. Познакомились за несколько дней до его убийства.

— И вы не были его любовницей?

Тут я присвистнула, окончательно уверившись: дело в фотографиях.

— Не довелось. Наверное, времени не хватило, — со смешком ответила я.

— Я понимаю, тема может быть болезненной для вас...

— Он не был моим любовником, — перебила я. — И мысль переспать с ним меня не посещала. Мы встречались несколько раз, в основном в кафе, может, не стоило этого делать, но с ним было интересно... — «А еще он собирался убить жену», — чуть не брякнула я.

— Тогда у меня для вас новость: вы его единственная наследница, он все завещал вам. — Признаться, смысл сказанного дошел до меня не сразу. Вовка, заподозрив, что я лишилась чувств от радости, нетерпеливо позвал: — Вы слышите?

— Слышу, но не очень понимаю... Вы шутите, да?

— Нет. Я не шучу. В понедельник Волков заехал к моему помощнику и передал на ответственное хранение конверт. В нем оказалось завещание, оформленное в тот же день нотариусом города Мошанска, это райцентр в соседней области. Я узнавал: он действительно рано утром ездил в Мошанск. Волков намеревался купить там одну из фабрик, это была предварительная встреча... Вы в курсе?

— Нет, конечно. Своими планами он со мной не делился.

— Так вот, он оформил завещание, находясь в Мошанске, а после обеда уже был у моего помощника.

— А он, случайно, не сказал ему, какого хрена ему вздумалось выкидывать подобный номер?

— Я должен понять это так: о завещании вам ничего не известно?

— Конечно, нет. У него есть жена, сестра (если верить Интернету), и, возможно, еще куча родственников. Он что, спятил?

— Валерия, успокойтесь, — перешел на ласковый скулеж Карпицкий, таким дурацким тоном обычно говорят с тяжелобольными. — В конце концов, это не такая уж плохая новость.

— Про убийство вы уже забыли?

— Нет, не забыл. Надеюсь, вы не имеете к нему никакого отношения?

— Приятно, что вы спросили об этом, — съязвила я. — Вдвойне приятно будет услышать вопросы вроде этого от следователя. Округлила мужика, заставила написать завещание и тут же пристрелила. А я девчонка хоть куда!

— Я в вашей невиновности не сомневаюсь. Вы представляетесь мне разумной девушкой, которая понимает, с чем ей придется столкнуться, когда о завещании узнают. Тяжба с родственниками — не самая большая проблема. Жена Волкова, кажется, внезапно уехала?

— Понятия не имею.

— Мой помощник утверждает, ее не могут найти. И с причинами все не так однозначно.

— А потолковее нельзя?

— Что, если ее тоже нет в живых?

— Ее тоже я убила? Послушайте, я ничего не знала о завещании, и мне на фиг не нужны его деньги. Зато, скорее всего, понадобится адвокат. Вы когда вернетесь?

— Не скоро. Минимум три недели буду здесь. В крайнем случае обращайтесь к моему помощнику. У вас есть соображения, почему Волков это сделал?

— Нет. Он вроде бы хотел развестись с женой и точно не собирался умирать и писать завещание. По крайней мере, не сказал об этом ни слова.

— А причина развода?

— Он считал, что она ему изменяет.

— Он сам об этом сказал?

— Нет, — не рискнула соврать я. — Он... в общем, намекнул. Я решила, это обычный треп женатика: жена-изменница, разбитое сердце и все такое.

— Он был влюблен в вас?

— Да откуда я знаю? Вам не кажется странным, что Волков обратился к нотариусу в другом городе? Такое в порядке вещей? У него наверняка был нотариус здесь, который оформлял все необходимые бумаги. У нас, например, такой есть.

— Вы правы, его поступок наводит на размышления. И ответ, скорее всего, прост: Волков не хотел, чтобы о завещании узнали. В родном городе сохранить это в тайне куда сложнее.

— А зачем это хранить в тайне, точнее, зачем писать это завещание? — тут по спине у меня прошел холодок, потому что я отчетливо вспомнила слова Волкова, сказанные в ресторане. О мыслях близких людей, которые могли бы удивить. Что вдруг тогда пришло ему в голову? — У нас был странный разговор, — сказала я. — Точнее, теперь он мне кажется странным... — Я поведала о нашей поездке за город, стараясь быть точной и припомнить малейшие нюансы беседы.

— Из того, что он сказал, можно сделать вывод: Волков боялся за свою жизнь? — выслушав меня, задал вопрос Карпицкий.

— Наверное, если через день после этого он кинулся писать завещание. Но тогда ничего подобного я в его словах не усмотрела, просто болтовня за столом. Володя, что мне делать? — решила я задать вопрос.

— Я знаю, как к вам относится Борис, и из его рассказов... В общем, я уверен, вы действительно оказались в сложной ситуации помимо своей воли. Единственное, чем я могу помочь, находясь здесь... Мой помощник сообщил мне о конверте, переданном ему Волковым, и я попросил его вскрыть. Таким образом, о завещании знают четверо: нотариус, вы, я и мой помощник. Допустим, Вячеслав попросту забыл о конверте. У вас есть три недели до моего возвращения. Разумеется, если нотариус, узнав об убийстве Волкова, не сообщит в полицию. Вероятность этого невелика. Постарайтесь за это время решить свои проблемы. И еще, Вячеслав, мой помощник, в случае необходимости, к вашим услугам. Борис с ним знаком и знает, как связаться. Всего доброго.

Он отключился, а я еще некоторое время пребывала в прострации. Легко сказать: три недели, чтобы решить проблему. Интересно, как ее вообще можно решить? Найти убийцу Волкова? Вот так просто? На самом деле Карпицкий, должно быть, надеется, что его найдет полиция. Ну, Волков, огромное тебе спасибо! Что я тебе сделала, гад?

Мысли о наследстве совсем не радовали, деньги в данном случае являлись величиной абстрактной, а вот неприятности — совершенно конкретными. Волков написал завещание и в тот же день был застрелен, а супруга исчезла. Умники тут же решат: я расчищаю дорогу к денежкам. Кому есть дело до того, что я знать не знала о затее Волкова, а за Вероникой следила, опасаясь за ее жизнь? Тут я глухо простонала и повалилась на подушку. Теперь в мою историю точно не поверят. Как же я умудрилась влезть во все это?

Мне удалось немного поспать, но это был такой сон, когда ты все еще в плену своих мыслей, нервно ворочаешься, то и дело вскакиваешь, а потом вдруг осознаешь, что на самом деле спал, и сквозь задернутые занавески уже пробивается солнце.

Минут десять я стояла под душем, упираясь руками в стену. Чувство такое, что меня загнали в угол. Вот только в голову не приходило, кому это надо. Кому надо, чтобы деньги Волкова достались мне? Самому Волкову? На что он рассчитывал? Или его обвели вокруг пальца так же ловко, как и меня? В тот момент я категорически отказывалась признать, что мои проблемы — следствие моего же дурацкого поведения. И еще меня не покидало чувство, что за всем этим стоит некто ловкий и умелый, с далеко идущими планами, где мне отведена весьма незавидная роль.

На работу я пришла раньше обычного, но вскоре стало ясно: работник я сегодня никудышный. У меня всего три недели, чтобы найти убийцу Волкова.

— Почему бы полиции его не найти, очень бы удружили, — пробормотала я.

К обеду позвонила Элка и оптимизма не добавила.

— Валерик, — начала подруга с легким уклоном в подхалимство, — я сейчас со следователем разговаривала.

— С каким? — брякнула я.

— Представился Денисом Викторовичем, фамилия Шапочников. Расследует убийство Волкова.

— И что ему от тебя надо?

— Ну... расспрашивал, — вздохнула подруга.

— О Волкове?

— О тебе. Были ли вы с ним знакомы, какие отношения и все такое.

— И что ты ему сказала? — спросила я, чувствуя дурноту вкупе с неукротимым желанием немедленно бежать на край света, спасаясь от ареста и последующего тюремного заключения.

— Правду, естественно, — обиделась Элка.

— Поделись.

— Вы познакомились в поездке, сидели рядом. А потом встретились в кафе. Ты не знала, что он женат. А когда я тебе глаза открыла... В общем, ничего серьезного у вас не было.

— Он тебе поверил? — съязвила я. — Ладно. Следователь не сказал, откуда им обо мне известно?

— Это ж ясно: проверили мобильный Волкова, он ведь тебе звонил.

— Твой Вовка в курсе?

— Чего ты злишься? Начни я врать, непременно бы засыпалась. Ничего такого в вопросах следователя нет, увидели номер, проверили, оказалось — молодая женщина.

«Которой Волков оставил все нажитое непосильным трудом, — мысленно добавила я. — И тут же скончался». А вслух сказала:

— Все нормально. Пока. Мне работать надо.

Но работа в тот момент меня совершенно не интересовала. Я отправилась к Борьке, очень рассчитывая застать его на месте.

Начальство в белой рубашке, с приспущенным до второй пуговицы галстуком сидело за столом, уставившись в компьютер. Пиджак висел на спинке кресла, под рукой — чашка кофе и печенюшки. Удивительно, что при такой страсти к ним Борька отлично выглядит.

— Привет, — сказала я, располагаясь напротив.

— Минуту подожди, — кивнул он, а я, разглядывая босса, старалась угадать: знает или нет? То есть Карпицкий и ему позвонил? Логично, они ведь друзья, хотя мог и промолчать, учитывая, что его поступок восторга у следователей точно не вызовет, а значит, куда разумнее держать все в тайне. Борька наконец закончил работу, взял в руки чашку и улыбнулся. — Кофе хочешь?

— Нет. Я в отпуск хочу. Прямо сейчас.

— Ты с ума сошла? — обиделся он.

— Пока нет, но все неумолимо к этому катится.

— Устала? Понимаю. Возьми пару дней плюс выходные...

— Боря, вопрос жизни и смерти, не дашь отпуск — кердык моей личной жизни.

— У тебя есть личная жизнь? — удивился он, а я мысленно выругалась.

— Не будет, если отпуска не дашь. Боря, это мой единственный шанс выйти замуж.

— За кого? — нахмурился он.

— Пока не знаю. Я в поиске. Подпиши заявление, или тебе придется увольнять меня за прогулы.

— Не болтай ерунду. Можешь сказать, что на самом деле случилось?

— На самом деле замуж хочу. За меня остается Ира, все вопросы к ней. Я на связи, но лучше не донимайте, — с этими словами я поднялась и поспешила покинуть кабинет.

Борька сидел, чуть приоткрыв рот. Выглядел немного глуповато, но все равно очень симпатично.

Я направлялась к своей машине, стоящей на офисной парковке, когда меня окликнули:

— Валерия Владимировна!

Повернувшись, я увидела мужчину лет тридцати пяти, выходящего из темно-синей «Тойоты». Я понятия не имела, кто он такой, но почувствовала дурноту, что-то в его облике настораживало, да и официальное обращение не сулило ничего хорошего.

— Да, — ответила я, ноги точно отяжелели, а в голове плыл туман.

— Добрый день, — мужчина улыбнулся и приблизился. — Шапочников Денис Викторович, — представился он и предъявил удостоверение. — У меня к вам есть вопросы, они касаются господина Волкова.

— Да, конечно, — промямлила я.

— Не возражаете, если мы немного прогуляемся?

Я-то думала, меня немедленно в камеру отправят, и предложение прогуляться вызвало прилив буйной радости, да такой, что ответить я не смогла, лишь закивала, растянув рот в улыбке.

Мы покинули парковку и побрели по бульвару. Шапочников сложил руки за спиной и время от времени на меня поглядывал, но с вопросами о Волкове не спешил, поинтересовался, где я работаю, как давно и прочее в том же духе. Я охотно отвечала, прекрасно понимая: самое неприятное еще впереди.

— Когда вы познакомились с Волковым? — спросил наконец он и кивком указал на ближайшую скамью. Мы сели, я поставила сумку, расправила подол платья, не торопясь отвечать.

Вздохнула и сказала:

— В начале месяца мы вместе ехали в поезде. Не помню дату, но если нужно, уточню, когда была в командировке.

— То есть вы познакомились в поезде?

— Нет. Мы сидели рядом, и я обратила на него внимание.

— А он на вас?

— Не думаю, по крайней мере, ничего подобного он мне не говорил. Потом мы случайно встретились в обеденный перерыв, в «Час пик», знаете такое кафе? — Шапочников кивнул. — У меня не хватило мелочи, чтобы расплатиться, он меня выручил. Мы сели за один стол.

— И он назначил вам свидание?

— Нет, в тот день мы немного поболтали и все. Но потом опять встретились, там же.

— Он искал встречи с вами, или инициатива исходила от вас?

— Я, конечно, надеялась, что увижу его. Он мне нравился. До тех пор, пока не узнала, что он женат. Об этом мне подруга рассказала.

— Но встречаться с ним все-таки стали.

— Ага. Всего пару раз, но и это не делает мне чести... — «Неужто они уже про завещание знают?» — с тоской думала я.

— Расскажите, пожалуйста, подробнее о ваших встречах.

Я рассказала. Шапочников слушал и кивал.

— В воскресенье он вам звонил.

— Мы собирались встретиться, но у меня изменились планы.

— А в понедельник?

— В понедельник у меня работы было выше крыши...

— Я правильно понял: вы собирались встретиться в понедельник в обеденный перерыв, однако вы встречу отменили?

— Да.

— Волков рассказывал вам о своих планах на вечер?

— Нет.

— Вы знаете, где он живет?

«Все, мою тачку там засекли», — мысленно охнула я, но вслух сказала:

— Да. Он говорил. Я даже проезжала мимо, интересно было взглянуть.

— Что вы делали в понедельник вечером?

— После работы поехала домой, корпела над отчетом.

— Волков вам не звонил на домашний?

— Нет. И я тоже не звонила.

— А когда вы узнали о его смерти?

— Утром во вторник, подруга сообщила.

— Должно быть, это был удар для вас...

— Как вам сказать... Волков мне нравился. С ним было интересно. Он хороший человек, это чувствовалось. Но он был женат.

— И не обещал развестись? — усмехнулся Шапочников.

— Само собой, но только дуры в это верят.

— Зачем же тогда встречались?

— Я же говорю: с ним было интересно. А потом... мужчины у меня нет. Надо же оттачивать на ком-то свое женское обаяние. Поверьте, ничего серьезного у нас не было. Возможно, на это просто времени не хватило. Не знаю. Он мне нравился, и мне очень жаль, что он погиб. Я ничего о нем не знаю, планами он не делился, на врагов не жаловался, ни с кем из друзей не знакомил.

— Но о жене-то рассказывал? Если разводиться решил, — он вновь усмехнулся, хитро щурясь.

— Ничего существенного: она его не понимает, они разные люди... в таких случаях все врут одно и то же. Вы женаты?

— Женат.

— Тогда вам лучше знать.

Он засмеялся и покачал головой:

— Я жене не изменяю.

— Не сомневаюсь. К сожалению, далеко не все могут этим похвастаться.

— Волков должен был проявлять особую осторожность, — серьезно продолжил Шапочников. — У них с женой брачный договор. В случае его измены он много бы потерял.

— Вот уж не знаю, — пожала я плечами. — Ничего такого он не рассказывал. И если хотите мое мнение, особо не прятался. По крайней мере, не вздрагивал, лицо в воротник не прятал и не шипел «не поворачивайся». Не скажи мне подруга, что он женат, я бы вряд ли его в этом заподозрила.

— То есть он вам о своем семейном положении не сообщал?

— Сообщила подруга, а я тут же поставила его в известность.

— И как он к этому отнесся?

— Покаянно. Сердцу не прикажешь и все такое...

— Не обижайтесь, но складывается впечатление, что у вас большой опыт общения...

— С женатыми мужчинами? Подруга втюрилась в одного типа. Семь месяцев неустанных страданий. В общем, опыт есть.

Шапочников засмеялся и несколько раз кивнул, соглашаясь.

— Что ж, спасибо вам, — он поднялся и протянул мне визитку. — На всякий случай. Вдруг вспомните что-то интересное.

— Спасибо, — сказала я, не в силах поверить, что меня отпускают, и решила на радостях рискнуть. — Можно вопрос?

— Можно.

— Почему его убили? Вы уже знаете?

— Ответить на этот вопрос — наполовину раскрыть дело, — ответил Шапочников и весело мне подмигнул.

На парковку мы вернулись вместе, по дороге он задал еще несколько вопросов, касались они нашей с Волковым поездки за город. Мне же очень хотелось спросить, что он думает по поводу внезапного исчезновения Вероники. Но я, само собой, не решилась. До последнего мгновения я ждала подвоха: возьмет да и поинтересуется: «Что вы делали возле дома Волкова? А в «Никольской слободе» как оказались?» Однако мы мирно простились, Шапочников сел в машину и отчалил. Я завела свою «Хонду», но еще несколько минут приходила в себя, таращась в окно. Чувство было такое, что из одной ловушки я прямиком угодила в другую.

Дома я занялась уборкой. Во-первых, это следовало сделать, во-вторых, физический труд успокаивает, в чем я не раз убеждалась.

Переодевшись в шорты и майку, я героически боролась с пылью, и из-за работающего пылесоса не сразу услышала звонок в дверь. Я решила, что это Элка, но на пороге стоял Борис — мой работодатель и несостоявшийся возлюбленный. Не припомню, чтобы раньше он ко мне заходил. Выглядел довольно неуверенно.

— Что? — простонала я, не сомневаясь: его привело сюда важное дело, с которым и без меня могли бы справиться.

— Войти-то можно? — нахмурился он.

— Заходи.

Борька вошел, интеллигентно снял обувь, а я кивнула в сторону кухни.

— Только давай покороче. Что случилось?

— Я думал, ты мне объяснишь... — устраиваясь на стуле, произнес Борис.

— Самое время впасть в глубокую задумчивость. Боря, что тебе надо от человека в отпуске?

— Человек этот мне очень дорог, и я... в общем, надеюсь, ты не откажешься от моей помощи.

— Квартиру пропылесосить?

— Кончай, а? — вздохнул он. — Что хотел от тебя следователь?

— Вот даже как? — Я устроилась на стуле рядом с Борькой. — Они что, и с тобой беседовали?

— Никто со мной не беседовал, — проворчал он. — Ты меня сегодня просто по стенке размазала этой своей личной жизнью. Впору было валидол глотать, как пенсионеру. Подошел к окну, чтоб отдышаться, и вижу тебя на парковке с каким-то хмырем. В общем, я решил, валидол уже не поможет, но на всякий случай позвонил Элке. Спросил, с кем ты встречаешься.

— Очень мило, — влезла я. — И что ответила подруга?

— Поинтересовалась, как выглядит парень. А потом огорошила, типа, не беспокойся, это следователь.

— Кстати, почему ты должен беспокоиться?

— Потому что я к тебе неровно дышу, — заявил он совершенно серьезно. — По крайней мере, все в офисе так считают.

— Спасибо. Не знала.

— Лера, что надо от тебя следователю?

— А подруга не рассказала?

— Я решил, у нее белая горячка.

— Продолжай, продолжай.

— Элка сказала, ты... встречалась с Волковым, он убит, и теперь следователь проявляет интерес к вашим отношениям.

Я кивнула, гадая при этом, звонил Карпицкий Борьке или нет. Похоже, нет.

— А горячка здесь при чем?

— Волков женат. Ты встречалась с женатым парнем?

— Прости, Боря, что я так низко пала, — разозлилась я. — Вообще-то в наших встречах не было ничего предосудительного.

— Правда? — он вроде бы вздохнул с облегчением. — А Элка сказала, ты в него влюбилась, не зная, что он женат. И даже просила его найти.

— Да? Элка знает мою историю куда лучше, — ответила я, мысленно чертыхаясь. Ну, подруга, удружила. Впрочем, мне прекрасно известно, что держать язык за зубами она попросту не в состоянии.

— Лера, что от тебя надо следователю? Какое ты можешь иметь отношение к убийству Волкова?

— Разумеется, никакого. Они нашли в его мобильном мой номер, решили проверить. Ничего особенного.

— Тогда почему ты взяла отпуск?

— Потому что лето, Боря! — завопила я.

— Не морочь мне голову! — рявкнул он. Признаться, столь гневный рык я слышала от него впервые и малость прибалдела от неожиданности. — Немедленно объясняй, что происходит, если не хочешь таскать мне передачки в больницу.

— Не наговаривай на себя, ты крепкий парень.

— Возможно. Но страх за близкого человека способен подкосить любого здоровяка. Я тебе друг?

— Ну... типа, да.

— Тогда рассказывай.

Выругавшись сквозь зубы, я поведала облегченную версию событий: ехала с Волковым в поезде, потом мы встретились в кафе, пару раз виделись, а потом его убили. Рассказала и о том, что следила за Вероникой в «Никольской слободе», случайно встретив ее там и заподозрив в измене. Особо в детали не вдавалась, просто хотела, чтобы Борька понял: я основательно влипла, оттого меня эта история сейчас и занимает. Борька в продолжение всего рассказа кивал, при этом выглядел глубоко несчастным.

— Ты в него влюбилась?

— В кого? Ах... да. Влюбилась.

— Он мне никогда не нравился, — помолчав немного, заявил Борис.

— Это обнадеживает.

— Я серьезно.

— Вы были хорошо знакомы?

— Не особенно. Но время от времени пересекались. Он казался... как бы потолковее... человеком с двойным дном.

Такое определение очень заинтересовало.

— Поподробнее можно?

— Иногда свои чувства трудно выразить словами. Волков — симпатичный мужик с хорошей репутацией, но... За всем этим было что-то еще, о чем не должны знать другие. Но это было.

— Витиевато, но суть я уловила.

— Ни за что не поверю, что такая девушка, как ты, могла влюбиться в подобного типа!

— Такие девушки, как я, в кого только не влюбляются, — махнула рукой я.

— Тогда мне стоит сказать большое спасибо его убийце. Извини, — пошел Борька на попятную. — Будем считать это дурацкой шуткой.

— Будем, — озадаченно кивнула я. — И все же... Что ты пытаешься донести до моего сознания?

— Я насмерть перепуган, что ты в кого-то влюбилась. Пожалуйста, не делай этого больше.

— Что, вообще не влюбляться? Ты хочешь, чтобы я умерла старой девой? Работодатели обычно теряют дар речи при словосочетании «декретный отпуск», но ты и их переплюнул.

— Господи, да при чем тут работодатели! — простонал он и торопливо поднялся. — Хочешь оплакать свою любовь — пожалуйста, но у меня большая просьба: со всеми проблемами, большими и маленькими, сразу ко мне.

— Ладно, — кивнула я, и Борька ломанулся к входной двери, точно спасаясь бегством.

— И что это было? — пробормотала я, плюхаясь на стул, когда дверь за ним захлопнулась.

Я бродила по квартире с тряпкой в руке, игнорируя пылесос и симулируя трудовую деятельность и в десятый раз вспоминая, что сказал Борька, но вскоре была вырвана из сладких грез звонком мобильного.

Звонила Элка. Еще толком не зная, стоит ли гневаться на ее неумение держать язык за зубами или, напротив, сказать ей спасибо, я ответила, а Элка тут же выпалила:

— Волкову нашли, то есть, возможно, это Волкова.

— Где нашли? Живую?

— Вова по секрету сообщил, что поступил звонок в полицию. Труп недалеко от Берестова, по описанию похож на Волкову. Мужик гулял с собакой, собака и нашла.

— О господи! — стиснув зубы, пробормотала я.

— Валерик, я как назло тачку на техобслуживание загнала, а ехать надо срочно. Дай свою машину.

— Куда надо? — бестолково переспросила я.

— В Берестов, на месте, так сказать, разобраться. Чую, эта история станет краеугольным камнем в моей карьере. Мужа убили, теперь жена... Я уже вижу заголовки...

— Ты где? Я сейчас подъеду.

— А тебя с работы отпустят?

— Я в отпуске.

Через двадцать минут я подкатила к редакции, а еще через пять мы уже неслись в Берестов.

— Ты, главное, сдуру не брякни, что мы о трупе знаем, — напутствовала она меня по дороге. — Типа, ехали мимо и все такое... Иначе мне Вовка голову оторвет. И сведения сливать не будет, что значительно хуже. Все-таки полезно иметь любовника-мента.

— Вы опять любовники?

— Еще нет, но на днях планирую отдаться. А что делать?

Я закатила глаза, демонстрируя свое отношение к словам подруги, а она засмеялась.

— Да ладно. Он мне нравится. И других претендентов на мое жаркое тело по-прежнему нет. Сейчас направо поворачивай, — скомандовала Элка. — Это где-то в районе деревни Митино.

Я свернула, очень скоро мы обратили внимание на скопление машин на обочине и притормозили. Группа любопытствующих, к которой мы присоединились, наблюдала за действиями полиции. Ближе к лесу стояла машина «Скорой помощи». Как раз в этот момент двое мужчин с носилками появились из-за ближайших деревьев, носилки загрузили в машину, и под звуки включенной сирены «Скорая» рванула с места и вскоре скрылась из виду.

— Она жива, — толкнув меня локтем, шепнула Элка.

— Кто? — растерялась я.

— Волкова, если это она, конечно. Лицо было открыто, ты что, не видела? Покойникам лица закрывают.

— Я внимания не обратила.

— Ну ты даешь... Стой здесь, от тебя все равно толку мало, а я пойду права качать.

Элка решительно направилась к лесу, но была остановлена бдительным сотрудником:

— Девушка, вы куда?

Что на это ответила Элка, я не слышала, мое внимание в тот момент было сосредоточено на «Лексусе», припаркованном на противоположной стороне дороги. Из-за скопления машин я не сразу обратила на него внимание. «Лексус» принадлежал Ремизову. Сам Ремизов стоял тут же, вполоборота ко мне, привалившись к капоту и сложив руки на груди, и с равнодушным видом наблюдал за суетой вокруг.

Затем, решив, что увидел достаточно, он сел в машину, и «Лексус» не спеша проехал мимо. Ремизов смотрел прямо перед собой, окружающее интересовать его перестало. Первым побуждением было броситься за ним, но тут я вспомнила про подругу и завертела головой, пытаясь ее обнаружить, потому что за это время она успела куда-то переместиться.

Элка весьма эмоционально дискутировала с толстяком в погонах, стоя возле полицейской машины. Толстяк терпеливо ее слушал и с каменным выражением лица качал головой. Судя по этой пантомиме, подруга добилась немногого.

— Элка! — позвала я и замахала руками.

Она, буркнув что-то на прощание толстяку, подошла ко мне.

— Чего узнала? — спросила, понижая голос.

— Что я могла узнать? — опешила я.

— Тогда зачем зовешь?

— Затем, что не вижу смысла здесь торчать, полицейские все оцепили, за ограждение тебя не пустят. Эта женщина действительно Волкова?

— Молчит как партизан. Я его прямо спросила, он дураком прикинулся: «Какая Волкова?» и все такое, но во взгляде что-то промелькнуло. Главное, что женщина жива.

— Тогда поехали.

— Обидно, что зря сюда мчались, — сморщила нос Элка. — Поброжу еще маленько, вдруг повезет.

— Некогда мне с тобой здесь торчать, — зашипела я. — Поехали, — и потянула ее за рукав к машине.

— Валерик, ты свинья! У тебя же отпуск, могла бы помочь подруге.

— А я что делаю?

Элка все-таки села в машину, а все мои мысли были лишь о том, чтобы догнать «Лексус» Ремизова. Но везением в тот день и не пахло. Его машину я больше не увидела, то ли он где-то свернул, то ли умчался на запредельной скорости.

Одно теперь ясно: этот тип все еще в городе. То, что его интересует Волкова, вполне понятно. Непонятно, как он узнал, что ее нашли. Неужто случайно проезжал мимо? В такое трудно поверить, впрочем, чего на свете не бывает.

— Валерик, — позвала Элка, глядя на меня с сомнением. — Мы куда несемся?

— Кажется, утюг забыла выключить, — буркнула я, подумав с обидой: «Как жалко, что Элка не в состоянии хранить тайны! Я могла бы ей все рассказывать, но придется помалкивать, очень не хочется, чтобы кто-то узнал о завещании Волкова».

Неужто я в самом деле рассчитываю найти убийцу Волкова? У меня нет ни возможностей, ни даже захудалого плана, только надежда, что у следователей в этом смысле все в порядке, и подозреваемые уже есть. Надеюсь, все-таки не я. Рассказать все Элке можно и позднее.

Мы простились возле редакции, но вечером подружка заехала ко мне уже на своей машине и с целым ворохом новостей. Женщина, найденная в лесу, действительно Волкова, при ней, кстати, оказалась сумочка с паспортом, кошелька, правда, не нашли. Женщину накачали наркотиками и бросили в лесу. На руках и ногах — следы веревок, то есть какое-то время ее держали связанной. На руке порез, незначительный. Следователь уже был у нее в больнице, но о результатах этого посещения Вовке ничего не известно.

— Кстати, в полицию звонили дважды, — добавила Элка. — Первый раз из телефона-автомата. Некто сообщил, что нашел труп, назвал место, но повесил трубку. Что характерно, звонил не в берестовскую полицию, а к нам. А потом уже мужик с собачкой. Этот понял, что женщина жива, и вызвал «Скорую». Но толково объяснить, где находится, не смог или эти олухи не поняли. Наши за это время успели связаться с берестовскими ментами, те отправились проверять, что к чему, мужик с собакой на дорогу вышел, чтобы они мимо не проехали. Менты нашли сумку с паспортом и отзвонились нашим. В общем, явились следаки и взяли все в свои руки, а «Скорая» все каталась неизвестно где. Прикинь?

— Здорово. Вот об этом и напиши.

— Короче, сейчас Волкова в первой городской больнице. По словам врачей, ее жизни ничто не угрожает. А каким образом она в лесу оказалась, пока никому не ясно.

У меня-то версия как раз имелась. Возникла сразу, лишь только Элка упомянула о первом телефонном звонке. В полицию звонил Ремизов. И хотел убедиться, что звонок достиг цели, вот и наблюдал за действиями полицейских в рядах любопытных граждан.

Остальное предположить не трудно. Он где-то держал Веронику все это время, накачивал наркотой, следуя некоему плану. Но Волков погиб, и Ремизов решил, что теперь в убийстве его жены нет никакого смысла, и поспешил вывезти ее в лес. О чем и сообщил в полицию.

— Вот повезло бабе, — хмыкнула Элка. — Мало того, что мужа убили и самой досталось по самое не могу, так теперь еще и подозревать начнут во всех смертных грехах.

— Это Вовка сказал? — насторожилась я.

— Это я говорю, — хмыкнула Элка. — Ты детективы читаешь?

— А если выяснится, что ее похитили еще до убийства мужа?

— Офигеть! — вдруг воскликнула Элка, плюхаясь в кресло, до того момента она слонялась по комнате, действуя мне на нервы. — Смотри-ка, что получается: ее похитили, о чем свидетельствует письмо, найденное в пиджаке Волкова. Но он в полицию не сообщил.

— Надеялся вернуть жену, заплатив выкуп?

— Лерик, он был похож на идиота?

— Не очень, — пожала плечами я.

— Мне тоже конченым придурком не показался. А только конченый придурок в наше время верит шантажистам. Деньги возьмут, а благоверную не вернут.

— Может, он просто не успел сообщить? — вступилась я за Волкова.

— Серьезно? А может, и не собирался жену выкупать? Скажи честно, что у вас было?

Я выразительно покрутила пальцем у виска.

— Из-за таких, как я, мужики мозгов не лишаются.

— Это кто сказал? — хмыкнула подруга. — Лично я всегда видела в тебе роковую красотку.

— Потому что ты дура.

— Лерик, ты сама подумай, как все шикарно вырисовывается, — захихикала Элка, сгребая мою руку. — Я вовсе не считаю, что у тебя здесь роль злодейки. Зная тебя как облупленную... Но, — тут она подняла палец, — Волков в тебя влюбился... предположим, — укоризненно произнесла она, видя мою реакцию. — А тут какие-то хмыри решили поживиться и похитили благоверную, и он возьми да и подумай: очень кстати, вот она, свобода, и разводиться не надо. Наши мужики разводы не уважают. Особенно те, у кого бабла выше крыши. Супругу злодеи порешат, он поплачет, и все тип-топ.

— Гениально, но в реальности весьма проблемно. Ему ведь по-любому с полицией объясняться. Ладно, допустим, так и было. Волков ждет, когда от супруги избавится, но тут убивают его. И похитители решают отпустить Веронику?

— А на что она им, если деньги не возьмешь? С покойницы-то уж точно.

— А то, что она их сдаст полиции, ничего?

— Это если ей есть что рассказать. А если нет? Бедной бабе еще и от подозрений страдать придется, мол, не является ли это все инсценировкой?

Конечно, я была с Элкой согласна. Ее слова подтверждали мои собственные догадки, но с одной существенной поправкой: похищение жены сам Волков и организовал.

— Эх, сейчас бы статейку забацать, — заныла Элка.

— Забацай, что мешает? Большая любовь к Вовке?

— Ага, — фыркнула подруга. — У нас не Америка. Напишешь, а полиция потом душу вынет: нанесла жуткий урон следствию и все такое. И вместо карьерного роста схлопочу «волчий билет». Знаешь, что это?

— Догадываюсь. Тогда жди сведений от Вовки и никуда не лезь.

— Не лезть я тоже не могу, — пожаловалась Элка, и мы пошли пить чай.

Утром я встала позднее обычного. Но от скверного настроения меня это не уберегло. Впереди целый день, а я понятия не имею, чем себя занять. Появилась мысль отправиться на работу, так стало тошно в четырех стенах.

Выпив кофе, я поспешила на улицу в надежде, что прогулка прибавит мне оптимизма. Само собой, мысли по-прежнему вертелись вокруг Волкова и его жены. Слава богу, она жива, и ее жизни ничто не угрожает, а мне, кстати, ничто не мешает забыть эту историю как страшный сон.

Ничто бы не мешало, не будь этого чертова завещания. Почему Волков его оставил, то есть почему оставил свои деньги мне? Должен быть в этом какой-то смысл.

Я не заметила, как пересекла парк и оказалась на небольшой площади возле музея, где обычно вовсю шла уличная торговля. Продавали сувениры, мед, платки и прочее в том же духе. Сегодня здесь оказалось особенно многолюдно, и я очень скоро пожалела, что сюда сунулась. Сувениры мне точно не нужны.

Я огляделась, прикидывая, в какую сторону лучше направиться, и возле ближайшего лотка увидела Ремизова. Он болтал с девушкой-продавщицей, вертя в руках деревянную фигурку лошадки. Девушка с ним явно кокетничала, а Ремизов благосклонно улыбался.

Первым побуждением было подойти и с места в карьер ошарашить своими откровениями. Но уже через несколько минут стало ясно: ничего я от этого не выгадаю. Он скажет, что я все выдумала. Возможно, признает факт знакомства с Волковым, но и только-то. Вряд ли ему стоит опасаться полиции, а вот мне из-за проклятого завещания придется туго.

Ремизов расплатился и пошел дальше вдоль лотков, я последовала за ним. От мысли заговорить с этим типом я уже отказалась, что делать дальше — не знала. Зато очень хотелось понять, почему он до сих пор не уехал. Что его держит в этом городе?

Из-за ближайшего павильона появились скоморохи, заиграли, запели, народ взял их в кольцо, а я испуганно завертела головой. Ремизов исчез. Только что его макушка маячила над толпой, и нате вам... Я бестолково металась по кругу, потом бросилась к парковке, решив, что он, скорее всего, приехал на машине. Но «Лексуса» там не оказалось. Едва не заревев от досады, я отправилась по пешеходной улице в последней надежде, что, если он вдруг заинтересовался достопримечательностями, этого места ему не миновать. Народу и здесь было предостаточно, я прошла улицу из конца в конец и призналась себе, что в очередной раз его упустила.

Оказавшись рядом с кафе с открытой верандой, я решила, что это отличное место для наблюдений. Жаль, я раньше об этом не подумала. Проходя мимо витрины кафе, я равнодушно мазнула взглядом по плакату, обещавшему вторую чашку кофе бесплатно, если что-то там купишь, увидев свое отражение в стекле, машинально поправила волосы и тут же замерла, обнаружив рядом со своим отражением еще одно. Ремизов стоял за моей спиной всего-то в паре шагов, смотрел на мое отражение в стекле и улыбался. А я едва не закричала с перепугу, хотя чего мне бояться? Вместо того чтобы, повернувшись, сказать ему что-то или идти дальше, делая вид, будто не обращаю на него внимания, я продолжала пялиться в стекло.

Он сделал шаг и теперь стоял почти вплотную ко мне, по спине пробежал холодок, и явилась непрошеная мысль: «Да он меня сейчас убьет!» Вроде бы нелепая, но в тот момент вполне допустимая. Ремизов, продолжая улыбаться, наклонился к моему уху и шепнул:

— Не меня ищешь? — и теперь смотрел исподлобья.

Мысли в моей многострадальной голове закружились совсем уж идиотские: он похож на Дракулу, не на старика с зеленоватой кожей и лысым черепом, а на Дракулу-обольстителя. Физиономия самая подходящая. Я даже уверила себя, что передние резцы у него неестественно длинные и острые.

«Приди в себя, дура», — попыталась я воздействовать на свое сознание добрым словом, и тут этот тип легонько коснулся моего уха губами, а потом провел ими до подбородка. Руки его скользнули вперед, на мгновение он точно заключил меня в объятия, а потом резко отстранился, оставив в моей руке ярко-красную розу. Меня легонько потрясывало, и я, точно завороженная, смотрела на цветок, а когда, насмотревшись вдоволь, обернулась, Ремизова и след простыл.

— Твою мать, — выругалась я довольно громко, повергнув в шок двух старушек, проходивших мимо.

С перепугу я бросила розу в ближайшую урну, ярко-красный цвет почему-то очень нервировал. Добравшись до скамейки, я попыталась прийти в себя, а еще решить, что означает поведение Ремизова. Если с первым пунктом все обстояло более-менее нормально — я отдышалась, избавилась от мыслей об упырях, — то со вторым получилось куда хуже. Выходит, Ремизов прекрасно осведомлен о моей роли во всей этой истории. Или не выходит? Он видел меня в гостинице и сейчас узнал? В толпе людей, и это при том, что в гостинице я была в очках и парике? Ему рассказал обо мне Волков? Это куда вероятнее. И как понять его слова? Что, если он опасный маньяк в поисках очередной жертвы, а я даже Элке ничего не рассказала!

Я тут же полезла в сумку с намерением позвонить подруге, но мобильного там не оказалось. Только я решила, что его у меня украли, как вспомнила: по дороге я отвечала на звонок мамы и сунула телефон в карман кардигана. Там мобильный и обнаружился. Причем не только он. В кармане оказался сложенный вчетверо лист бумаги, вырванный из блокнота: «Улица Фрунзе, 15. В 18:00». Время было дважды подчеркнуто.

— Это что ж такое? — с обидой пробормотала я. — Ремизов успел сунуть мне в карман записку? Он так с девушками знакомится? Или это предложение обсудить наши дела? Нет у нас никаких дел... Хотя как посмотреть...

Элке я так и не позвонила, вместо этого чуть ли не бегом отправилась домой. Но в квартиру заходить не стала, взяла машину и поехала к родителям, прекрасно понимая: останься я одна, быстро смогу довести себя до полного безумия.

К пяти часам вопрос идти или не идти уже не стоял, размышления в основном сводились к тому, как себя обезопасить. Подробно обо всем написать и спрятать записку у родителей? Хороша идея, ничего не скажешь! Значит, остается Элка. Но она точно все прочитает, едва за мной захлопнется дверь.

Тут как раз и подруга позвонила. Новостей у нее не было, я сообщила, что нахожусь у родителей, а после того, как Элка, наболтавшись вволю, остановилась перевести дух, сделала вид, что продолжаю прерванный разговор и позвала маму:

— Мамуль, запиши, пожалуйста, адрес, а то забуду... — и продиктовала: Фрунзе, 15.

Но этого мне показалось мало, и я отправила адрес Элке. Через пять минут она перезвонила, я, прежде чем ответить, переместилась на веранду, чтобы родители нас не услышали.

— Что это за ерунда? — ворчливо поинтересовалась Элка.

— Где?

— Валерик, ты мне только что «смс» прислала.

— Да? Перепутала. Это адрес маминой знакомой.

Теперь я чувствовала себя куда увереннее, по крайней мере, близкие в случае моего исчезновения смогут сообщить адрес полиции. «А мне с этого что за радость?» — зло фыркнула я, но любопытство уже со страшной силой гнало меня по известному адресу.

Всю дорогу я гадала, что меня там ждет. Не в плане моего дальнейшего существования, а гораздо прозаичнее: что это за дом такой? Вряд ли гостиница. Кафе? Нет, точно не кафе, тогда логичнее было бы сообщить его название.

Вскоре, свернув на улицу Фрунзе, я высматривала нужный дом. Хрущевки, две сталинки, школа, детский сад, за детским садом улица приобрела совсем другой вид: вместо многоквартирных домов — новенькие особнячки. Дом под номером пятнадцать как раз одним из них и оказался. Я остановилась рядом с воротами, гостеприимно распахнутыми настежь, и огляделась, толком не зная, что делать. Рискнуть подняться на крыльцо? Но какое отношение этот дом может иметь к Ремизову? В том, что записку написал он, я почти не сомневалась. Ремизов останавливался в гостинице, логично предположить, что с нашим городом его мало что связывает. И вдруг дом. А может, это просто шутка?

— Сейчас узнаем, — буркнула я, внезапно приняв решение, и вышла из машины. Загонять ее на частную территорию я все-таки не рискнула.

Входная дверь оказалась приоткрытой, хоть и не распахнутой, как ворота, настежь. Хозяева явно давали понять, что ждут гостей и те могут заходить, не обременяя себя звонком. Я толкнула дверь и уже собралась переступить порог, когда меня внезапно бросило в жар, и я запоздало подумала: «А вдруг это ловушка? Бог знает, что я обнаружу за этой дверью».

Я невольно попятилась, но любопытство, как обычно, победило здравый смысл. Вместо того чтобы бежать к машине, я надавила кнопку звонка. Оглядела улицу в тщетной надежде получить какую-нибудь подсказку и все же вошла в дом. Передо мной был огромный холл. Сквозь стрельчатые окна струился солнечный свет, преломляясь в кристаллах огромной люстры и солнечными зайчиками разбегаясь по стенам и потолку. Залюбовавшись всем этим великолепием, я не сразу поняла, что за мной пристально наблюдают, а почувствовав это и повернув голову, слабо охнула. В нескольких метрах от меня возле арки, ведущей в кухню, сидел французский бульдог, вывалив ярко-красный язык. Я замерла по стойке «смирно», не зная, что делать.

— В чем дело, Люк? — в тот же миг услышала я голос Ремизова, и он сам появился в арочном проеме. Босиком, в джинсах, белой футболке с короткими рукавами и белом полотенце на бедрах, которое служило ему передником. — Ты напугал нашу гостью, извинись немедленно.

Пес вытянул вперед лапы, опустил голову в низком поклоне и тихонько тявкнул.

— Он неплохой парень, — смеясь, сказал Ремизов, — не бойся, — и пошел ко мне, пес вперевалку плелся рядом. — Сумку можно оставить здесь. Дверь я закрою.

Дверь он не только закрыл, но и запер, что мне не понравилось. Я оказалась наедине с парнем, от которого можно ждать чего угодно, да к тому же еще и с собакой.

Ремизов взял из моих рук сумку и положил на консоль, кивнув в сторону арки:

— Прошу. Через минуту у меня все будет готово. Я хотел пригласить тебя в ресторан, но потом решил, что ужин здесь куда уместнее. Никто не помешает, а готовлю я неплохо, впрочем, об этом судить тебе.

Я в легком обалдении прошла в кухню-столовую. Мебель отливала перламутром и сверкала серебром, люстра была еще роскошнее, чем в холле, обстановку дополняли два кожаных дивана цвета слоновой кости и журнальный стол между ними, а также две витрины с посудой и фарфоровыми безделушками. Одним словом, дворец.

— О, черт, — вдруг буркнул Ремизов и бросился к духовке, открыл ее и извлек кастрюлю для запекания.

Комната тут же наполнилась ароматом мяса со специями.

— Кажется, все в порядке, — порадовал Ремизов, перекладывая мясо в красивое блюдо с высокими краями. — Садись, — с улыбкой предложил он, указав на ближайший стул.

— Все очень мило, — ответила я, косясь на бульдога. — Но хотелось бы знать, что, собственно, происходит?

Продолжая сновать от плиты к столу, накрытому в лучших традициях, он принялся объяснять:

— Я рассчитывал, что твое любопытство заставит тебя прийти сюда. И, слава богу, не ошибся. Можно было познакомиться еще днем, когда мы встретились на площади. Но... каюсь, у меня есть склонность к театральным эффектам. Записка, незнакомый дом, согласись, это так романтично! Кстати, как тебя зовут?

— Валерия.

— В самом деле? — он вроде бы удивился. — Мужское имя тебе совсем не подходит.

— Сегодня же пожалуюсь маме.

— Извини, я вовсе не хотел тебя обидеть. Сейчас открою вино, и можно приступать.

— Не хотите объяснить, с какой стати вы переводите на меня продукты?

— Я ведь уже сказал: интимная обстановка показалась мне более уместной. И давай на «ты». — Он устроился на стуле напротив меня и поднял свой бокал с красным вином. — За встречу!

Я сделала вид, что выпила глоток, и отставила бокал в сторону.

— Вино не понравилось? — с беспокойством спросил Ремизов.

— Я ничего не понимаю в вине, но уверена — оно выше всяких похвал. Дальше что?

— Дальше бери вилку и ешь.

— А зовут тебя?..

— Кирилл, — представился он. — Ремизов Кирилл Александрович.

Это слегка удивило, почему-то я была уверена: он назовет другое имя. Хотя если в гостинице он меня узнал, врать довольно глупо.

— Дом твой? — продолжала я задавать вопросы.

— Нет, вообще-то я живу в Нижнем Новгороде, но обстоятельства так сложились... придется на какое-то время задержаться здесь. Это дом моих друзей, они на днях улетели в Канаду и с радостью оставили его на мое попечение вместе с существом по кличке Люк, очень похожим на поросенка. Как мясо?

— Вкусно.

— Рад, что тебе понравилось.

— Ты спросил, не тебя ли я ищу. Что ты имел в виду?

— Разве не понятно? Девушка озирается в толпе, будто кого-то ищет. Логично предположить: свою вторую половинку. Вот и вопрос.

Я некоторое время помолчала в замешательстве. Само собой, вовсе не такого ответа я ожидала. А он продолжил как ни в чем не бывало:

— Лично я искал тебя... Не буду говорить — всю жизнь, но последние пять лет точно.

Тут я окончательно смешалась, не зная, как на это реагировать.

— И что такого я натворила пять лет назад? — наконец нашлась я.

— Ты стала моей мечтой.

— Видимо, у меня от хорошей еды умственные способности резко понижаются, потому что я ничего не понимаю.

— Давай я тебе кое-что покажу, — поднимаясь из-за стола, предложил он и махнул рукой, приглашая следовать за ним.

Мы направились к двери, которая вела на застекленную веранду. Посередине просторного помещения стоял мольберт с неоконченным портретом, а вокруг — прикрепленные скотчем к гладкой поверхности рисунки или, если угодно, наброски будущего портрета. Везде одно и то же лицо, больше или меньше похожее, но, безусловно, мое.

— Даешь уроки живописи? — спросила я, оглядываясь, не скрою, с интересом и даже гордостью. Я настоящая красавица, по крайней мере, на рисунках!

— Мама настояла, чтобы я окончил художественную школу, как видишь, пригодилось.

— Это ты все сегодня наживописил? — съязвила я.

— Нет, — покачал головой он. — Титанический труд последних пяти лет.

— Так мы давно знакомы?

— Это мистическая история, — прохаживаясь по веранде, произнес Ремизов. — Примерно пять лет назад я увидел тебя во сне. Если честно, сон я помню плохо, но твое лицо так и стояло перед глазами, когда я проснулся. А еще было странное чувство... В общем, я кинулся рисовать твой портрет по памяти. Карандашный набросок. Вот этот, — ткнул он пальцем в рисунок, вставленный в рамку небесно-голубого цвета. — Это стало вроде навязчивой идеи, я рисовал тебя и рисовал.

— И перетащил все это из Нижнего во временное жилье?

— Конечно. Правда, здесь далеко не все. Сначала я верил, что встречу тебя со дня на день. Потом испугался, что не встречу никогда. Пару раз я убирал рисунки и давал себе слово взяться за ум, но проходило совсем немного времени, и я опять начинал рисовать тебя.

— А сегодня увидел в толпе? — подсказала я с ехидством.

— Да. Ты прошла мимо, а я даже не сразу узнал тебя, просто красивая девушка, потом ты вдруг обернулась, и я едва не лишился чувств. Как тебе история?

— Трогательная, но маловероятная. Вся эта живопись у профессионала много времени не займет. За день вряд ли наваяет, а за пару дней — запросто.

— То есть я все это выдумал? — улыбнулся он

— То есть да.

— А смысл?

— Сам скажи.

— Ей-богу, ничего в голову не приходит. Теперь твоя очередь.

— Самый простой вариант: ты любитель морочить людям голову. Особенно девушкам. Особенно доверчивым.

— Ага, — кивнул он, вроде бы размышляя. — Ты сказала, все это можно нарисовать за пару дней, по-твоему, мы встречались раньше?

Вот тут я ощутила тревогу и принялась лихорадочно соображать, как лучше ответить, чтобы, не дай бог, себя не выдать.

— Я довольно часто гуляю в том районе, — нашлась я и тоже улыбнулась. — Ты ждал этой встречи пять лет, но поспешил сбежать, даже не познакомившись.

— Я оставил тебе записку.

— И не сомневался, что я приду?

— Девушки любопытны. На всякий случай я провожал тебя до твоего дома и немного поспрашивал соседей. Теперь я знаю, кто ты. В общих чертах. Остальное ты, надеюсь, мне расскажешь сама.

— Один раз мы уж точно виделись, — усмехнулась я. Может, было это неразумно, но очень хотелось сбить с него спесь, лишить уверенности и посмотреть, что получится.

— Да? — он вроде бы искренне удивился. — А ты меня не разыгрываешь?

— В этом ты у нас мастер. Я видела тебя на дороге неподалеку от Берестова. Там в лесу нашли женщину. Ты стоял возле «Лексуса». Есть у тебя «Лексус»?

— Стоит в гараже. Почему ты обратила на меня внимание? — необыкновенно заинтересовался он. — Там ведь было полно народу.

Об этом я не подумала и вновь улыбнулась:

— Ты просто потрясающе выглядел. Мужчина моей мечты. К тому же на «Лексусе», новеньком и очень дорогом.

Он с серьезным видом покивал.

— И ты еще сомневаешься в том, что это судьба?

— Нет, что ты. Какие могут быть сомнения. В Берестов на экскурсию ездил?

— Да. Симпатичный городок, при случае с удовольствием заезжаю. А ты?

— Мне он тоже нравится.

— И вчера ты решила погулять по тихим улочкам?

Кажется, он, как и я, прощупывал почву, не торопясь переходить к главному.

— Вчера я отвозила подругу, она журналистка, ее очень интересует убийство Волкова, а тут ей вдруг шепнули, что его жену нашли. Слышал об этой истории? Волков, известный в городе бизнесмен, был застрелен в своем доме, жена его вроде бы исчезла, с ней не могли связаться.

— Да, что-то такое читал в Интернете.

— А с Волковым, случайно, не был знаком? — я с улыбкой смотрела на Ремизова, надеясь уловить реакцию. Держался он молодцом.

— Вполне возможно, что нас знакомили, но я не припомню...

— Жаль, — вздохнула я. — Надеялась, ты мне поможешь.

— Тебя интересует это убийство?

— Подругу. Если честно, и меня тоже. Слегка увлеклась ролью доктора Ватсона.

— Я слышал, женщины обожают детективы.

— Как раз мой случай.

— Пожалуй, я смогу помочь, — немного подумав, сказал Ремизов. — У меня здесь неплохие связи. Что конкретно тебя интересует?

— Любые сведения о Волкове.

— Ну, это и твоя подруга легко сможет. Что еще?

Теперь уже я ненадолго задумалась.

— Родители Волкова умерли, но у него есть сестра. Было бы здорово с ней поговорить.

— Хорошо, попробую это устроить.

— Ты серьезно?

— Вполне. А сейчас продолжим наш ужин. И знакомство, разумеется, тоже. Расскажем друг другу о своей жизни.

Ужин мы продолжили и о жизни поговорили. Правда, о себе в основном рассказывала я, а Ремизов неутомимо задавал вопросы. Но все же и о нем кое-какое представление я теперь имела.

Родился в нашем городе, уже довольно давно перебрался в Нижний Новгород. Несколько лет назад умерла его мама, а потом и отец. Ремизов унаследовал долю в отцовском бизнесе, хотел ее продать, но пока справляется с работой на два города и решение все откладывает. Сейчас и вовсе придется задуматься, а не переехать ли сюда. На мой вопрос «почему?» нагло ответил:

— Потому что здесь живешь ты. Вдруг я не смогу уговорить тебя переехать в Нижний Новгород?

— Я исключительно легка на подъем, — заявила я, решив не уступать ему в нахальстве.

Когда мы наконец поднялись из-за стола, Ремизов предложил перейти в гостиную, но я внесла ответное предложение: погулять с собакой. Он согласился, хоть и без особой охоты. У меня возникло подозрение, что он планировал закончить вечер в общей постели, это вполне в духе самовлюбленного придурка. Конечно, женщины всего мира лишь о нем и мечтают. Однако в его случае был скорее трезвый расчет: заполучить меня в союзники. Для этого и понадобилась история пятилетнего ожидания встречи, а уж если мы встретились, глупо затягивать со всем остальным. По известному выражению «вы привлекательны, я чертовски привлекателен», в общем, пошли скорей на сеновал.

Прогулка получилась милой. Песик бежал впереди, мы болтали обо всем на свете. Должно быть, сообразив, что сеновал на сегодня отменяется, Ремизов сбавил обороты и вел себя вполне по-человечески, то есть не пытался запудрить мне мозги своими романтическими измышлениями. Рассказал пару анекдотов, кстати, смешных, побаловал историями из жизни, тоже вполне забавными, а потом пустился в рассуждения о живописи, стоило мне сдуру брякнуть, что люблю Айвазовского. После его пятнадцатиминутной лекции я поняла, что в живописи ничегошеньки не смыслю, и стала улыбаться особенно ласково. Потом выяснилось, что с музыкой у меня тоже не все ладно, а с литературой и вовсе беда.

— Есть что-нибудь на свете, чего ты не знаешь? — съязвила я.

— Конечно. Я, например, не знаю, что творится в твоей хорошенькой головке, а хотелось бы.

— Ничего там не творится. Тебе не повезло. Я красавица и, как водится, дура.

— Серьезно? Тогда о каком невезении речь? По мне, так это идеальное сочетание.

Собачка с нами намучилась и громко тявкнула, призывая к порядку. После прогулки у нее намечался ужин, а мы все нарезали круги в парке. Из любви к животным мы решили вернуться. Похоже, Ремизов не сомневался: я, в отличие от собачки, к себе домой не тороплюсь, потому что заметно удивился, когда я направилась к машине с намерением его покинуть.

— Пока, — сказала я. — И спасибо за незабываемый вечер.

— Ты уезжаешь?

— Сколько можно испытывать твое терпение?

— Ты сейчас о чем?

— О том, что загостилась.

— Ничего подобного! Я бы предпочел, чтобы ты осталась.

— Наши желания в этом пункте не совпадают, — я растянула рот до ушей, мысленно добавив: «Ну и наглец!»

— Тогда я тебя провожу, — предложил Ремизов.

— За машиной резво побежишь? — серьезно поинтересовалась я.

— А в машине мне места не найдется? Назад вернусь на такси.

— Предупреждаю сразу, у меня нет ни кофе, ни чая.

— Заедем по дороге в супермаркет. Сердце кровью обливается, когда я думаю, что ты голодаешь.

На этот раз я чертыхнулась, но терпеливо подождала, пока он даст собаке корм и вернется назад.

— Тебе бы лучше у меня остаться, — сказал он, садясь рядом. — Вдруг по дороге нас остановят?

— Я выпила совсем чуть-чуть...

— И все же... Может, за руль лучше мне сесть?

— Да с какой стати?

Завидев супермаркет, он потребовал к нему свернуть. Мои слова о том, что в его заботе я не нуждаюсь, подействовали, но совсем не так, как я ожидала.

— Хорошо, завтра я сам все привезу.

— И отправишься со своим провиантом восвояси. Насчет чая и кофе я пошутила. Не хотела, чтобы ты напросился в гости.

— Я догадался. Но холодильник у тебя наверняка пустой.

— Господи, какое тебе дело до моего холодильника?

— Теперь мне до всего есть дело.

Когда мы въехали во двор моего дома, я увидела машину Борьки. Он приткнул ее возле подъезда, а сам сидел на скамейке, ближе к детской площадке, и пялился в свой планшет. Но, услышав шум двигателя, поднял голову и, улыбаясь, двинулся мне навстречу. Но улыбка мгновенно исчезла с его лица, когда он заметил, что я не одна. Само собой, Ремизов тоже обратил на него внимание.

— Это твой парень? — спросил хмуро.

— Хуже. Это мой босс.

— Что ему тут надо? Надеюсь, он не пристает к тебе, пользуясь своим положением?

— К сожалению, нет.

— К сожалению? Что хорошего ты нашла в этом типе?

Ответить я не успела, мы как раз вышли из машины, а Борька поравнялся с нами и сказал:

— Привет, — стараясь не смотреть в сторону Ремизова. Тот принялся расточать улыбки.

— Милая, познакомь нас, — запел он, Борька слегка дернулся, но подобие улыбки из себя выжал.

— Это Борис, мой работодатель, а это Кирилл, кто он такой, понятия не имею, — вздохнула я.

— Девочка шутит. Я ее обожаю, а она этим пользуется.

— Да неужели? — съязвила я.

— Пользуешься, пользуешься. Вам нужно поговорить? Я могу подождать. — Он отошел к подъезду, откуда, глядя на нас, нагло скалился.

— Собственно, я просто... хотел узнать, как у тебя дела, — вздохнул Борька.

— Нормально.

— Да, я вижу, извини. — Он вновь вздохнул и направился к своей машине. Я было хотела его окликнуть, но вместо этого перевела взгляд на Ремизова. Такое чувство, что он потешается, наблюдая мою нерешительность. Я мысленно махнула рукой и направилась к подъезду.

— Такси вызовешь без моей помощи, — буркнула я, открывая дверь подъезда.

— На стакан воды я могу рассчитывать? Не стоит расстраиваться из-за этого типа. Если вопрос в работе, то ты в ней больше не нуждаешься, а если он тебе в самом деле нравится, то появление соперника лишь обостряет чувства. В общем, ты в выигрыше в любом случае. А вот я чувствую себя скверно.

— Да ну?

— Это была шутка, — засмеялся Ремизов. — Он мне не соперник.

Мы поднялись на третий этаж и вошли в мою квартиру. Я тут же бросилась в кухню, налила стакан воды и поставила его на стол. Ремизов прошелся по квартире.

— У тебя мило. С родителями живешь?

— Пей, — кивнула я.

— Мою жажду водой не утолить, — засмеялся он.

— Ты алкоголик?

Он ухватил меня за подбородок и поцеловал, едва коснувшись губами моих губ.

— Свинство какое, — пробормотала я, руку он так и не убрал, и говорить было не очень-то удобно.

— Сейчас все исправим, — ответил он серьезно и вновь поцеловал меня, на этот раз по-настоящему.

Бог знает, почему я не стала сопротивляться, но, когда он меня отпустил, спросила гневно:

— Мне «караул» кричать?

— Не стоит. Я ухожу. — Он действительно направился к двери, шагнул за порог, повернулся и сказал: — Забудь своего Борьку, он тебе не нужен.

Дверь закрылась, а я еще пару минут стояла, пытаясь прийти в себя. То претендентов на мое прекрасное тело днем с огнем не сыщешь, то нате вам, пошли косяком. Чего это на Борьку нашло? Может, он по работе приезжал? С Ремизовым-то все ясно. Он либо попал в отчаянный переплет, так же как и я, кстати, либо просто мучается любопытством. Одно несомненно: он остался в городе в надежде, что убийцу Волкова вскоре найдут. Оттого и обещал мне помочь. А бредни, которыми он меня угостил, должны объяснить его внезапный интерес ко мне. На то, чтобы познакомиться, войти в доверие, нужно время, а у него его нет, или нет терпения. Зато есть буйная фантазия. Ну, это-то мне хорошо известно. Одно его предложение убить жену Волкова чего стоит. Мне-то как себя вести? Притвориться сладкой дурочкой? Дать от ворот поворот? А может, он решил разведать, что мне известно? Ремизов сам узнал меня, или ему рассказал обо мне Волков? Если первое, то надо быть начеку, если второе... тоже не очень хорошо.

В любом случае куда разумнее держать его на глазах. Значит, будем изображать дурочку, которая сама не своя от привалившего счастья. И лучше не переигрывать, соблюдая баланс между святой наивностью и вполне оправданным недоверием. В общем, полюбить и я не прочь, но в вашей любви, мой прекрасный принц, пока сомневаюсь.

Только я немного успокоилась, как в дверь позвонили. Уверенная в том, что сейчас увижу Ремизова, я открыла дверь, готовясь язвительно его поприветствовать, но обнаружила Борьку.

— Я видел, как этот тип уехал, — сообщил он и нерешительно шагнул в прихожую.

— Ага. Смена караула? — То, что каждый из них называл другого «этот тип», только прибавило язвительности моей улыбке. — Чаю хочешь? Больше ничего нет.

— Я, собственно, на минуту.

— Ну? — спросила я.

— Что «ну»? — передразнил Борька.

— Говори, зачем вернулся. Ведь зачем-то ты вернулся, так?

— Не знаю, — сказал он, устраиваясь на банкетке. — Выходит, у тебя действительно кто-то есть.

— Хоть он и вел себя исключительно нахально, на самом деле мы познакомились только сегодня.

— Извини, но в это трудно поверить.

Я пожала плечами, а он на меня уставился со вселенской грустью в очах.

— Лера, скажи, пожалуйста, почему у нас с тобой два года назад ничего не получилось?

— Не поверишь, но я все это время задаю себе тот же вопрос.

— Правда? — неизвестно чему обрадовался он. — Ты была такой... деловитой. Избегала меня. Обращалась только по имени-отчеству. И я... в общем, я подумал, ты, чего доброго, решишь, что я пользуюсь своим положением.

— Жаль, что в самом деле не воспользовался.

— Лера, — улыбнулся он, резко поднялся и заключил меня в объятия. Само собой, без поцелуев тоже не обошлось.

— Боря, — сказала я, когда он решил отдышаться. — Давай не спешить. Если уж мы два года ждали, еще немного тем более подождем.

— Ты думаешь, я из-за того, что у тебя кто-то появился? Наверное, так и есть. То есть все наоборот... Короче, когда я узнал, что у тебя появился парень, я ужасно перепугался и понял все остальное. Я тебя люблю.

— Спасибо, то есть я очень рада, — вроде бы тоже начала заикаться я. — Я тебя тоже люблю... кажется... — последнее слово явно было лишним, Борька обиженно нахмурился.

— Как-то ты неуверенно это сказала.

— Извини. Если честно, я на своей любви уже крест поставила, и нате вам... В общем, давай по новой приглядываться друг к другу.

— Давай. А этот тип...

— Он мне обещал помочь в одном деле.

— В каком?

— Долго объяснять.

— Знаешь, что мне всегда в тебе нравилось? Твоя честность. А сейчас ты...

— Меня интересует убийство Волкова, — поморщившись, ответила я, чтобы он бог знает что не навыдумывал. Такого Борька явно не ожидал.

— А этот тип здесь при чем?

— У него обширные связи, обещал помочь.

— А я что, не могу? Какая помощь тебе нужна?

— Все возможные сведения о Волкове, его жене и так далее.

— Хорошо, я постараюсь.

— Боря, кто-то из нас должен работать. Я в отпуске, значит, работать придется тебе. Обязуюсь обо всем рассказывать.

— А этот тип будет возле тебя болтаться?

— Отошью, как только в нем пропадет необходимость.

— А он не опасен?

— В смысле, не кинется ли он на меня в страстном порыве? Мне он показался разумным парнем.

— Я буду тебе звонить, — вздохнул Борька. — Часто. Только попробуй не ответить.

Я закрыла за ним дверь и весело хихикнула. С утра я только что лбом о стенку не билась в порыве отчаянья, а сейчас... Жизнь-то налаживается! На этой оптимистической ноте я и отправилась спать.

Утро началось с телефонных звонков. Первым позвонил Борька. Минут десять расспрашивал о документах, которые я должна была подготовить, а потом, откашлявшись, сообщил:

— Волкова в больнице. В первой городской, отдельная палата номер три. Чувствует себя удовлетворительно. Следователь у нее уже был. Есть слух, что ее похитили еще до убийства мужа. О его смерти она узнала уже в больнице. Совершенно подавлена. Говорят, они были идеальной парой. По крайней мере, в том, что они друг друга любят, никто не сомневался.

Я поблагодарила, мысленно фыркнув: «Тоже мне, великий вклад в расследование!» Но все равно молодец, старался.

Тут и второй «молодец» объявился.

— Привет, красотка. Сестра Волкова ждет тебя в одиннадцать тридцать, адрес скину смс. Причину, по которой тебе ее брат понадобился, придумай сама.

— Она со мной поговорит? — обрадовалась я.

— Если постараешься. С тебя поцелуй, нет, два.

— Одного хватит за глаза.

— Не жмотничай. Пока. Поезжай на такси: во двор ее дома тебя не пустят, а припарковаться поблизости негде.

Поблагодарив еще раз, я стала пить кофе и готовиться к разговору. Первым делом следовало придумать подходящий предлог. С этим оказалось очень непросто. Назваться знакомой, потрясенной недавней трагедией? Или журналисткой? С журналисткой сестра Волкова точно разговаривать не станет. Других идей не наблюдалось.

Я проверила сообщения, смс от Ремизова уже пришло. Сестра Волкова жила в центре, добираться туда на такси — минут двадцать. Нетерпение погнало меня из дому значительно раньше, я решила, что часть пути пройду пешком, а при необходимости воспользуюсь городским транспортом.

Выйдя со двора, я увидела машину Ремизова. Притормозив, он предупредительно открыл дверь, а когда я села, сказал:

— Решил тебя сам отвезти. Чего так рано?

— Собиралась идти пешком.

— Тебе такси не по карману? Как же я не подумал! — Он полез за бумажником, достал из него кредитку и протянул мне. — Код простой — 3112, Новый год, так легче запомнить. Здесь тысяч триста точно есть, пока тебе хватит.

— А в зубы не хочешь? — спросила я, собираясь выйти из машины, он схватил меня за руку.

— Не глупи! Кто ж от денег отказывается?

— Прежде чем заключать сделку, хотелось бы знать ее условия, — усмехнулась я.

— Сделка? Это просто естественное желание, чтобы девушка, которая тебе нравится, ни в чем не нуждалась.

— Уж эти мне выпендрежники, у которых денег куры не клюют...

— Что касается денег, это как раз мой случай.

— Убери кредитку. Посмей еще раз выкинуть подобный номер...

— Понял. Ты горда и независима. Интересно, как скоро ты начнешь просить очередную шубу под цвет очередной машины? Я имею в виду, будучи в законном браке.

— На следующий день после загса, — порадовала я. — Так что с этим не торопись. Мы когда-нибудь с места тронемся?

— Деньги не берешь, тогда валяй мой поцелуй.

— Перебьешься, — я презрительно фыркнула, собираясь отвернуться, но Ремизов неожиданно схватил меня за волосы, удерживая в прежнем положении. Больно не было, но это лишь потому, что я не дергалась.

Он смотрел на меня, точно раздумывая, как поступить дальше, а я испугалась, если быть точной, испугал меня его взгляд. «Он играючи предложил убить человека», — напомнила я себе и поежилась. Ремизов, безусловно, видел мой испуг, но никак на это не реагировал.

Зато спросил:

— Ты с ним спишь? — В первое мгновение я даже не поняла, о чем он. — Он вчера вернулся.

— Борис? Ты что, следишь за мной?

— Заметил его машину в переулке, вот и решил проверить.

— Тебя это не касается.

— Спишь или нет? — он говорил спокойно, но это пугало даже больше.

— Нет, — поспешно ответила я, злясь на себя.

— Похоже на правду. Вчера ему вряд ли что перепало. — Он убрал руку, завел двигатель и улыбнулся как ни в чем не бывало. — Ты придумала достойный предлог?

— Надеюсь придумать по дороге.

Я понимала, что веду себя неправильно. Надо было уйти... или хотя бы сказать ему, что его поведение мне не нравится, что он не имеет права говорить со мной в таком тоне... Вообще никаких прав не имеет...

— Мне сказали, что баба она довольно противная, — продолжал Ремизов. — Но я уверен, ты справишься. Я буду неподалеку. Когда закончишь, позвони.

Мы подъехали к трехэтажному дому, окруженному забором из металлических прутьев. Шлагбаум, въезд на парковку, рядом калитка. Возле нее Ремизов меня и оставил. Я нажала кнопку вызова и услышала голос консьержа:

— Вы к кому?

— К Маргарите Глебовне, четвертая квартира.

Щелчок, и калитка открылась. Небольшой дворик выглядел весьма привлекательно, подъезд был вообще выше всяких похвал: ковровая дорожка, фикус в кадке и консьерж в немного помятом костюме и при галстуке. Он молча мне кивнул, прохаживаясь по холлу, и указал на лестницу:

— Второй этаж направо.

Уже поднимаясь по лестнице, я с прискорбием констатировала: предлога для беседы я так и не придумала. Остается импровизировать. Как назло, Ремизов, точнее, его поведение занимало все мои мысли.

Двустворчатая дубовая дверь выглядела очень солидно, впрочем, как и весь дом. А вот хозяйка смогла удивить. На мой звонок дверь открыла тетечка лет сорока пяти, пухлая, вялая, с короткой стрижкой и таким количеством тату, что оно вгоняло в легкую оторопь. Металлом она тоже не пренебрегала: левая бровь, губа в двух местах и нос были украшены кольцами, видимо, серебряными. Пока я гадала, кто передо мной, тетечка буркнула:

— Проходи.

Я вошла, она окинула меня взглядом с ног до головы и спросила:

— Тебя как звать-то?

— Валерия.

— Понятно. Меня можно Марго. Ты из газеты? — Я вновь замешкалась, а она продолжила: — Я хочу за интервью триста баксов. Нет — значит, можешь не разуваться.

— Мне надо посоветоваться... — промямлила я. Как назло, в кошельке было негусто, впрочем, там редко бывает по-другому. Отпускные я еще не получила.

— Советуйся. Только не здесь. Деньги будут — заходи. — Она распахнула дверь, я оказалась на лестничной клетке и тут же позвонила Ремизову.

— Она требует денег. Триста долларов, — зашептала я, когда он ответил.

— Торговаться не пробовала?

— Как же, поторгуешься...

— Может, и хорошо... Бабки надо отработать. Дашь ей только половину, вторую — после вашей беседы, чтобы не вздумала дурака валять. Я сейчас подъеду, выходи к калитке.

Я вышла, Ремизов уже ждал меня, стоя возле своего «Лексуса». И сразу сунул деньги.

— Держи.

— Отдам, когда отпускные получу.

— Лучше не зли меня. Вытряси из этой бабы всю душу, так будет справедливо.

— Кстати, откуда такая корысть? Она же не из бедных?

— Вот и выясни. Удачи, милая.

Он поцеловал меня и сел в машину, а я бегом вернулась в подъезд. Тетка ждала возле двери.

— Ну?

— Хорошо, триста долларов, — я продемонстрировала купюры, Марго хотела взять их у меня, но я покачала головой: — Аванс — сотня. На случай, если вы расскажете лишь то, что и в Интернете найти несложно.

— Ладно, — пожала она плечами. — Заходи.

Квартира вызывала недоумение: и отделка, и мебель дорогие, но при этом вид она имела такой, точно здесь жило человек двадцать таджиков. В гостиной на мягких диванах — одежда, посуда и даже обувь, все вперемешку. Марго освободила для меня место, сбросив на пол ворох одежды, а два грязных блюдца определила на журнальный стол, заваленный книгами, дисками, палочками для благовоний и рекламными буклетами центра развития «Душа».

— Мое детище, — ткнув в буклет пальцем, сообщила Марго, плюхнувшись в кресло, единственное в комнате свободное от барахла, и откинулась на спинку, расставив ноги так, точно ехала верхом.

На ней были джинсы, узкие, едва доходящие до щиколоток, черная майка и невероятное количество бижутерии. Все эти бусики и подвески ежесекундно позвякивали, переваливались и перекатывались. Полные руки украшал как минимум десяток браслетов с черепами, шипами и драконами. Грудь у нее была маленькая, а на фоне объемного живота и вовсе терялась.

В целом Марго производила, мягко говоря, странное впечатление: мужиковатая и вместе с тем какая-то беззащитная, точно ребенок-аутист. Она явно задержалась в подростковом возрасте.

— Вы создали этот клуб? — решила я поддержать тему.

— Ага. Но бизнесмен из меня тот еще, ничего, кроме морального удовлетворения, центр не приносил. Позвала на помощь толковых ребят, через год пошли неплохие бабки, но меня к этому времени уже благополучно выперли. Только не подумай, что я жалуюсь. В этом мире все разумно: сильный поедает слабого. Ты-то небось это хорошо знаешь? — хмыкнула она.

— В основном понаслышке.

— Это потому что молодая. Я на этом свете живу дольше, и опыта у меня больше. Валяй свои вопросы.

Я включила диктофон, положив его на стол, ближе к Марго, и попросила:

— Расскажите о своем брате. Каким он был человеком?

Она пожала плечами:

— Неплохим, то есть не конченый засранец, как наш папаша. Это лучше не писать. Хотя пиши, пусть все знают. С отцом мы не ладили: не так живу, не так думаю. Эту квартиру он мне купил. Обставил по своему разумению. Верил, что делает доброе дело. Я в меру сил стараюсь, чтобы здесь все как можно меньше напоминало о нем. Папа пришел бы в ужас. С его точки зрения, так живут только свиньи. Наверное, я и вправду свинья, и мне это нравится.

«Продолжайте гордиться», — чуть не брякнула я.

— Виталька, само собой, был любимчиком. Точная папина копия. Не пьет, не курит, с утра до вечера в офисе, десять процентов на благотворительность, чтоб быть уверенным: и на том свете себе ВИП-место обеспечил. Отца все уважали, Виталика тоже. Уверена, сознательно он никакой пакости никому не сделал. Мальчик-робот с программой на добрые дела.

— Вы с ним дружили?

— В детстве — нет. У нас разница в возрасте — почти в пятнадцать лет. Папа всю жизнь мечтал о сыне, вот мама напоследок его и осчастливила. Когда он вырос, мы честно старались подружиться. Много раз.

— Не вышло?

— Да все нормально было. Не дрались и не ругались. Даже когда папуля умер, оставив все Витальке. А мне фигу с маслом. Уверена, у него на этот счет были свои идеи: деньги должны работать и все такое. Работать — значит еще больше бабла приносить. А я его лишь по ветру пускаю. Фразу «делать для души» папа никогда не понимал. А у меня, между прочим, куча идей. Но так устроен мир, что «для души» тоже надо здорово потратиться. В общем, идеи сыграли в ящик из-за отсутствия финансирования.

— Брат отказался вам помочь?

— Не отказался. Потребовал бизнес-план со всеми выкладками. А когда я его принесла, весь вечер объяснял, что он провальный. Отец, по крайней мере, давал денег, чтобы от меня отвязаться.

— Из-за завещания вы полностью зависели от брата? — спросила я. Марго покачала головой.

— Не совсем так. Я получаю деньги на содержание. На хлеб с маслом хватит. Раз в год имею право на кругленькую сумму, но для покупки чего-то конкретного: новой машины, например, на ремонт квартиры и прочую фигню. Отдельная статья расходов — путешествия. Четыре раза в год — милости просим. Щедро, да? Лечение и прочее в том же духе. Индексация с учетом инфляции. Независимо от того, как у брата идут дела...

— И как они шли?

— Отлично. После смерти отца раз в год он передо мной отчитывался. Очень серьезно к этому относился.

— То есть ваше будущее было в надежных руках?

— Не сомневаюсь. Только меня акции-облигации интересуют мало. Я в прошлом году купила «БМВ», а потом быстренько сбагрила, мне и «Рено» за глаза. Деньги, само собой, пошли на один мой проект, братик об этом узнал и сильно разгневался. Сказал, что если в следующий раз я поступлю подобным образом, он вычтет всю сумму из моего содержания. Нецелевое использование средств, вот как это у него называется.

— Проект запустить успели? — улыбнулась я.

— Успела. «Белый журавль», слышала? — Я покачала головой, а она нахмурилась: — Мы не с теми людьми связались, а вообще идея стоящая.

— Ну а в остальном ваши отношения можно было назвать хорошими? В гости друг к другу ходили? Семейные праздники, дача... Что еще?

— Ко мне заезжал раз в неделю. Выполнял долг брата, завещанный ему родителями. Я к ним не ездила, мне на всю эту муру плевать.

— С его женой у вас какие отношения?

— Никаких. Она типичная жена бизнесмена. Маникюр делает через день, до смерти боится общественного транспорта и государственных поликлиник. Зубы лечить можно только в платной клинике, и чем дороже, тем лучше.

— Как по-вашему, они любили друг друга?

— Наверное. Подобное липнет к подобному. Выключи-ка эту хрень, — вдруг сказала она, кивнув на диктофон, я поспешно его отключила, а Марго продолжила: — Между нами девочками, эта его Ника — типичная сука. Прилипала и пиранья в одном лице, как ее мамаша. Та на старости лет тоже мужичка богатого отхватила, готова была ноги ему целовать, лишь бы в норковой шубе ходить. Он недолго протянул, хотя, болтали, очень она помогла ему в тяжелой изнурительной болезни. Преставился мужичок. Да просчиталась тетка. Старичок успел завещание оставить, и ей, как и мне, пришлось довольствоваться малым. А у нее доченька на выданье, ей тоже шуба нужна. Сколько бы Никочка другим мозги ни пудрила, я-то ее сущность вижу насквозь.

— С братом вы об этом говорили?

— Зачем? — удивилась Марго. — Она ему в самый раз. Да и зачем что-то говорить? Если не дурак, сам бы со временем все понял.

— Почему у них не было детей? — спросила я.

— Откуда мне знать? Говорили, для себя хотят пожить. Но, может, Бог против, чтобы такие размножались. Я, кстати, тоже не удосужилась природе долг отдать. Добрые люди болтают, что я лесбиянка. На самом деле ранний аборт. Не послушала маму с папой, говорили, рожай. А мне всего семнадцать, как гляну на Витальку — вечно орущего карапуза, — так хоть в петлю, только не в роддом. В общем, и тут без братика не обошлось.

— Что вы думаете о гибели вашего брата? Кто мог желать ему смерти?

— Понятия не имею. Спроси жену. У мужей от жен секретов быть не должно. Хотя бывает по-разному, — она криво усмехнулась и даже выжала из себя смешок.

— А эта история с ее исчезновением? Ходят слухи, что ее похитили. И вроде бы даже нашли письмо с требованием денег. Что вы об этом думаете?

— Если б его любимую Нику похитили, он бы выложил любые деньги, уж можете не сомневаться.

— И не стал бы обращаться в полицию?

— Если б ей что-то угрожало — не стал бы. Не рискнул. Надо отдать ему должное, жена для него важнее денег. Но лично я в эту историю не особо верю.

— В каком смысле?

— В буквальном.

— Не верите в то, что ее кто-то похитил?

— Не верю, что ей что-то угрожало.

— Но ведь ее обнаружили в лесу, в бессознательном состоянии.

Марго вновь презрительно фыркнула.

— Насколько мне известно, она неплохо себя чувствует. А весть о том, что теперь она получит денежки нашей семьи, поднимет ее на ноги в кратчайший срок. Уверена, братец завещание не оставил, вот все ей и отойдет. Ну не везение ли, скажи на милость? А ведь запросто могла остаться с голым задом.

— В договоре говорится о том, кому перейдет имущество в случае смерти вашего брата?

— В самом брачном договоре об этом ни слова, — неохотно ответила Марго. — Братик и не думал умирать. Поэтому там прописано лишь то, что касалось их возможного развода. Да и то благодаря отцу, это он настоял. Брат был так уверен в своей принцессе, что ему и в голову не могло прийти... — тут Марго вдруг нахмурилась и махнула рукой. — В общем, все его личное состояние отойдет ей. Была бы наша мать жива, получила бы половину. Что касается отцовского наследства — тут все иначе. Папа небось в гробу перевернется, если деньги из семьи уплывут. Заметьте, не внукам достанутся, а чужой бабе, которую он, кстати, терпеть не мог. А родная дочурка в дураках.

— То есть вы лишитесь своего содержания?

— Ну, это дудки. Я же сказала, отцовского наследства ей не видать. Она могла бы получить половину, будь у нее дети. А их нет. Да и вообще, еще посмотрим, как все сложится, ситуация-то щекотливая.

— Что вы имеете в виду? — нахмурилась я.

— Может, Никочка по примеру своей мамаши долго ждать не захотела? Жаль, не вспомнила о том, как мамуля в конце концов на бобах осталась.

— Вы хотите сказать... за убийством вашего брата может стоять его жена? — решила уточнить я.

— Ну и чему тут удивляться? Ты что, никогда не слышал о том, как мужья жен заказывают, а жены мужей? Сплошь и рядом! Я тебе больше скажу: вполне вероятно, что дорогой невестке это не впервой. Ее парень, за которого она замуж собралась, приказал долго жить при очень странных обстоятельствах. Они вместе отдыхали, женишок отправился прогуляться и свалился с обрыва. Тропинка в том месте шла по самой кромке. Выпил довольно много в тот вечер и, видно, не устоял на ногах.

— Что же здесь подозрительного?

— А то, что мужика своего в таком состоянии нормальная баба гулять в одиночестве не отпустит.

— Пьяные иногда так упрямы...

— Не спорю. Но был еще слушок. Помолвка у них состоялась за полгода до этого, однако жениться парень не спешил. У Никочки за душой ни гроша, мамочка-то с наследством лоханулась, а жених — единственный сынок богатого бизнесмена. В политики метил. Видно, при ближайшем рассмотрении принцесса таковой не показалась. Болтали даже, что он собирался с ней порвать и на горизонте уже маячила девица с приданым.

— Ваш брат знал об этом?

— Само собой. А папа целое расследование организовал.

— И что?

— Она ведь не дура, сумела свои делишки обстряпать. Но теперь все это выглядит очень подозрительно, разве нет?

— Пожалуй. Как ваш брат отнесся к той истории?

— Как влюбленный дурак. Никочка так переживала, что хотела уйти в монастырь. Короче, страшная трагедия, незаживающая рана... Этому идиоту еще пришлось ее уговаривать выйти за него. Она боялась: вдруг с ним тоже что-то случится? Второй раз ей этого не пережить. Небось в какой-то книге вычитала, хотя книжек она не читает. Значит, почерпнула из другого источника. Придуриваться она мастерица. Даже отец через пару лет к ней подобрел. Поверил, что Витальку она и правда любит, не то бы нашел способ уберечь от нее наши деньги.

— Вы сказали, Вероника получит весь личный капитал мужа. Это большие деньги?

— Когда подписывали брачный договор, были не особо. Но за последние годы Виталька здорово развернулся. Деньги отца очень помогли. Волокиты будет много, но Никочка точно не прогадает, бабла хватит на всю оставшуюся жизнь, даже если из отцова наследства не получит ни копейки. Два раза ложку мимо рта пронесла, но на третий все-таки ухватила. Лишь бы не подавилась.

— Детектив, которого нанимал ваш отец, живет в нашем городе?

— Живет, куда ж ему деться. Виделись недавно... — тут Марго малость смешалась. — По другому делу, к брату оно отношения не имеет. Сейчас визитку найду. — Она поднялась, подошла к комоду и, выдвинув верхний ящик, начала искать визитку, попутно бросая прямо на пол какие-то бумаги и фотографии.

«Скорее всего, ничего не найдет», — в досаде подумала я и оказалась неправа.

Вернулась она с визиткой и протянула ее мне.

— Могу еще один адресок подкинуть. У ее мамаши домработница была, Кривко Ольга Гавриловна. Она эту семейку хорошо знает. Записывай телефон и адрес, — она начала диктовать, глядя в записную книжку в богатом кожаном переплете. А когда я убрала мобильный, спросила: — Теперь давай начистоту. Ты кто? На журналистку не похожа, и врать не трудись, я их столько перевидала.

— У вашего брата есть друзья. Я отношусь к их числу. И мы хотим, чтобы убийца понес заслуженную кару, — высокопарно заявила я.

— Надеюсь, что понесет. Значит, в газетке мой рассказ не появится? Жаль. Немного подпортить Никочке радость не помешало бы.

— Вы так уверены в ее вине?

— Уж очень все ко времени.

Тут хлопнула входная дверь, и мужской голос громко произнес:

— Ты дома?

— Дома, — поднимаясь, ответила Марго и вышла в холл. Я отправилась за ней. — Только не одна, — добавила она, звучало это как предупреждение, но она с ним малость запоздала.

Мужчина уже сбросил туфли и по-хозяйски обул тапочки, но не это обстоятельство вызвало у меня легкий шок, почему бы мужчине и не прийти к ней, как к себе домой, женщина она, судя по всему, свободная. Дело в том, что мужчиной этим оказался Аркадий. Он меня тоже мгновенно узнал и был не только удивлен, но и испуган. Даже попятился, точно сбежать хотел. Хотя с какой стати? О том, что я в курсе его отношений с Вероникой, он знать не мог, а человек, спасший его от хулигана, подобной реакции вызывать все-таки не должен. На нее обратила внимание не только я, но и Марго, буркнула:

— Проходи, я сейчас.

Аркадий торопливо прошел в гостиную, кивком со мной поздоровавшись, а она сказала:

— Деньги давай.

Я не спеша достала доллары и спросила:

— Это ваш друг?

— Аркадий? Нет. Он у меня, можно сказать, работает... Работал. Надо было в офисе ремонт сделать, вот братец мне его и прислал. У Аркаши своя фирма, хоть и небольшая. Берет по-божески, так что рекомендую.

— Какой офис он ремонтировал? — отдав деньги, все же спросила я.

— Тот самый Центр развития. Все, топай, — Марго распахнула дверь и так же быстро ее закрыла, лишь только я переступила порог.

История становилась все запутаннее. Аркадий — любовник Вероники, в чем я сама смогла убедиться, при этом он не просто знакомый сестры ее мужа, у них однозначно близкие отношения. А познакомились они, если верить Марго, благодаря брату, то есть Волкову. Аркадий уже тогда был любовником Вероники? Или это случилось позднее? Интересно, кому он изменяет — Веронике с Марго или Марго с Вероникой? Маловероятно, что они просто друзья. Марго жену Волкова терпеть не может, это ясно, значит, кого-то из них Аркадий точно обманывает.

Тут я вспомнила про Ремизова и поспешно набрала его номер.

— Я возле театра, — сообщил он. — Сможешь сюда подойти или мне подъехать?

Его забота в другое время произвела бы впечатление, но в тот момент я могла думать только об Аркадии и его связи с двумя женщинами, поэтому буркнула:

— Жди, — и поспешила к театру.

Ремизов стоял, привалившись к капоту машины в излюбленной позе: руки сложены на груди, подбородок вздернут, голову чуть склонил вправо. Стоит себе человек вроде бы расслабленно, но впечатление это обманчиво. Каждый раз у меня возникало чувство, что он в любое мгновение готов к молниеносному броску, точно змея, и это сравнение вызывало досаду, а еще грусть. Возможно, все это фантазии, следствие подслушанного в поезде разговора. Его слова, сказанные тогда, теперь попросту отравляли жизнь, и я, толком не зная, где кончаются мои фантазии, с обидой и тоской подумала, как было бы здорово встретиться, не оказавшись с ним в тот злополучный день в одном вагоне. Приходилось признать, он мне нравится... Нравится, несмотря на весьма своеобразное поведение. Но мне совсем не нравятся убийцы, оттого и хотелось вопить в голос от возмущения.

Ремизов чуть заметно усмехнулся, точно знал о моих мыслях, и это вызвало раздражение, которое я попыталась скрыть.

— Как прошла встреча? — спросил он, распахивая передо мной дверцу машины.

— Нормально, — ответила я.

— Ничего рассказать не хочешь?

Он взял солнцезащитные очки, которые лежали на панели, надел их, но заводить машину не спешил.

— Зачем? — съязвила я. Он пожал плечами.

— Вдруг возникнет мысль, которой хотелось бы поделиться.

— У кого возникнет?

Тут я откашлялась и отвернулась к окну. Если Ремизов занят поисками убийцы Волкова, а это, скорее всего, так, глупо отвергать помощь. Мы с ним в одной лодке. До определенного момента, конечно. И насчет мыслей он прав. Ему хочется знать, что рассказала мне Марго, а мне небезынтересно послушать его рассуждения. Я пересказала недавний разговор, упомянув и об Аркадии, но предусмотрительно промолчав о том, где видела его раньше.

— То, что Марго терпеть не может Волкову, вполне понятно, — выслушав меня, кивнул Ремизов. — Ведь речь идет о деньгах.

— Мне этот тип не понравился.

— Аркадий? Хочешь, займемся им.

— Я бы навестила домработницу.

— Не очень понятно, что ты надеешься от нее узнать.

— Не узнать, а понять, что за человек Вероника Волкова.

— Ты считаешь, она могла убить мужа? — вкрадчиво поинтересовался Ремизов.

— Марго усиленно внушала мне эту мысль.

— С ней-то все ясно, но почему вдруг ты так решила?

— Глупости, ничего я не решала.

В этот момент раздался звонок мобильного, что в данной ситуации было весьма кстати. Звонила Элка.

— Как дела? — спросила она ворчливо. Косясь на Ремизова, я сообщила о своем визите к Марго и вторично пересказала наш разговор. — Ни фига себе! — ахнула подружка. — А почему без меня? Слушай, а как тебе вообще удалось ее разговорить? Такие люди обычно сор из избы не выносят.

— Очень помогли триста баксов.

— Ты ей заплатила триста баксов? С ума сошла?

— О моем уме потом выскажешься, сейчас мне некогда.

— А что ты собираешься делать?

— Навестить Ольгу Гавриловну Кривко, которая работала у матери Вероники.

— Вот это размах! — пропела Элка. — А ты вообще-то где? Короче, где бы ты ни была, стой на месте, я сейчас подъеду. И не вздумай отнекиваться. Кривко навестим вдвоем, речь идет о моей карьере. Надеюсь, ты об этом помнишь?

— Сомневаюсь, что возлюбленный разрешит тебе написать статью.

— Когда-нибудь разрешит. Где тебя забрать?

— Возле театра на Воронцова.

Я убрала мобильный и, переведя взгляд на Ремизова, пожала плечами.

— Подружка хочет участвовать в шоу? — усмехнулся он.

— В расследовании. В конце концов, это ее идея. Спасибо за помощь.

Я распахнула дверь с намерением выйти из машины, но Ремизов взял меня за руку.

— Вечером встретимся?

— Почему бы и нет?

— Кстати, тебе не приходило в голову, что ваше расследование может быть опасным? Готов поработать твоим телохранителем

— Что ты мне голову морочишь? — фыркнула я.

— О том, что ты суешь нос куда не просят, знают уже по меньшей мере двое: Марго и Аркадий. Значит, и убийца может узнать.

— Ты себя забыл: уже трое. Плюс Элкин следователь. Его тоже следует подозревать?

— Следователи, как и мы, грешные, подвержены тем же порокам.

— Потом расскажешь, — хмыкнула я и вышла из машины, помахав ему на прощание рукой.

Я направилась к выходу с парковки. Вскоре подъехала Элка, все это время Ремизов так и просидел в машине, не трогаясь с места.

— О Волковой что-нибудь слышно? — устраиваясь рядом с подругой, спросила я.

— Говорят, физическое состояние вполне удовлетворительное, но убийство мужа ее подкосило. Прикинь, что будет, когда она узнает: муженек не торопился платить за нее похитителям.

— Все это вилами на воде, — поморщилась я и назвала адрес Кривко. — Звонить тетеньке будем?

— Если дома не застанем, — ответила Элка. — Для нас лучше, чтобы она не успела подготовиться к разговору. Значит, Марго считает, что Вероника смерть мужа вполне могла приблизить? — уже второй раз, нарушив правила дорожного движения, задала вопрос подруга.

— У Марго деньги увели из-под носа, и она наговорит что хочешь, чтобы их вернуть.

— Беда с этими богатеями! То ли дело мы, голь перекатная... Хотя могу с прискорбием констатировать: и в наших рядах убийство — не редкость.

— Ага, только ставки другие.

Ольга Гавриловна оказалась невысокой худенькой женщиной с седыми кудряшками и сильно накрашенными бровями. Эти самые брови придавали ей вид ребенка, в руки которого попала мамина косметичка. Она открыла дверь и теперь разглядывала нас в некоторой растерянности. Элка принялась тараторить, улыбаясь и потихоньку отжимая ее от двери, в результате очень скоро мы втроем оказались в уютной гостиной: Ольга в кресле, мы на диване. Женщина вздохнула и сказала, точно извиняясь:

— Я у них уже давно не работаю. Да и когда работала, не в моих правилах в хозяйскую жизнь лезть.

— Вы ведь слышали, что случилось с Вероникой? — сделав Элке знак молчать, спросила я.

— С Вероникой? Ее мужа убили, так ведь?

— Да. И у нас есть основания полагать, что это связано с ее прошлым. Из полиции у вас были?

— Нет. Я-то каким боком? Господи...

— Не беспокойтесь, — тут же влезла Элка. — Мы о вас сообщать не будем. Но ваш долг помочь...

— Я работала-то у них всего год. С хозяевами отношения сложились хорошие, они были мною довольны, а мне что? Убраться побыстрее и уйти...

— Вы к ним по рекомендации устроились? — я вновь взяла инициативу в свои руки.

— Через фирму. До этого в одной семье семь лет проработала, но они в Москву переехали. Я сначала думала отдохнуть, только на пенсию особо не проживешь. В общем, тут как раз Нонна Алексеевна в фирму обратилась, ей меня и посоветовали.

— Нонна Алексеевна — это мать Вероники? — уточнила я.

— Она самая. Они только-только к Александру Эдуардовичу переехали и, видно, с прежней домработницей не поладили. Уж не знаю, что промеж них вышло. Нонна говорила, та на руку нечиста, но не очень я в это поверила. Как такое может быть, коли она столько лет в семье проработала? Даже жила в доме, когда первая жена Александра Эдуардовича заболела. У нее на руках фактически и померла. Это мне соседка рассказывала.

— Не помните, как домработницу звали? — спросила я.

— Вроде Клава. Фамилию не знаю. Думаю, она с новой хозяйкой не сошлась, потому что покойницу шибко уважала. Да и привыкла, видать. А тут Нонна на ее место... Сын тоже на отца разобиделся. Слишком рано тот женился.

— Сын Александра Эдуардовича?

— Ну да. Нонна говорила, сынок-то непутевый. Из дома сбежал. Чего-то все с отцом делил. Но когда мать заболела, вернулся. И с отцом вроде бы наладилось. Это уж мне соседка говорила. Померла соседка в прошлом году, такая была хорошая женщина...

— А Нонна еще что-нибудь о его сыне рассказывала? — попробовала я вернуться к прежней теме.

— Нет. Я, бывало, спрошу о нем к слову, она только рукой махнет. Соседка тоже толком ничего не знала, по какой причине они с отцом сцепились, до смерти матери, я имею в виду. Потом-то уж понятно. Года после похорон не прошло, как Збарский женился.

— Это фамилия отчима Вероники?

— Да, фамилия. Видный был мужчина. И богатый. Такие обычно на молоденьких женятся. А Нонне тогда лет сорок было, но его она, конечно, намного моложе. Збарский уже в годах был, и первой жены лет на пятнадцать старше. Первая-то была точно королева, портрет ее в гостиной висел. Нонну это очень злило, но возражать она не смела. Вообще мужу не перечила, видно, понимала, что не ровня ему.

— Это в каком смысле?— влезла Элка.

— И Збарский, и жена его первая... как бы это сказать... люди другой породы. Он на трех языках говорил, сама хвалилась. А Нонна хоть и красивая баба, но из простых. Повезло в жизни, свела судьба с таким мужчиной.

— Збарский ее любил?

— Кто знает? Говорил с ней уважительно. И Веронику баловал. Машину купил, тряпки какие угодно. А что в душе было, поди разберись. После смерти он ведь им ничего не оставил.

Мы с Элкой переглянулись, и я полезла с вопросами:

— Кому же он завещал все деньги?

— Кому-кому, сыну, понятное дело. И правильно. Сын — родная кровь, чего б ни сотворил. А бабы эти ему никто.

— Как же никто? Нонна — законная жена.

— Законная, не спорю. Видно, рассудил: пожила, попользовалась добром, и довольно. Мужику одному жить нелегко. Это женщина свой вдовий век коротать будет, а мужик — нет. Я думаю, Збарский жену свою первую любил, а Нонна подвернулась, когда от тоски на стену лез. Не подсуетись она, так вряд ли бы и женился. Нонна из тех женщин, что ужом вокруг вьется. И замуж ей очень хотелось, свою жизнь устроить и дочкину. Дом-то до того богатый был, что у нее, бедняжки, небось голова закружилась от такой-то удачи. Она и Веронику всегда наставляла, чтобы Александру Эдуардовичу свою любовь и благодарность показывала. Он с работы придет, а девчонка к нему так и ластится. Не зная, запросто решишь: родная дочь. Хотя Веронике все это не очень-то нравилось.

— Что вы имеете в виду?

— Характер у нее был своевольный. Не больно угождать любила. Однажды я слышала, как они с матерью ругались. Та ей: терпи, надо, чтоб он на нас завещание написал. С чем останемся, если он помрет? Сынок, говорит, нас засудит, все оттяпает. А Вероника-то в него, видать, была влюблена.

— В кого? — дружно спросили мы.

— В сына.

— Они были знакомы?

— Должно быть, познакомились. Только вряд ли в отцовском доме. При мне он у отца не был ни разу. А Нонна на дочку злилась, неужто, говорит, не понимаешь, он тебе отцовы деньги ни в жизнь не простит. А та в ответ: у него, мол, свои деньги есть, отцовы ему не нужны. Так что не прогадаем. И здесь поживимся, и там урвем.

— Так и сказала? — засомневалась я.

— Может, и не такими словами, но я смекнула, что к чему. Нонна давай ее ругать, а ну как Збарский про шашни с сыном узнает? Рассерчает и погонит. Да и не дело это. Они хоть и не родные, но все равно, выходит, брат с сестрой. В общем, запретила ей Нонна даже думать о нем, а Вероника так убивалась... Сколько раз ее с заплаканными глазами видела!

— То есть в сына Збарского она была влюблена по-настоящему?

— Видать, да. Но он ей от ворот поворот дал. Слышала, как она рыдала, матери в колени уткнувшись. А та ей и говорит: ничего, доченька, денежки получим, прибежит, будет у тебя в ногах валяться.

— С чего ему валяться, если у него, по словам Вероники, свои деньги есть? — нахмурилась я.

— А отцовских что, не жалко? У отца-то ужас сколько всего было! Нонну едва удар не хватил, когда выяснилось, что ничегошеньки она не получит.

— Но как же так?..

— А вот так. Александр Эдуардович на сына был обижен и всегда твердил, что не оставит ему ни копейки. Нонне, само собой, хотелось, чтоб он все на нее записал, вот и намекнула, мол, надо все по закону... А он цыкнул: ты, говорит, чего это меня хоронишь? Ну, она сразу в слезы, а он ей: помру, тебе все добро достанется. Сын, говорит, у меня гордец, судиться ни в жизнь не будет, еще и от своей доли откажется. Она вряд ли успокоилась, но, думаю, и настаивать не смела. Чтоб хуже не сделать. А когда беда случилась, выяснилось: завещание Збарский давно написал, как только на Нонне женился. И все, что имел, оставил сыну. Жене положил содержание. По мне, так большие деньги, но ей, видно, копейками показались. Оно и понятно, она ведь на богатство рассчитывала. Похоронами отца сын занимался, но в доме не появился, я его так ни разу и не увидела. Ну а потом Нонне сказали о завещании, пришлось ей из дома съезжать — он тоже сыну отошел. Она аж позеленела вся, а Вероника только что на стены не кидалась.

— Из-за того, что денег не получила?

— Может, и из-за денег. Небось, надеялась парня захомутать, а вышло по-другому: он при отцовском богатстве, и она ему не нужна. Очень убивалась.

— А как умер Збарский? — спросила я.

— У него сердце больное было. Всегда при себе таблетки носил. В то утро Нонна по магазинам отправилась, а меня в химчистку послала, костюм Александра Эдуардовича сдать. Я возвращаюсь, а он, бедный, в гостиной лежит. Рядом с диваном. И таблетки эти под рукой. Не успел их принять, так врачи потом сказали. Я к нему, он уже не дышит. Вызвала «Скорую», Нонне позвонила. Она раньше «Скорой» прилетела, да что толку? А потом на Веронику набросилась — девчонка-то дома была, в своей комнате наверху, да еще в наушниках. Александр Эдуардович, может, звал ее, да она не слышала. Нонна потом эти наушники в сердцах выбросила. Видно, любила она Александра Эдуардовича, да и чувствовала, наверное, худо ей без него будет. Так и вышло. Из дома съехали, и жизнь у нее пошла скромная. Мне сказала, на зарплату домработницы денег нет. Содержание-то она получила немалое, можете поверить. Уж точно не чета моей пенсии. Но, с другой стороны, не велика барыня, сама убраться могла, да и девчонке работа лишь на пользу. В общем, простились мы с ней и больше не виделись.

— Из дома их сын Збарского выселил? — уточнила я.

— Этого не скажу. Ничего такого не слышала. Он не приходил, но ведь таким людям самим ходить и ни к чему. У них адвокаты всякие... Знаю, что Нонне дом было жалко, она с каждой комнатой прощалась и все плакала. А дочка, наоборот, торопилась уйти. Зубы сцепила, мать за руку тянет... Характерная очень.

— Вы не знаете, сын Збарского теперь живет в отцовском доме?

— От соседки слышала, он его сразу продал. А где живет, не знаю. Отцу памятник поставил, его рядом с первой женой похоронили. Я к своим езжу, и к Александру Эдуардовичу захожу, мне как раз по дороге. В вазе всегда живые цветы. Выходит, не такой и пропащий сын, как Нонна говорила.

— Возможно, это Нонна могилу навещает?

— Цветы у обеих могил, оттого и решила, что сын. А Нонна уж очень обижена была из-за завещания. Поди, вообще не была на кладбище ни разу с тех самых пор, как мужа схоронила.

Элка большую часть разговора сидела молча и едва не зевала. Такое поведение меня возмутило: похоже, подруга к расследованию успела охладеть. Все вопросы, которые пришли мне в голову, я уже задала, и вскоре мы с Ольгой простились. Только я собралась высказать Элке свое недовольство, как она проговорила:

— Помню я эту историю.

— Серьезно? — хмыкнула я, памятуя, что произошли описанные события как минимум девять лет назад, в те времена Элка о журналистике только мечтала.

— А то! Бухгалтерша наша, Анна Ивановна, мозги вынесла своими рассказами. Она с первой женой Збарского дружбу водила. Пара, по ее словам, идеальная. С сыном у Збарского проблемы были, слишком много он от него требовал, а тот не стал терпеть папашу-тирана и смылся. Наша Анна утверждала, что супруга из-за этого и заболела. Диагностировали у нее рак в последней стадии. Вот такая грустная история. Отец с сыном по этому поводу повздорили еще больше, друг друга обвиняя во всех грехах. Казалось, Збарский от горя не сегодня-завтра и сам скончается, а он взял да женился. Наша Анна всегда приводит его в пример, повествуя о мужиках-предателях. Ему бы в монастырь, а он обзавелся услужливой бабой лет на двадцать моложе. Та только что на него не молилась. О его неладах с сыном все знали и были уверены: ушлая тетка все к рукам приберет. Но Збарский оказался хитрее. Все завещал сыну, а жене — ежемесячное содержание. По-моему, пятьдесят тысяч рублей —

сущее издевательство, учитывая, каким баблом он располагал. Еще оставил ей квартиру, весьма скромную, а дочке стипендию на время учебы. Короче, не жирно. Аннушка назвала это мужским вероломством.

— У меня вопрос: какого лешего мы тратили время на Ольгу? — возмутилась я.

— Так я не знала, что речь о Збарском! Для меня новость, что его вторая жена — мать Вероники.

— Да, ты великий профессионал!!

— В конце концов, я не веду светскую хронику, — обиделась Элка. — Кстати, по словам той же Аннушки, ходили упорные слухи, что Збарскому молодая жена помогла на тот свет отправиться.

— Каким образом?

— Могу уточнить, если хочешь.

— Ты у Аннушки лучше про сыночка спроси.

— Да я и так тебе отвечу: папин бизнес продал и укатил с большими деньгами за границу.

— Точно?

— Конечно. Все наши богатеи непременно туда сбегают. Видно, там медом намазано. Клятвенно заверяю: серьезного бизнесмена по фамилии Збарский в нашем городе точно нет.

— Нет так нет, — пожала плечами я. — Подведем итог. Мать Вероники была в шаге от больших денег, но их не получила. Через некоторое время сама Вероника знакомится с богатым парнем, но незадолго до свадьбы он вдруг погибает.

— Не везет девке, — хмыкнула Элка. — Зато с Волковым счастье привалило. Да длилось недолго.

— Вот именно, — буркнула я.

— Ты это к чему? — не поняла подруга.

— Вдруг в словах Марго что-то есть?

— В смысле Волкова муженька кокнула? Смелое утверждение.

— Вовсе не утверждение, — нахмурилась я. — Но, согласись, есть над чем поразмыслить.

— Размышляй на здоровье, а мне к Вовику пора.

— Ты все еще надеешься на сенсацию века или влюбилась?

— Теперь уж и сама не знаю. Тебя домой отвезти?

— Доберусь. Дуй к своему Вовке.

Мы с Элкой простились, и я пешком отправилась домой. Если уж я в отпуске, стоит больше времени проводить на свежем воздухе. Само собой, мысли мои были о Веронике. Девушка стремилась к богатству и наконец его получила. С третьей попытки. По идее, должна бы своим новым положением дорожить. Волков — молодой, интеллигентный мужчина, безусловно, вызывающий симпатию. А она бросается в объятия Аркадия, рискуя вновь остаться ни с чем. Может, это жгучая страсть, но как-то не верится. Не производит он впечатления мужчины, от которого женщина теряет голову.

Тут я некстати подумала о Ремизове и посоветовала себе получше следить за собственной головой. Он-то как раз из тех, кто способен всерьез испортить девушке жизнь. Один взгляд исподлобья чего стоит, и этот вкрадчивый голос. Змей-искуситель. На эту удочку даже Волков попался. Должно быть, из-за подобных мыслей я довольно холодно разговаривала с Ремизовым, когда он позвонил. Взглянув на дисплей, даже поразмышляла, ответить на звонок или нет. И все же ответила.

— Дело к вечеру, — сказал он весело. — Надевай свое самое красивое платье.

— Пусть в шкафу повисит, — хмыкнула я.

— Хорошо, ужин в домашней обстановке меня тоже устроит.

— Только не сегодня.

— Ты обещала.

— Женщины — существа забывчивые. У меня другие планы.

— Серьезно? Расскажешь о них?

— Не доставай.

— Идешь по следу? Домработница поведала нечто интересное?

— Непременно все расскажу, но в другой раз.

Я убрала мобильный и вздохнула.

— Не позволяй морочить себе голову, — пробормотала сквозь зубы, но настроение было испорчено. Я даже подумала, не перезвонить ли ему. И чтобы избавиться от сомнений, вновь вернулась к мыслям о Волковой. У Аркадия, в отличие от мужа Вероники, с деньгами негусто, зато есть иные достоинства. Вероника интеллекту запросто могла предпочесть мускулатуру. Но деньгами вряд ли бы пренебрегла. Слишком долго она шла к заветной цели, чтобы в один момент все потерять из-за здоровяка со смазливой физиономией. А вот если здоровяк нужен был для чего-то другого...

Я вспомнила их разговор во время любовного свидания. Очень соблазнительно решить, что Вероника надумала избавиться от мужа, используя Аркадия. Это куда понятнее, чем весьма рискованная любовная связь. К тому же с женатым. Выставит муж за дверь, а любовник разведет руками: у меня ребенок, ипотека и так далее. Но с какой стати Веронике от мужа избавляться? Самый простой вариант — страх вновь остаться ни с чем, как случилось с ее матерью. Допустим, Волкова она не любила, едва терпела из-за денег, притворство ей осточертело, и она подкинула любовнику идею от супруга избавиться. И он согласился? На умника Аркадий не особо похож. Может, у него и были сомнения, что Вероника выйдет за него замуж, но на ее денежки он, безусловно, рассчитывал. Здесь сразу два «но»: его связь с сестрой Волкова, вызывающая много вопросов, и недавнее нападение неизвестного. Иными словами, в деле был кто-то третий. Не сама же Вероника с обрезком трубы бегала. Во-первых, в сквере я точно видела мужчину, во-вторых, она в тот момент находилась в больнице и бегать по улицам с трубой или без уж точно не могла. Аркадий выполнил грязную работу, и от него пора было избавляться... Кем может быть этот самый третий?

Само собой, я подумала о Збарском-младшем. Вероника любила его и за Волкова вышла замуж, чтобы предстать перед возлюбленным богатой и счастливой. Сладкая женская месть. Но силы свои переоценила, и Волков стал лишним. Вполне сгодится для сериала. Вот только Збарскому все это зачем, я имею в виду затею с убийством? Риск огромный, а в деньгах он, судя по всему, не нуждается, раз уж папаша все ему оставил. Неужто успел денежки спустить?

В этот момент я услышала автомобильный сигнал и машинально обернулась. Открыв окно, Борька махнул мне рукой и позвал, стараясь перекричать уличный шум:

— Лера!

Я направилась к нему и вскоре устроилась рядом.

— Ты чего без машины? — спросил он.

— Гуляю.

— Одна?

— А ты не видишь?

— Я просто подумал... — Он кашлянул и решительно предложил: — Поехали ужинать. Я с утра ничего не ел.

— Поехали, — кивнула я.

В ожидании заказа я расспрашивала Борьку о делах
на работе. Отвечал он обстоятельно, хотя и без особой
охоты. А потом и вовсе насупился и замолчал, глядя
куда-то поверх моей головы.

— Знакомого увидел? — спросила я. — Ну так что
там с заказчиками?

— Лера, мы могли бы поговорить о чем-нибудь
другом? Хотя бы во время свидания?

— А у нас свидание? — на всякий случай уточнила я.

— Я на это надеюсь.

— Ладно. Поговорим о чем-нибудь другом.

Вот тут и выяснилось: это совсем не просто. В тот
момент меня занимало лишь убийство Волкова.

— Как провела день? — должно быть, тоже не зная
толком, о чем завести речь, спросил Борис.

— Хорошо.

— Купалась?

— Где?

Он вздохнул.

— Погода хорошая, а у тебя отпуск. Хочешь,
прямо сейчас махнем на озеро?

— У меня купальника нет.

— Заедем к тебе. Отличная идея, по-моему. Я весь
день мечтал об этом.

— Хорошо, поехали, — кивнула я.

Нам принесли заказ, Борька заметно повеселел, то
ли при виде сочного стейка, то ли от мысли о предсто-

ящем купании. До озера недалеко, но если купание затянется, уже стемнеет. Очень романтично. Озеро и мы вдвоем под звездным небом. Если он проявит инициативу, я скажу ему «да». Лучше поздно, чем никогда. Борька — отличный парень, милый и, безусловно, надежный. Вот на его груди и следует устроиться, пока всякие типы вроде Ремизова не сбили девушку с пути истинного.

Не успела я об этом подумать, как увидела Кирилла. Он приближался по проходу к нашему столику, держа в руке корзинку с цветами. В первое мгновение я решила: у меня глюки, но тут и Борька его заметил. Лицо его вытянулось, а взгляд потух, из чего я сделала вывод, что Ремизов вовсе не фантом.

— Привет, милая! — сказал Кирилл и поцеловал меня. — Это тебе. — Он пристроил цветы на соседний стул, молча кивнул Борьке и спросил: — Вы заканчиваете?

— Откуда ты взялся? — поинтересовалась я без намека на любезность.

— Ехал мимо. Если ты намеревалась держать вашу встречу в тайне, следовало выбрать столик подальше от окна. — Он взглянул на часы. — В холодильнике у тебя мышь повесилась, съезжу в супермаркет и вернусь за тобой. Надеюсь, этого времени вам хватит.

Он вторично поцеловал меня и направился к выходу. Несколько женщин, сидящих в зале, проводили его взглядом. На это обратила внимание не только я, но и Борька.

— Всегда удивлялся, что женщины находят в подобных типах, — усмехнулся он.

— Я тоже.

— Что тоже?

— Удивляюсь.

— Только не говори, что у вас ничего нет, — поморщился он. — Этот Кирилл так себя ведет, точно ты его собственность.

— Очень мило, — скривилась я. — Мог бы сообразить, что он делает это нарочно.

— Верится с трудом, — покачал головой он.

— Да ради бога, — разозлилась я.

Оставшееся время мы в основном молчали. Борька с трудом скрывал свое раздражение, то и дело поглядывая в окно. Мне это надоело, и я вызвала такси.

Выйдя из ресторана, я увидела Ремизова возле его «Лексуса». Он радостно помахал мне рукой:

— Сюда, милая!

Борька чуть ли не бегом бросился к своей машине, а я направилась к подъехавшему такси, погрозив Кириллу кулаком:

— Только попробуй явиться ко мне, зараза!

— Что за выражения? — наигранно возмутился он.

В общем, мы разъехались в разные стороны, правда, перед этим выстроившись возле светофора в шеренгу: я в середине, эти двое по бокам. Борька смотрел только вперед, сурово хмурясь, Ремизов скалил зубы и на прощание мне подмигнул. Я мысленно отправила к черту и того, и другого.

Минут через десять, убедившись, что за такси никто из них не следует, я попросила водителя остановить машину. Ехать домой я уже не спешила, уверенная, что Ремизов непременно там появится, вот и решила усложнить ему задачу. И отправилась, за неимением других идей, в кино. Фильм оказался скучным, и я в основном развлекалась тем, что сбрасывала звонки Ремизова. Звонил он двенадцать раз, такое упорство, безусловно, заслуживало восхищения. А вот Борька не позвонил ни разу. И этому упрямому идиоту я сегодня собиралась отдаться!

В скверном настроении я возвращалась где-то около полуночи. Во дворе тишина, машины на парковке сплошь соседские. Робкая надежда, что Борька поджидает на скамейке, исчезла, так до конца и не сформировавшись.

Тяжело вздохнув, я вошла в подъезд и замерла: он тонул в темноте. Только сквозь окно на лестничной клетке пробивался свет уличного фонаря, а я терялась в догадках, что за бедствие вдруг постигло подъезд.

Поднялась к ближайшей квартире, и тут на меня вдруг напал страх, да такой, что сдвинуться с места я оказалась не в состоянии, так и замерла, вцепившись в перила. Темнота таила опасность. По спине пробежал холодок, дыхание сбилось. Первая мысль — позвонить в квартиру что справа. Там живет одинокая пенсионерка тетя Лида. Напротив — пожилая пара, вот уж они обрадуются, если я разбужу их в такое время. Оставалась третья квартира матери-одиночки, от которой пользы тоже никакой.

Я на цыпочках спустилась вниз, а потом стрелой вылетела из подъезда и лишь на улице вздохнула с облегчением. Недавние страхи тут же показались глупостью, и вместе с тем я знала: никакие силы небесные не заставят меня вновь войти в подъезд. Я набрала номер Элки.

— Чего случилось-то? — с беспокойством спросила подруга.

— Можно я у тебя переночую? — в свою очередь спросила я.

— Ночуй на здоровье. Ключ у тебя есть. Я у Володи.

Рядом с Элкой кто-то завозился и забормотал: «Чего?» — а я поспешила проститься. Вызвала такси и поехала к подруге. Ключ от ее квартиры висел на одной связке с моими.

В Элкином подъезде лампочка на первом этаже тоже не горела, что вызвало нервное хихиканье. Я бегом поднялась на второй этаж, а оказавшись в квартире, сразу направилась в ванную, восстанавливать душевное равновесие водными процедурами.

Разбудил меня звонок мобильного. Я ответила, с удивлением обнаружив, что часы с подсвеченным циферблатом, стоящие у Элки на полу, показывают пять минут третьего. А впечатление такое, будто я спала довольно долго.

— Наконец-то! — раздался в трубке голос Ремизова. — Я уже начал волноваться.

— Ты спятил? — разозлилась я. — Два часа ночи!

— Вот именно, милая. Два часа ночи, а тебя все еще нет дома. Твой Борис перехватил тебя по дороге?

— Тебе-то что за дело?

— Что мне за дело до того, спишь ты с ним или нет?

— Сплю я в одиночестве, если это тебя успокоит, — решила я не нагнетать страсти.

— Тогда открой дверь, и одиночество останется в прошлом.

— Ты устроился под моей дверью? — хмыкнула я.

— Ага. На коврике.

— Зря старался. Я у подруги.

— У подруги? А как же одиночество?

— Подруга у своего парня.

— Как все сложно.

— Спокойной ночи.

Я отложила телефон в сторону и попыталась уснуть. Но не тут-то было. С полчаса я ворочалась и разглядывала потолок, потом решила выпить воды и, позевывая, пошлепала в кухню. Раковина находится возле окна, прямо напротив входной двери, в Элкиной квартире расстояния совсем небольшие. Я уже потянулась рукой к крану, когда услышала за спиной шорох. В другое время я бы точно не обратила на него внимания, но эта ночь была полна сюрпризов.

Я медленно повернулась и едва не лишилась чувств. Входная дверь начала бесшумно открываться. Жуткое зрелище, точно в фильме ужасов! Единственное, на что я способна в такой ситуации, это заорать погромче, то есть я была в этом уверена, но внезапно сработал инстинкт самосохранения, и вместо того, чтобы орать, я скользнула в узкое пространство между стеной и холодильником. «Может, это Элка вернулась? — подумала с надеждой. — А свет не включает, чтобы меня не беспокоить?» В прихожей — тишина, но кто-то там стоял, так же, как и я, прислушиваясь. Сердце ухнуло вниз, а мозг выдавал одну идею за другой. «Может, воры? Или Элкин женатик? У него тоже были ключи...»

Едва слышные шаги, теперь человек осторожно ступал, направляясь в комнату. А я поняла: сейчас у меня единственный шанс выбраться из квартиры. Как только выяснится, что меня нет в постели, он перестанет осторожничать. В полуобморочном состоянии я выскользнула из-за холодильника. Шаги удалялись, и времени оставалось все меньше.

Я бросилась к входной двери, на мгновение боковым зрением увидев фигуру человека в надвинутом на лицо капюшоне и с обрезком трубы в руках. Я была уверена: в руке мужчины обрезок трубы, хотя могла быть дубинка, металлический прут, да что угодно. Дверь оказалась прикрыта, но не заперта, это меня и спасло.

Он еще толком не успел среагировать, а я уже выскочила на лестничную клетку и, вопя во все горло, бросилась вниз. Мне казалось, или он действительно бежал за мной? Подъездная дверь хлопнула только раз, это я отметила машинально, а когда оглянулась, уже на улице, за моей спиной никого не было. Но это не успокоило, я продолжала бежать не разбирая дороги, и тут меня ослепил свет фар. Я закрыла лицо руками, продолжая истошно вопить, машина замерла в метре от меня, а через мгновение я оказалась в объятиях Ремизова. Он гладил мою спину и повторял, должно быть, в который раз:

— Что с тобой? Что случилось?

Вопить я перестала, уставившись на него в крайнем изумлении.

— Он там, — смогла произнести вполне членораздельно, мотнув головой в сторону подъезда.

— Кто?

Я принялась оглядываться. В двух окнах Элкиного подъезда горел свет, но в доме царила тишина, и из дверей никто не появлялся. Я босиком и в Элкиной майке посреди двора обнимаюсь с Ремизовым. Люди, чего доброго, решат, что у меня белая горячка.

— Тебе надо успокоиться и что-нибудь выпить, — гладя мои волосы, сказал Ремизов.

— Я туда ни за что не пойду! — я отчаянно замотала головой.

— В квартиру?

— Да. Какой-то тип хотел меня убить... — звучало не очень впечатляюще.

— Вот что, садись в машину, а я загляну в квартиру.

— Нет! — испугалась я. — А если он все еще там?

Но Ремизов уже распахнул дверь со стороны пассажира и помог мне сесть.

— Номер телефона подруги помнишь? — сунув мне в руки свой мобильный, спросил он. — Позвони ей. Я сейчас вернусь.

— Не уходи, — запаниковала я.

— Здесь тебе нечего бояться. Откинь сиденье, чтобы тебя не было видно. Машину я запру. И вернусь очень быстро.

Мне не хотелось, чтобы он уходил, я боялась, что незваный гость может поджидать его в подъезде или в квартире, о чем и поспешила сказать.

— Как мило, что ты обо мне беспокоишься, — улыбнулся Ремизов. — Я справлюсь, можешь не сомневаться.

Лишь только он скрылся с глаз, как страх, не отпускавший меня все это время, сменила настоящая паника. Наконец в подружкиных окнах вспыхнул свет, затем открылась створка кухонного окна, и Ремизов помахал мне рукой. А я, вздохнув то ли с облегчением, то ли с дурным предчувствием, набрала номер Элки.


Подруга вместе со своим Вовкой подъехала минут через двадцать, оказывается, он жил неподалеку. К тому моменту Ремизов уже вернулся, заверив, что в квартире никого нет, но идти туда я наотрез отказалась, так что появления Элки мы ждали в машине. Ремизов обнимал меня, пытаясь согреть, его пиджак в этом смысле помогал мало, трясло меня вовсе не от холода. Ко всему прочему я заподозрила: к моему рассказу он отнесся с сомнением. Это следовало из дважды повторенного вопроса:

— Ты точно его видела? Тебе не показалось?

Элка поначалу отнеслась к моим словам со всей серьезностью и потребовала, чтобы Вовка немедленно звонил в полицию. Но он, переглянувшись с Ремизовым, с которым только что познакомился и чей рассказ успел выслушать, буркнул:

— Я сам полиция. Пошли.

Подружка после недолгого колебания согласилась заглянуть в свою квартиру, и стало ясно: сидеть и дальше в машине глупо, придется хотя бы за вещами вернуться.

В квартире ничто не напоминало о недавнем визите. Все вещи на своих местах. Пока мы с Элкой пили чай на кухне, а Ремизов с хмурым видом вышагивал по прихожей, Вовка осмотрел входную дверь и даже заглянул к соседям. Мои вопли они слышали, а вот никаких незнакомцев не видели.

— Замок не взломан, — заметил Вовка, отводя взгляд от моей разнесчастной физиономии. — Если его открывали, то только своим ключом.

— Скажите честно, — обведя всех троих взглядом, спросила я, — вы мне верите?

— Конечно, верим, — затараторила Элка. — Но... Валерик, согласись, грабитель какой-то странный. Да и что у меня можно взять? Дырку от бублика? Это ж ясно еще в прихожей...

— Он хотел меня убить, — твердо сказала я. Вовка фыркнул и поспешно отвернулся.

— С какой стати тебя убивать? — ласково спросила подруга, точно с ребенком разговаривала.

— Из-за Волкова, разумеется, — ответила я. — То, что мы копаемся в этом деле, кого-то насторожило.

— Давайте без фантазий, — взмолился Вовка. — Все, что вы успели «накопать», следователям давным-давно известно. Элка по дороге рассказала мне о ваших визитах. К убийству Волкова все эти старые байки не имеют никакого отношения. Мой вам совет: завязывайте с этой самодеятельностью, не то сами себя так запугаете...

В это время я пыталась решить, стоит ли рассказать им всю правду. С моей точки зрения, поводов убить меня — хоть отбавляй, одно завещание Волкова чего стоит. Вдруг о нем известно не только Карпицкому и его помощнику? Я перевела взгляд на Ремизова, стоящего рядом и с задумчивым видом рассматривающего свои туфли, и поняла, что буду молчать. По крайней мере, до тех пор, пока не станет ясна его роль во всей этой истории.

— Валерик, может, тебе это... все приснилось? — спросила Элка, а я мстительно ответила:

— Конечно, подруга у тебя психованная, черт-те что видит по ночам... А может, приходили вовсе не по мою душу? Квартира-то твоя, и я здесь оказалась случайно.

Элка слегка побледнела и жалобно посмотрела на Вовку.

— Кстати, а почему ты здесь оказалась? — спросил он.

Я довольно вяло изложила предысторию своего появления здесь.

— Ты уверена, что в твоем подъезде тебя ждали? — сомнение Вовки возросло, еще немного, и он предложит мне отправиться в психушку.

— В подъезде не горел свет, и у меня возникло дурное предчувствие.

— Понятно, — протянул он, хорошо хоть усмехаться не стал. — Как к незваному гостю попали ключи от квартиры? И куда сам он испарился? Соседка в окно выглянула, услышав крики. Но, кроме тебя, никого во дворе не увидела.

Тут вдруг заговорил Ремизов:

— Окно в комнате оказалось не заперто, я проверил. Под ним — козырек над дверью в часовую мастерскую. Спуститься и, таким образом, оказаться с противоположной стороны дома труда не составит. Там, кстати, машину удобней спрятать. Тихий переулок, деревья... И до проспекта всего пятьсот метров.

— А ключи от квартиры есть не только у меня, — обрадовавшись внезапной поддержке, вставила я.

— У кого еще? — спросил Вовка, переводя взгляд на Элку.

— Я что, помню? — огрызнулась она, пожав плечами. Элку я понять могла: при ее мании раздавать ключи, паспорта и прочее в самом деле не упомнишь, но Вовку это вряд ли порадует, а в конфетно-букетный период мужчин хочется только очаровывать, обо всех особенностях характера они счастливо узнают потом. Ключи были у женатика, сомневаюсь, что она их забрала, хотя бы потому, что не хотела лишний раз с ним встречаться, а рассказывать о нем Вовке, само собой, ни к чему.

— Ты не помнишь, кому давала ключи от квартиры? — переспросил возлюбленный.

— Я их вечно теряю, — нашлась Элка. — А замки менять замучаешься. Вова, чего тут брать, скажи на милость? Лерка права, это не грабитель. Ни один вор в здравом уме на мое добро не позарится.

В общем, мы вновь вернулись к основному вопросу: видела ли я в квартире мужика с подозрительным предметом в руке или мне все приснилось? На этот раз Элка склонна была со мной согласиться, потерла нос и спросила:

— Ну что, звоним в полицию или нет?

Я представила, что мне придется еще раз все объяснять, отвечая на те же вопросы и, разумеется, сталкиваться с тем же сомнением. И покачала головой.

— Или нет. Только будь осторожней. Может, тебе у родителей лучше пожить? — предложила я, беспокоясь за подругу.

— Чтоб мама мне мозг вынесла? Вот уж спасибо.

— Она у меня поживет, — сказал Вовка, Элка в ответ благодарно улыбнулась. Тут вновь вмешался Ремизов:

— Если полиция отменяется, не вижу смысла здесь задерживаться. В конце концов, ночь на дворе. Помочь тебе собрать вещи, дорогая?

При слове «дорогая» Элка расплылась в хитрющей улыбке. Никаких вещей, кроме дамской сумочки, у меня не было, переодеться я успела до этого, в общем, я направилась к входной двери, и Ремизов за мной.

В машине я отвернулась к окну, давая понять, что к разговорам не расположена. Однако вскоре кое-что привлекло мое внимание, и я спросила:

— Куда ты едешь?

— Будет разумнее, если ты на некоторое время останешься у меня.

— Значит, ты не считаешь, что у меня глюки?

— Я бы предпочел, чтобы тебе и вправду все это приснилось, — уклончиво ответил он. — Но рисковать не хочу.

— У меня отпуск. Уеду к родителям.

— Там до тебя добраться будет еще проще, — возразил он.

— Не запугивай меня. Кстати, а как ты оказался возле Элкиного дома?

До сих пор этот простой вопрос ни разу не приходил мне в голову, что теперь вызывало недоумение.

— Ты сказала, что ночуешь у подруги, и я решил: это, скорее всего, твоя Элка. Я видел ее машину и запомнил номер. Дальше совсем несложно.

— Но зачем ты поехал туда среди ночи?

— Хотел убедиться, что ты там одна.

— Ничего толковее придумать не мог? — фыркнула я. — С какой стати мне тащиться с любовником к Элке, у меня своя квартира есть.

— В некоторых случаях законы логики дают сбой.

— Это что же за случаи такие?

— Разве я не говорил, что давно потерял голову от любви к тебе? — широко улыбнулся он. Хоть я и язвила по этому поводу оставшуюся часть пути, но мысль оказаться в ту ночь одной откровенно пугала.

Люк встретил меня заинтересованными взглядами, Ремизов предложил чистые полотенца и любую спальню в доме, а еще заставил меня выпить рюмку коньяка. Дверь в занятую мною комнату посоветовал держать открытой, я вновь съязвила, но на самом деле была ему благодарна. То ли коньяк помог, то ли сопение Люка, обосновавшегося в моей комнате, подействовало умиротворяюще, но уснула я почти мгновенно, а утром, открыв глаза, не сразу поняла, где нахожусь. Дверь была закрыта, но запах кофе из кухни сюда все равно проникал.

Я прошла в ванную, быстро приняла душ, привела в порядок волосы, жалея, что под рукой нет косметички, но тут же себя одернула: Ремизов, чего доброго, решит, я стараюсь ему понравиться. Между прочим, я красавица, у меня отличный цвет лица, чуть припухшие губы выглядят очень сексуально и в косметике явно не нуждаются. Естественная красота утром куда предпочтительнее.

В приподнятом настроении я появилась в кухне, где Ремизов сидел за столом и пил кофе. Надо полагать, он любил ходить босым, потому что и в то утро и обувью, и носками вновь пренебрег. На нем были джинсы и футболка нежно-голубого цвета в обтяжку. Я невольно залюбовалась его спиной, сделала еще шаг и замерла, теряя дар речи от возмущения: в руке Ремизова был смартфон, мой, судя по обложке, и он не спеша его просматривал.

— Какого черта! — рявкнула я.

Он повернулся, выдал свою лучшую улыбку и сказал:

— Доброе утро, милая.

Смартфон положил на стол, даже не пытаясь выглядеть смущенным. Совершенно наглая физиономия.

— Это ведь моя вещь? — спросила я, подходя ближе.

— Твоя, милая, конечно, твоя. Вчера ты оставила его здесь.

— Опрометчивый поступок. И все-таки это не повод в нем копаться.

Он поднялся, налил из кофейника кофе и поставил чашку на стол.

— Прошу. Без ложной скромности, кофе отличный.

— Что тебе понадобилось в моем смартфоне? — гневно спросила я, решив, что не дам ему увильнуть от объяснения.

— Мужские имена, разумеется. К счастью, большинство с фамилией и отчеством, любовников так в адресную книгу обычно не заносят. Никаких Сашенек, Заек и прочего. Это успокаивает.

— В самом деле?

— Пей, кофе остынет.

Я сделала пару глотков и продолжила:

— Тебе не говорили, что совать свой нос...

— Детка, — перебил он, откидываясь на спинку стула, — мужчины ревнивы, тебе пора бы знать это.

Я с размаху ударила кулаком по столу.

— Ого! — пропел он. — Ничего себе темперамент! Это возбуждает. Давай трахнемся... — Ремизов смотрел на меня с глумливой ухмылкой, я же постаралась взять себя в руки и вопрос задала почти спокойно:

— Видел фотографии?

— Фотографии? — переспросил он.

— Я сейчас разнесу здесь все к чертям собачьим!

— Было бы занятно.

— Ты видел свои фотографии? — вновь спросила я, сделав ударение на слове «свои».

— Это так трогательно, милая, — засмеялся он. — Просматриваешь их на ночь?

— Может, поговорим серьезно? — предложила я.

Он вроде бы задумался. Кивнул.

— Первая фотка сделана в поезде. Маловероятно, что ты влюбилась в меня, пробираясь по проходу к туалету, следовательно... слышала наш разговор? — он вновь криво усмехнулся, не спуская с меня глаз.

— Слышала.

— Но надеюсь, не придала ему значения? Ты производишь впечатление умненькой малышки.

— Да? Странно. На самом деле я, должно быть, дура. Потому что к твоим словам в поезде отнеслась серьезно. Кстати, милый, ты вдруг заметно изменился. Ничего от прежнего романтического героя.

— Мне эта роль никогда особенно не нравилась. К тому же я на тебя здорово сердит.

— Неужели?

— Да-да. Кстати, у тебя амплуа тоже изменилось. Вместо нежной принцессы — сыщик-дилетант из бабских романов.

— Спасибо за блестящую характеристику. Ты морочил мне голову, а теперь в большой обиде, что я знаю куда больше, чем мне, по твоему мнению, следовало бы знать?

— Господи, милая, ну что ты можешь знать? Точнее, что ты можешь знать такого, что я хотел бы скрыть? И я вовсе не морочил тебе голову.

— Ага, ты увидел меня во сне и влюбился.

— Такие истории нравятся женщинам, — засмеялся он. — Разве нет? Ладно, давай серьезно. Это был просто треп, два мужика в поезде скрасили дорожную скуку. Но у этой встречи было продолжение. Мы сблизились с Волковым, стали друзьями. Такое, знаешь ли, бывает.

— А почему встречались тайно?

— Тайно — слишком сильно сказано. Не привлекали к себе внимания — куда вернее. Нам нравилась эта игра, понимаешь?

— Игра?

— Конечно. Игра в убийство, которое никто не собирался совершать. А потом Волков встретил тебя, и месть жене перестала его занимать. Это напоминало легкое помешательство, он так рвался увидеть тебя, что был готов рискнуть немалыми деньгами. Само собой, мне стало очень интересно, что за девчонка вдруг перевернула его жизнь.

— И ты нас выследил?

— Ничего подобного. Волков был вовсе не против тебя показать. Даже хотел этого. Еще и вопросами замучил, что я о тебе думаю. Призывал восторгаться твоей красотой.

— И что ты обо мне думал? — усмехнулась я, решительно отказываясь ему верить.

— Сначала ничего. Девчонка как девчонка, есть и красивее. Надеюсь, ты меня простишь, в конце концов, сама напросилась. А потом я вдруг решил написать твой портрет. Однажды вечером, когда, как мне казалось, просто нечего было делать. Возможно, рассказ Волкова так подействовал или твое лицо в самом деле необыкновенное... Я бесконечно рисовал тебя, удивляясь тому, что со мной происходит. И вдруг поймал себя на мысли: я боюсь. Боюсь того момента, когда он скажет, что вы стали любовниками. Идиотская ситуация. Конечно, я твердил себе, что Волков — мой друг, но на самом деле мне было плевать на это. Я намеревался увести у него любимую девушку, нанеся очередной удар его израненному сердцу. Совсем не по-дружески и, возможно, не по-мужски, но и на это мне было плевать. И вдруг Волков погиб. Это было как ушат холодной воды. Словно я на него смерть накликал своей злостью и ревностью. Найти убийцу стало для меня делом чести. Само собой, я поспешил познакомиться с тобой и был совсем не против, что ты тоже решила попытать счастья на ниве сыска. Но ты сумела меня удивить: оказывается, ты встречалась с Волковым вовсе не потому, что он тебе нравился. — Ремизов помолчал немного и продолжил с вызовом: — Кем ты себя вообразила, детка? Интересно, а ты легла бы с ним в постель в надежде на чистосердечное признание? Я слышал о таких героинях. В постели с врагом...

— На самом деле ты боишься, что я тебя полиции сдам, — усмехнулась я.

— Кто поверит в твои россказни?

Боюсь, тут он был прав, и это здорово злило.

— Я девица с недоразвитыми мозгами и задатками шлюхи, отличный повод держаться от меня подальше.

Схватив со стола свой мобильный, я направилась к выходу.

— Стой! — рявкнул он. — Ты ни черта одна не сможешь!

— Уверен?

— Этой ночью тебя хотели убить, может, поговорим об этом?

— Пока-пока, милый, — продемонстрировав ему средний палец, ответила я, не поворачиваясь.

И услышала, как за моей спиной на мраморный пол полетел стул, а вслед за этим Ремизов схватил меня за плечи и развернул к себе. В тот момент я была уверена: он меня ударит, такая ярость полыхнула в его глазах, но даже не испугалась, потому что та же ярость переполняла и меня.

— Отпусти, — сквозь зубы сказала я. — Глаза выцарапаю.

Его взгляд изменился, и у меня перехватило дыхание. Слишком близко он стоял, слишком тесно соприкасались наши тела. И его губы были в миллиметре от моих. Он толкнул меня к стене и буквально распластал по ней, навалившись всем телом.

— Убью, сволочь! — зашипела я, даже не пытаясь освободиться. Впрочем, такой возможности он мне и не оставил. Но пугало вовсе не это, а переполнявшее меня желание. Ничего подобного ранее я не испытывала, и когда он рывком поднял меня с пола, я обхватила его за шею, жадно отвечая на его поцелуи. До спальни нам было не добраться, это я поняла так же быстро, как и он, и под переливистый лай Люка мы переместились к столу, я еще успела подумать: «Ой, мамочки, а вдруг я вправду шлюха?» — завороженно глядя на то, как Ремизов расстегивает ремень. А потом, точно опомнившись, торопливо стянула с себя футболку.

— Собаку напугали, — прошептала я, и это были последние слова, которые я смогла произнести членораздельно.


Пес скулил под дверью, а мы лежали в постели, тесно прижавшись друг к другу. Шторы были задернуты, создавая иллюзию бесконечной ночи, но света, пробивавшегося сквозь плотную ткань, оказалось достаточно, чтобы мы хорошо видели друг друга.

— Фотографии ты прислал? — спросила я и тут же пожалела об этом. Ремизов взглянул с недоумением. — Кто-то сфотографировал нас с Волковым.

— Черт... — выругался он сквозь зубы.

— Я к тебе в гостиницу приходила. Ты меня не узнал?

— Конечно, узнал. Девушка Лариса. Подумал, Волков проболтался, что есть такой шизик, с утра до вечера рисующий твои портреты. И ты решила взглянуть на меня.

— Волков знал? — не поверила я.

— Ну да. Вот что, детка. Давай забьем на все это. Пусть полиция ищет убийцу.

— А как же дело чести?

— К дьяволу. У тебя отпуск, у меня тоже. Махнем в Латинскую Америку, там даже визы не нужны. Можно прямо сейчас билеты по Интернету заказать. Репетиция медового месяца.

— Заманчиво, — вздохнула я, укладывая голову на его плечо. — Но, боюсь, не получится.

И я подробно рассказала о своих приключениях, начиная со встречи с Волковым в кафе «Час пик». Где-то к середине рассказа Кирилл начал хмуриться, а к концу сказал:

— Твою мать...

— Назови меня безмозглой курицей, если тебе станет легче. Только это еще не все.

— Да неужели?

— Волков написал завещание, и все свои деньги оставил мне.

С минуту Кирилл смотрел на меня, а потом начал хохотать. Он хохотал до слез, раскинув руки в стороны и глядя в потолок.

— И что тут смешного? — с обидой спросила я.

— Извини... — Он перекатился на бок, лицом ко мне, провел рукой по моему лицу и вновь засмеялся, на сей раз это длилось недолго.

— Его адвокат скоро вернется и вынужден будет сообщить об оставленном письме в полицию, — напомнила я.

— А учитывая все те глупости, что ты успела натворить... Отпуск отменяется. Ладно, найдем убийцу и улетим сразу на пару месяцев.

— Меня на столько не отпустят.

— Чтоб я о твоем Борьке больше не слышал, ты у него уже не работаешь.

— Как ты думаешь, почему он это сделал? — не желая обсуждать тему своего увольнения, продолжила я о Волкове.

— Вероятно, ему пришла в голову мысль, что женушка не прочь от него избавиться. Ведь его отец утверждал, будто что своего жениха Вероника убила.

— Ты серьезно так думаешь? — нахмурилась я.

— Его отец точно не шутил. История в самом деле темная.

Я припомнила рассказ Марго и кивнула:

— Но доказать убийство не смогли. Может, и не было никакого убийства.

— Может, и не было. Парень оказался сильно пьян, запросто мог и сам свалиться. Не везет нашей барышне, деньги уходят из-под носа.

— Ты поэтому смеялся?

— Поэтому. Надо встретиться с детективом, хотя пока не знаю, чем нам это поможет. Меня очень беспокоит ночной гость. Хотелось бы верить, что убить собирались твою Элку, да простят меня боги, но, боюсь, все дело в этом завещании. Надо всерьез браться за Аркадия — если его тоже хотели убить, на время нам следует стать союзниками. Интересно, что они там с Марго мутят?

— Мне кажется... Я почти уверена, в парке и в квартире Элки был один и тот же человек. И еще...

Звучит ужасно глупо, но оба раза я подумала: толстовка с капюшоном лишняя.

— Что? — не понял Ремизов.

— Сама не знаю. Просто эта мысль пришла в голову, когда я его увидела.

— Может, Марго тряхнем как следует?

— Так вы с ней знакомы?

— Достаточно для того, чтобы она дурака не валяла.

— А я еще удивлялась, как легко тебе удалось устроить нашу встречу.

— Знаешь что? — вдруг улыбнулся он, и руки его легли на мои бедра. — К черту разговоры...

Ближе к вечеру мы все-таки выбрались из постели с намерением отправиться к Марго, но тут объявилась Элка, спутав все наши планы. Мобильный так настойчиво звонил, что мне пришлось в конце концов обратить на него внимание.

— Ты где? — спросила подруга.

— По городу бегаю, — туманно ответила я.

— Кирилл с тобой? Кстати, откуда он взялся?

— В ту ночь или вообще? — вздохнула я, понимая, что вопросов на тему личной жизни не избежать, просто поразительно, что Элка терпела так долго.

— Вообще.

— Кирилл — мой давний знакомый... — без воодушевления принялась врать я.

— И я о нем ничего не знаю?

— Рассказывать было совершенно нечего.

— Ага, он просто знакомый, называет тебя «дорогая» и спешит на помощь по первому зову? Завралась ты, подруга.

— У тебя все? — вторично вздохнула я.

— Между прочим, у меня такая новость, офигеть! Арестовали похитителя Вероники Волковой. Допрос уже провели.

Я малость обалдела, услышав это, и тут же полезла с вопросами:

— Кто он, что говорит?

— Он муж ее подруги, которая живет в Берестове.

— Любы? — нахмурилась я.

— Наверное. Короче, этот придурок расплатился в магазине ее картой... На чем и погорел.

— Он что, идиот?

— Наверное. Все яснее ясного. Богатая дамочка трясет перед носом кошельком с немереным баблом. Он дрогнул и решил пойти на преступление. Дружок у него в гостинице электриком трудится, вот и позаимствовал единый ключ, которым горничные обычно пользуются. Ночью-то горничных нет, а у него как раз дежурство, парень еще охранником подрабатывает. Утверждают, что просто хотели позаимствовать кошелек, Вероника, мол, пьяная, ничего не вспомнит. Но на самом деле, должно быть, намеревались поживиться по-крупному. Вывезли ее из гостиницы и где-то спрятали, потребовав у мужа выкуп. Легкие денежки. А когда узнали об убийстве Волкова, перепугались и Веронику отправили в лесок, сами и в полицию позвонили. В общем, все сходится. Хотя, вполне вероятно, они и Волкова кокнули. Приперлись за деньгами и с перепуга застрелили.

— Откуда у них оружие?

— Вот уж не знаю. Но как журналист могу сказать: оружие — не проблема.

— Только не для такого парня, как муж Любы. Обыкновенный работяга...

— И они, моя радость, тоже на деньги падки. Особенно на халявные. Карточкой он расплачивался, это факт. Его рожа в камере крупным планом. Не отрицает, что в гостинице был, и дружка сдал.

— А похищение?

— Пока отпирается, но Вова говорит, дожмут. Кстати, Веронику выписали из больницы. Завтра Волкова хоронят, ты пойдешь?

— Нет, — решительно ответила я, привлекать к себе внимание не хотелось.

— И правильно. Ни к чему лишние вопросы, — точно читая мои мысли, одобрила Элка. — А я, пожалуй, схожу.

— Что Вероника говорит о своем похищении? — поспешила я вернуть подругу к интересующей меня теме.

— Ничего.

— Что значит «ничего»?

— То и значит. Вернулась от подруги в гостиницу, выпила бокал вина, кстати, руку порезала. И уснула. А все остальное — точно в бреду. Какое-то странное место, голоса... Очнулась уже в больнице.

— Такое бывает? — спросила я с сомнением.

— Наверное. Ее же наркотой накачали. У меня был знакомый наркоша, такое о своих видениях рассказывал — закачаешься. А номер собственной квартиры вспомнить не мог.

— Наркотой ее накачал все тот же Любин муж?

— Только не задавай идиотского вопроса, где он ее взял! — взмолилась Элка.

Закончив разговор, я еще некоторое время молчала, пытаясь разобраться в своих ощущениях.

— Ну? — нетерпеливо спросил Ремизов, понаблюдав за мной.

— Чепуха какая-то, — буркнула я и рассказала новости.

— Почему же чепуха? — возразил он. — Сюжет вполне в духе российской глубинки. Две подружки и идиот, сильно нуждающийся в бабках и имеющий в друзьях другого идиота.

— Я видела мужа Любы. Машину Вероники со стоянки забрал не он.

— Значит, дружок.

— Но он ведь работал в «Слободе». Его могли узнать...

— А он, разумеется, не такой идиот, чтобы рисковать? Идиоты потому и идиоты, что им приходит в голову такое, чему нормальный человек не способен найти объяснение. В любом случае нам только на руку, если полиция все свалит на него.

Последние слова мне совсем не понравились, и я разразилась бурной речью о справедливости, вызвав у Ремизова презрительный смешок.

— Скажи, чего ты от меня хочешь? — насмешливо спросил он.

Я сказала, и мы отправились в Берестов.

Люба рыдала, уткнувшись в валик дивана, через десять минут стало ясно: явились мы зря. Ничего толкового она рассказать не могла, лишь горестно повторяла:

— Придурок, теперь на него всех собак навешают. А я-то голову ломаю, откуда у него деньги на всю эту хрень, что он притащил. Мне сказал — калымил...

Ремизов чуть ли не зевал во время нашего с ней разговора, и я поспешила удалиться, самое обидное, что ни с чем. Садясь в машину, Кирилл вдруг спросил:

— Где, говоришь, дом Вероникиной тетки?

Я объяснила, как проехать, гадая, зачем он ему понадобился. Очень скоро мы тормозили неподалеку от дома. С моего недавнего посещения здесь мало что изменилось, может, скошенная трава успела чуть подрасти. Дом выглядел необитаемым. Кирилл поднялся на крыльцо и принялся шарить руками над дверью в поисках ключа. Самое удивительное, что он его нашел. Интересно, в прошлый мой приезд ключ тоже был там?

Мы вошли внутрь и принялись оглядываться. В единственной комнате — кровать за занавеской, застеленная цветастым покрывалом. Постельное белье отсутствует, но подушки и одеяло почти новые, что показалось странным. Обстановка спартанская, какая обычно бывает в дачных домах, запертых на зиму, то есть убрано все, что можно убрать, и оставлено лишь то, что нет смысла увозить. Воздух слегка кисловатый, как часто бывает в давно не отапливаемых помещениях.

— Что ты надеешься найти? — спросила я, понаблюдав за Кириллом, в задумчивости разглядывающим оставленные нехитрые пожитки.

— Этого здесь явно нет, — усмехнулся он.

Мы вышли на крыльцо, он запер дверь, положил ключ на место, но возвращаться к машине не спешил. Вместо этого направился вдоль завалившегося забора в сторону леса. Идти здесь было неудобно, трава доставала почти до пояса. Кирилл шел впереди, ничего не объясняя, и это меня начинало злить. Ко всему прочему я оступилась и задела ногой кирпичную кладку, не разглядев ее в траве.

— Черт, — пробормотала я, потирая ушибленную ногу. Кирилл обернулся и шагнул ко мне.

— Что случилось?

Через минуту выяснилось, что сооружение, на которое я налетела, заинтересовало его куда больше, чем моя нога. Он потоптался на месте, приминая траву, и я увидела нечто похожее на канализационный колодец. И, как ни странно, оказалась права.

— Локальная канализация, — пояснил Кирилл. — Если попросту, выгребная яма.

Он зачем-то снял тяжеленную крышку и, брезгливо морщась, заглянул внутрь. Запах в самом деле был не очень. Непонятно, зачем столько усилий, колодец был пуст. Но Кирилл, используя мобильный как фонарик, все-таки его осмотрел.

— Ты думаешь, Веронику могли держать здесь? — озарило меня. — А что? Муж Любы о доме знал, вот и решил: место идеальное, искать здесь похищенную будут вряд ли.

— Если ее вообще кто-то похищал, — возвращая крышку на место, буркнул он.

Мы отправились дальше, и вскоре, к некоторому удивлению, я увидела едва заметную тропинку. Впрочем, места вокруг богатые, грибников и ягодников достаточно, могли и сюда забрести. Однако на этот раз я дала маху. Тропинка привела нас к помойке, обычной помойке, которую устроили в неглубокой яме, склоны которой сплошь заросли крапивой. Оттого меня очень удивило, что Кирилл начал спуск, держа руки повыше, чтобы избавить себя от ожогов. Я решила себя поберечь, привалилась спиной к березе, растущей неподалеку, и лишь качала головой, наблюдая за его усилиями. Что он там делал, неясно, но вернулся довольно быстро. В руках держал пластиковый стаканчик, судя по этикетке, в нем когда-то был йогурт.

— Зачем тебе эта дрянь?— искренне удивилась я.

— Здесь дата изготовления, — серьезно ответил он, ткнув пальцем в цифры на донышке. — Дом нежилой, а стаканчик оказался здесь на днях, потому что изготовлен йогурт...

— Неделю назад. Веронику действительно держали здесь, — ахнула я.

— Или она сама пряталась, ожидая своего выхода на сцену. В доме никаких следов, а вот везти отсюда мусор не захотели, решив, что лазить по помойкам никому в голову не придет.

— Ты думаешь, Вероника организовала убийство мужа и инсценировала свое похищение, чтобы избежать подозрений?

— Смелое предположение, учитывая, что у следователя вроде бы уже есть кандидаты на роль злодеев.

— А ты как думаешь? — настаивала я.

— Давай найдем что-нибудь посущественнее йогурта.

Детективу, когда-то нанятому отцом Волкова, мы позвонили еще по дороге. Несмотря на довольно позднее время, он согласился с нами встретиться уже сегодня, должно быть, дела его шли не блестяще. Встретиться намеревались в офисе, вид унылой трехэтажки на окраине мои догадки о его материальном положении лишь подтвердил. Офис на первом этаже, помещение в два окна, над одним из них — успевшая выгореть вывеска «Частные расследования». Окна давно не мытые, над дверью — козырек и лампочка, призванная освещать вход, но лампочку разбили, а заменить так и не удосужились.

В окне офиса я увидела мужчину, он наблюдал за тем, как мы паркуемся, а когда понял, куда направляемся, поспешно удалился. Дверь оказалась не заперта, мы шагнули в крохотную прихожую, арочный проход из которой вел в кабинет. За столом сидел мужчина лет пятидесяти и сосредоточенно просматривал какие-то бумаги.

— Присаживайтесь, — с начальственным видом предложил он, поздоровавшись, и кивнул на стулья, рядком выстроившиеся вдоль стены.

Убогость обстановки уже не удивляла. Хотя хозяин кабинета и симулировал перед нами кипучую деятельность, было ясно без слов: он едва сводит концы с концами. Лицо его с угревой сыпью выглядело отталкивающе, но даже не кожа была тому причиной, а выражение физиономии: раздражение, злость и алчный блеск в глазах, появившийся после того, как он окинул Ремизова внимательным взглядом.

— Слушаю вас, — отложив бумаги в сторону, сказал он.

Ремизов достал бумажник, извлек из него несколько купюр и веером бросил их на стол. Сумма показалась мне непомерно большой.

— Буду краток, — заговорил Кирилл. — Несколько лет назад к вам обращался некто Волков. Его интересовала девушка, точнее, обстоятельства гибели ее жениха, Дениса Лебедева. Девушку звали Вероника Приходько. Теперь она носит фамилию Волкова.

— С трудом припоминаю, — нахмурился детектив, косясь на деньги. — А что, собственно, вы хотели?

— У вас остались какие-нибудь материалы по этому делу?

— Я их не храню. И, честно говоря, не понимаю, что такого интересного там могло бы быть. Я изложил клиенту свои соображения, девушка абсолютно не виновна...

— Так вы помните это дело? — усмехнулся Кирилл.

Детектив дернул головой, вопрос, а еще больше тон Кирилла его задел.

— С какой стати вас вдруг заинтересовала эта давняя история?

— Для детектива вы совсем не любопытны, — ответил Кирилл. — Ничего не слышали об убийстве Волкова?

— Это тот самый?

— Тот самый умер несколько лет назад. Это его сын, муж Вероники Приходько.

— Вот как, — покачал головой мужчина. — Что ж, сожалею, что не могу быть вам полезен. — Он еще раз взглянул на деньги, точно с ними прощаясь.

Кирилл пожал плечами, сгреб деньги со стола и сунул в карман.

— Идем, — сказал он мне, и мы, не прощаясь, покинули офис.

Я была уверена, что детектив вновь замер возле окна, наблюдая за нашим отъездом. Но уехали мы недалеко, Кирилл свернул в ближайший переулок и заглушил мотор. Отсюда была хорошо видна дверь офиса.

— Хочешь за ним проследить? — сообразила я.

— Хочу.

— Он видел твою машину.

— Что предлагаешь?

— Вызову такси и сгоняю за своей тачкой. Конечно, есть вероятность, что он отправится прямо сейчас...

— Вызывай такси, — кивнул Кирилл.

На то, чтобы добраться до своей машины и вернуться, у меня ушло сорок минут. Само собой, я жутко нервничала, не хотелось опоздать. «Лексус» Кирилла так и стоял на том же месте, и теперь я забеспокоилась о другом.

— Вдруг он сбежал? — вздохнула я, устраиваясь на сиденье рядом с Кириллом.

— Дверь и оба окна выходят сюда

— А если у него есть потайной ход для таких случаев?

— Не выдумывай. Он обычный мент-неудачник, которого выперли со службы. Кстати, его история поучительна. Когда-то он считался отличным сыскарем. Должно быть, поэтому Волков к нему и обратился. Потом в жизни нашего Арчи Гудвина появилась роковая красотка с кучей бабла, и он, поддавшись ее чарам, пошел на должностное преступление. Однако парню не повезло, в результате он лишился не только работы, но и красотки. А деньги быстро кончились. Правда, сам он утверждает, что неприятности — следствие его неподкупности. Мол, начальники-коррупционеры спешили от него избавиться.

— Откуда тебе это известно?

— Проявил любопытство. Я говорил, что у меня неплохие связи в этом городе? Нет? Неужто поскромничал?

— О, ты известный скромник, — усмехнулась я и наконец-то догадалась спросить: — А чего мы, собственно, ждем?

— Парень на мели, это видно невооруженным глазом, и отказывается от приличной суммы денег. Этому должна быть причина, вот и попробуем ее узнать.

Я уже начала склоняться к мысли, что мы зря теряем время, но тут детектив, фамилия его, кстати, была Курков, вышел из офиса, с равнодушным видом огляделся, точно прикидывая, будет дождь или нет, и направился к стоящей неподалеку машине, старой «Тойоте» с помятым крылом. Но и тогда радоваться я не спешила, он мог поехать домой или по каким-то своим делам. Кирилл же, в отличие от меня, был настроен на удачу.

В общем, мы пересели в мою машину и пристроились за Курковым, дав ему отъехать на значительное расстояние. Поначалу он ничем не порадовал: заехал в супермаркет, где пробыл минут десять, и вышел с небольшим пакетом. Я начала вздыхать, выразительно поглядывая на Кирилла. Он был спокоен, развлекал меня беседой, не забывая посматривать в окно.

Когда вслед за Курковым мы оказались в лесопарке, я и там не ожидала ничего интересного. Вполне вероятно, человек собрался на вечернюю прогулку. Но машину на парковке он не оставил, проехал дальше по аллее и свернул в лес. Габаритные огни погасли, звук мотора смолк. Соваться ближе мы не рискнули, тоже съехали с аллеи и встали по другую сторону, укрывшись за деревьями.

Примерно через пять минут после этого на аллее появилась машина, «БМВ» Вероники, она сама сидела за рулем, я без труда ее узнала, несмотря на сгущающиеся сумерки.

— У них встреча, — пробормотала я, как будто и так не понятно, Кирилл согласно кивнул.

В отличие от Куркова, Вероника оставила машину на аллее, вышла, держа мобильный возле уха, а сумочку под мышкой, и торопливо направилась в ту сторону, где была его «Тойота».

— Что дальше? — спросила я, мучаясь любопытством. Если бы можно было подслушать их разговор!

— Сиди здесь, — скомандовал Кирилл. — Я на разведку. — И, не дожидаясь моего ответа, покинул машину и вскоре исчез за деревьями.

Прошло не меньше получаса, Кирилл не возвращался, парочка тоже не показывалась. Я начала беспокоиться, и тут Кирилл бесшумно возник из темноты и постучал по стеклу, а я едва не подпрыгнула от неожиданности.

— Извини, — сказал он, устраиваясь рядом. — Я думал, ты меня видишь.

— Рассказывай, что там, — нетерпеливо потребовала я.

— Занимаются сексом, — пожал плечами он.

— Каким сексом? — растерялась я, оттого и брякнула, не подумав.

— Оральным. Кстати, неплохая идея, чего нам без дела сидеть?

— Кирилл, — укоризненно нахмурилась я.

— Думаю, секс — приятный бонус к тем деньгам, что он с нее слупил.

— Ты не слышал, о чем они говорили?

— Не слышал. Но это не имеет значения. Главное мы знаем: Веронике есть что скрывать. Женишку она, скорее всего, помогла с обрыва свалиться.

— Но где доказательства?

— Доказательств нет, но сцена в машине весьма показательна. С какой стати ей платить деньги да еще ублажать прыщавого дядю? Он помог ей тогда, скрыв правду от Волкова, и сейчас поспешил предупредить о нашем визите.

— Ты прав, — согласилась я. — Ее только сегодня выписали из больницы, завтра похороны мужа, а она торопится на свидание.

— И выглядит совсем неплохо для вдовы, еще недавно похищенной злодеями.

— Но ведь это не доказывает, что она убила Волкова.

— Зато теперь совершенно ясно: мы на правильном пути. Поехали, — заводя машину, сказал он.

— А как же... Разве мы не будем ждать, когда они расстанутся?

— Зачем? Лучше поспешим домой. Иззавидовался чужому счастью.

Однако прежде чем вернуться домой, нам пришлось забрать машину Кирилла, брошенную неподалеку от офиса Куркова. По дороге мы живо обсуждали происходящее. Неразборчивость Вероники вызывала у меня легкую оторопь. Сначала Аркадий, теперь сыщик. Ясно, что моралью она себя не обременяет. Кирилл лишь усмехнулся:

— Она из тех красоток, что ловко крутят мужиками. И секс всегда служит достижению какой-то цели. Аркадий был ей нужен. Вопрос, для чего.

— Для убийства мужа?

— Давай спросим об этом героя-любовника.

— Можно подумать, он станет отвечать.

— Во-первых, как спрашивать.

— Не пугай меня.

— Я далек от этого. Если их связывают деловые узы, объясню парню, что пора спасать собственную шкуру, а если там любовь... вряд ли ему понравится, когда он узнает, чем его подружка занимается вечерами в парке.

— Ты их сфотографировал?

— Снял небольшое видео. Качество среднее, приходилось соблюдать осторожность, но узнать девушку можно.

Встретиться с Аркадием оказалось непросто. Утром на работе мы его не застали. Я высказала предположение, что он на похоронах Волкова.

— Решил поддержать вдовицу? — усмехнулся Кирилл, я пожала плечами. Взглянуть на траурную церемонию я тоже была не против в надежде разжиться сведениями о врагах Волкова, но привлекать к себе внимание по-прежнему не хотелось. К тому же Кирилл начал вредничать, лишь только речь зашла о Виталии. — Он оставил след в твоей душе?

Кончилось тем, что мы отправились домой и на несколько часов благополучно забыли о своем расследовании.

Утром мы вновь проехали по всем адресам, где вели ремонт бригады Аркадия, никто его в тот день не видел. Звонки тоже ничего не дали, он на них попросту не отвечал. Кое-что прояснилось лишь на третий день. Мы с Кириллом обедали в ресторане, утомившись напрасной беготней по городу, и я позвонила Элке, рассчитывая узнать новости, и первым делом спросила:

— Как прошли похороны?

— Пышно, — в своей обычной манере ответила Элка. — Табун народу, море цветов и вдова в роскошном наряде от известного кутюрье. Вероника слегка поцапалась с сестрой Волкова, скандал потушили в зародыше, разведя их по разным углам. В общем, все благопристойно и довольно скучно.

— Цинизм тебе не идет, — сказала я. — А Волкова мне искренне жаль.

— На самом деле мне тоже, — вздохнула Элка. — Хочешь новость?

— Вовка сделал тебе предложение?

— Скоро сказка сказывается... Прикинь, у Волковой был любовник. Правду говорят: в тихом омуте черти водятся. Идеальная пара... Вот тебе и идеал. Он за тобой решил приударить, у нее тоже шашни на стороне. Иллюзий почти не осталось, а как без них бедной девушке вроде меня?

— Ты журналист, какие еще иллюзии? Так что там с Волковой? Кто ее любовник?

— Фамилии, к сожалению, не знаю. Оказывается, еще несколько дней назад ментам позвонили из какого-то придорожного мотеля. Веронику тогда искали, и фотку по телику показывали. Сотрудники мотеля признали в ней женщину, которая несколько раз у них останавливалась. С мужчиной. Проверили видеозаписи... — Тут я слегка напряглась: а ну как и я на них засветилась? — На одной его видно очень даже хорошо. Парень оказался ранее судимым. Валерик, все-таки у нашей сестры с головой не все ладно. Вот скажи, зачем такой женщине, как Волкова, бывший уголовник?

— Думаю, следователи легко ответят на этот вопрос. Они парня нашли?

— Сегодня он должен быть у следователя. Но не явился.

— А с Вероникой уже беседовали?

— Тут, похоже, проблема. На видео ее нет. А вдовушка с негодованием отказалась обсуждать эту тему, мол, я честная женщина и даже не помышляла.

А предъявить нечего, в регистрационной книге постоялицы с ее данными нет.

«Да у них там паспорт даже не спрашивают», — чуть не брякнула я.

— Руки чешутся написать об этой истории, — пожаловалась Элка.

— И что мешает?

— Честное благородное слово, данное Вовке. Нарушу слово — и каюк источнику информации.

— А также замужеству, — подсказала я.

— С этим я уже не тороплюсь. Как только данная перспектива замаячила на горизонте, свобода вдруг стала очень привлекательной. Поневоле начнешь понимать мужиков. Ладно, буду держать руку на пульсе. Тебя, кстати, это дело еще волнует?

— Само собой.

— Да? Я думала, Волков перестал быть интересен, как только появился твой Ремизов. Кстати, как у вас с ним?

— Никак, — буркнула я.

— Серьезно? Я бы рядом с таким мужиком выдержки быстро лишилась. А ты даже не рассказала, откуда он взялся. Жутко интересно.

— На самом деле мы знакомы довольно давно. По работе. Просто последнее время стали видеться чаще.

Элка весло фыркнула и отключилась, а Кирилл сказал с усмешкой:

— Миленькое определение наших отношений. — И передразнил: — «Никак».

— Моей подруге можно рассказывать только то, что не прочь поведать всему свету.

— А ты намерена хранить наши отношения в тайне?

— Отвянь, — не выдержала я. — Лучше скажи, как тебе новость. Полицейские узнали, что у Вероники был любовник, точнее, мог быть, так как сотрудники «Покровского» ее опознали. Но Аркадий на встречу со следователем не явился.

— Теперь понятно, почему мы не смогли его отыскать.

— Парень решил на время затаиться?

— Возможно. Но, учитывая, что от него один раз уже хотели избавиться...

— Ты думаешь, его убили? — ахнула я. — Но кто?

— Ты сейчас ко мне как к экстрасенсу обращаешься? — с серьезным видом спросил Кирилл. Я махнула рукой.

— Нам-то что делать?

— Поехали к его жене. Возможно, ей известно, куда муженек подевался.

Женщина так много плакала, что глаза заплыли, превратившись в щелочки. Увидев нас на пороге, она запахнула цветастый халат, сцепила на груди руки и вроде бы вновь приготовилась рыдать.

— Добрый день, — бодро начал Кирилл. — Аркадий дома?

— Нет, — покачала головой женщина.

— Как же так? Мы договаривались встретиться. Не возражаете, если мы его подождем?

Кирилл, довольно бесцеремонно ее подвинув, вошел в квартиру, женщина, точно спохватившись, закрыла за мной дверь и сказала:

— Лучше на кухню. В гостиной ребенок мультики смотрит.

Кухонка оказалась маленькой, но уютной. Совсем недавно в квартире сделали ремонт, хозяйка с любовью все здесь обустраивала, и вот теперь этот уютный мирок мог разбиться вдребезги.

— Вы по работе, да? — спросила она, теребя рукав халата. — Оставьте телефон, Аркаша перезвонит, когда вернется.

Не успела она закончить фразу, как из ее глаз хлынули слезы.

— Что случилось? — вскакивая со стула, на котором он только что устроился, спросил Кирилл, приобнял женщину за плечи и заставил сесть.

— Извините, — пробормотала она и закрыла рот рукой.

Я налила воды из пластикового графина и подала ей. Она сделала несколько глотков и поставила чашку на стол.

— Как вас зовут? — спросил Кирилл.

— Маша, — ответила она.

— Так что случилось, Маша? Поссорились с мужем? Он вас обидел?

— Нет, — затрясла головой она. — Мы не ссорились. Он дома не ночевал. Я всю ночь не спала, звонила ему, но он не отвечал.

— Всякое бывает. Задержался на каком-то объекте...

— Он всегда предупреждает, если задерживается. Никогда такого не было, чтоб он дома не ночевал. Он всегда такой заботливый, старается вернуться до того, как Ярик спать ляжет, это наш сын. Чтобы сказку ему почитать. И днем обычно звонит.

— А когда он звонил в последний раз?— влезла я.

— Вчера, после обеда.

— О своих планах ничего не говорил?

— Нет. Но... нервничал очень. Я по голосу поняла. У него работа нервная, непременно что-нибудь случается: то рабочие запьют, то сделают что-то не так или со сроками затягивают. Я ничего спрашивать не стала, чтобы его не волновать, и потом сама не звонила. Придет, все расскажет. А он не пришел... — она горько заплакала.

— Мама, — позвал детский голосок из комнаты.

— Господи, да не убивайтесь вы так! — всплеснула руками я. — Ребенка напугаете.

Мальчик появился в кухне, держа под мышкой плюшевого зайца.

— Мама, почему ты плачешь? — спросил испуганно. — Папа звонил?

— Не беспокойся, все хорошо. Это я так. Голова болит. — Она попыталась улыбнуться, но вид сына с этим зайцем с нелепо длинными ушами, должно быть, вызвал такую щемящую тоску, что она сжалась в комок, боясь разрыдаться еще больше.

— Мультики смотришь? — спросил Кирилл, подходя к мальчику. — А хочешь, я тебя научу из бумаги кораблики делать?

— Я умею, мне папа показывал.

— Серьезно? Сейчас проверим... — И они удалились в комнату.

— Что делать-то, господи! — простонала Маша. — У меня здесь даже нет никого. Родители далеко... Мы сами из Бежецка, здесь у Аркаши друг живет, мы к нему на праздники приехали, и так нам понравилось... И работа для Аркаши есть. Решили перебраться. Муж сначала один уехал, жил у друга, чтоб квартиру не снимать. А я с Яриком у родителей. Три года, можно сказать, врозь жили, приезжал только на выходные. Потом квартиру купили, по ипотеке. Ремонт Аркаша быстро сделал. Переехали. В садик Ярика устроили не сразу, я с ним дома сидела, в общем, без работы. — Она вздохнула и вытерла слезы, глядя на меня в растерянности, наверное, успев забыть, зачем завела этот разговор.

— Не думайте о плохом, — сказала я. — Может, с друзьями выпил... Он непременно позвонит...

— Нет, я чувствую, беда случилась. Сердце не на месте.

— А вы не помните, в понедельник, двадцать третьего числа, он с работы когда пришел?

— В понедельник мы в цирк ходили. Значит, рано. Обычно он ближе к девяти возвращается. А представление в семь.

— Вы все вместе в цирк ходили?

— Конечно. Мы всегда вместе...

— Но потом он на работу уехал?

— Нет. Купили по дороге пиццу и домой. Ярика уложили спать и телевизор смотрели. Футбол. Почти до часу ночи. Потом спать легли. Только у меня живот разболелся, должно быть, от пива. Я его редко пью, а тут почти целую бутылку. Так всю ночь и промучилась. Утром Аркадий Ярика в садик увел, а я поспала немного. А почему вы спрашиваете?

— Нам в тот вечер должны были плитку доставить из Москвы. Машина в дороге сломалась, приехали очень поздно. Должно быть, ваш муж попросил кого-то из рабочих...

— Наверное. Он вообще-то обязательный.

В этом месте она вновь отчаянно зарыдала. Такая бурная реакция на то, что муж дома не ночевал, могла бы показаться чрезмерной, но после долгих уговоров успокоиться она наконец призналась:

— У меня из полиции были. Вопросы задавали.

— Какие вопросы?

Глядя на меня с душевной болью, Мария произнесла:

— Они прямо не сказали, но я поняла... Они считают, у Аркадия была другая женщина. Могла быть...

— А вы ничего такого не замечали?

— Нет. Он хороший муж и хороший отец. А вдруг правда? Вдруг он с ней уехал?

— С кем с ней? Полицейские назвали имя?

Она покачала головой.

— Вот что, давайте не впадать в отчаяние раньше времени.

Очень хотелось спросить, не рассказывал ли ей Аркадий о недавнем нападении на него, но пугать ее еще больше не следовало. Из комнаты появился Кирилл.

— Уходите? — с тоской спросила она, глядя на меня.

— Если хотите, я могу остаться.

Она часто-часто закивала, едва сдерживая слезы. Кирилл ушел, а я осталась и до самого вечера слушала бесконечные рассказы о том, какой замечательный ее Аркадий. То ли она меня уговаривала, то ли себя. Прощаясь с ней поздно вечером, когда ребенок уже спал, а надежды, что ее муж сегодня позвонит, почти не осталось (к тому моменту его мобильный был выключен), я сказала:

— Может, сообщить родителям? Лучше, чтобы рядом с вами кто-то был.

— По-твоему, он не вернется? — заглядывая мне в глаза, жалобно спросила она, точно от меня зависело, вернется он или нет.

— Не хочу, чтобы ты оставалась одна, — ответила я уклончиво и продиктовала ей номер своего мобильного. — Звони в любое время, договорились?

— Спасибо. Мне так неудобно, ты на меня целый день потратила.

— Глупости. Выпей чего-нибудь успокоительного и постарайся уснуть.

Кирилл ждал меня в машине возле подъезда, я позвонила ему полчаса назад. Добраться я могла бы и на такси, но он настоял, что сам приедет.

— Сгораю от нетерпения, — сказал он, целуя меня. — Что поведала обманутая жена?

Меня покоробило от его тона, но ответила я спокойно:

— Похоже, о делах мужа она ничего не знает.

— И чтобы выяснить это, ты потратила целый день?

— Я не могла оставить ее одну в таком состоянии.

— О боже... Женская солидарность?

— Нормальное человеческое сочувствие, — с раздражением ответила я. Он улыбнулся и поцеловал меня в нос.

— Я забыл, ты добрая девочка. А у меня есть новости, — заводя машину, сказал он.

— Да?

— Да, милая. Я подумал, если Аркадий решил где-то переждать грозу, вполне мог использовать дом Вероникиной тетки. С подачи своей подружки, разумеется. Которая, кстати, вполне возможно, сама недавно там пряталась.

— Он был в доме? — нахмурилась я.

Тот факт, что Кирилл отправился в Кривичи один, безусловно, сильно рискуя, вызвал досаду и одновременно вздох облегчения, ведь сейчас он сидел рядом. Я подумала о возможных последствиях его поступка и едва не заревела — должно быть, общение с женой Аркадия так на меня подействовало.

— Ты даже не предупредил, что туда едешь. А если бы...

— Ты обо мне беспокоишься? — спросил он весело.

— Беспокоюсь? Никогда больше не смей так поступать, — начала я и осеклась, решив, что парню вроде Кирилла это вряд ли понравится, и поспешила вернуться к прежней теме. — Значит, Аркадия там не было?

— В доме — нет. Я обнаружил его на соседнем участке, в том самом канализационном колодце.

— Господи, — пробормотала я. — Бедная Маша...

— Парня застрелили, — продолжил Кирилл, — как видно, решив, что свою роль он уже сыграл.

— Какую роль?

— Возможно, об этом известно Марго.

— Постой, ты позвонил в полицию?

— Пока нет. И даже не уверен, что позвоню.

— Но... А как же Маша? Кирилл, все это... неправильно... — Тут я заревела, он остановил машину и принялся меня утешать.

Успокоилась я довольно быстро, может, потому, что разговаривал со мной Кирилл точно с малым ребенком.

— Извини, — буркнула я, отстраняясь.

— Ты в порядке?

— Разумеется.

— Тогда поехали к Марго.

— Не слишком позднее время для визита?

— В самый раз. Уверяю тебя, мы будем желанными гостями.

Марго стояла в дверях, наблюдая за нашим приближением. На ней был шелковый пеньюар нежно-розового цвета, что в сочетании с обилием татуировок и железа выглядело, мягко говоря, нелепо. Заметив меня, Марго слегка смешалась, а я подумала: уж не предназначался ли ее наряд для романтического свидания, и почувствовала раздражение, а что самое неприятное — ревность. Я ничего не знаю об отношениях, которые их связывают. Трудно поверить, что Марго могла его заинтересовать, но кто поймет этих мужчин?..

— Привет, моя радость, — целуя ее, сказал Кирилл.

— А девчонка здесь зачем? — сварливо осведомилась она.

— Это моя девчонка, — усмехнулся Кирилл, сделав ударение на слове «моя». — Ты нас будешь в дверях держать?

— Проходите, — посторонилась она.

Мы оказались в гостиной, такой же захламленной, как и в прошлый раз. Кирилл, не удосужившись спросить разрешения, сбросил с ближайшего кресла ворох одежды, сел и сурово взглянул на Марго.

— Выпить хочешь? — засуетилась она, очистив для меня место на диване.

— Я за рулем, а себе налей, если хочешь.

— Между прочим, я на днях брата похоронила.

— Сочувствую.

— Чего притащился на ночь глядя? — проворчала она, наливая в стакан виски и пытаясь скрыть беспокойство.

— Мое доброе сердце и расположение к тебе заставило изменить свои планы. Поверь, я собирался провести вечер иначе.

Эти слова лишь прибавили беспокойства. Марго опустилась на диван рядом со мной, сделала глоток и уставилась на Кирилла.

— Мы с тобой неплохо знаем друг друга, — продолжил он. — Так что обойдемся без предисловий и прочих глупостей. Марго, в какое дерьмо ты умудрилась вляпаться?

— Я даже не понимаю... — начала она.

Кирилл вдруг грохнул кулаком по журнальному столу, мы обе разом испуганно подпрыгнули.

— Марго, я не шучу! Мне бы очень не хотелось узнать, что ты со своим безголовым парнем похитила жену брата, чтобы срубить бабки.

— Я тебе клянусь... — запричитала она, прижав руку к груди. — У меня и в мыслях не было...

— Тогда расскажи, что было.

— С чего ты вообще взял...

— Ты знаешь, что Аркадия полиция ищет? — перебил ее Кирилл.

— Аркадия?

— Я же просил, обойдемся без глупостей!

— Он мне говорил, — неохотно ответила она. — Но я-то тут при чем?

— И Аркадий не объяснил причину?

— Да он и сам не знал... — похоже, Марго теперь была куда увереннее.

— Он твой любовник? — Женщина презрительно фыркнула, а Кирилл продолжил: — Отлично, значит, ты легко переживешь утрату. — Он достал мобильный и сунул Марго под нос. — Узнаешь?

Мгновенно побледнев, она спросила, слегка заикаясь:

— Он мертвый?

— Мертвее не бывает. Я нашел его несколько часов назад и прежде, чем идти в полицию, хотел бы знать, чем это для тебя обернется. Оттого и спрашиваю: в какое дерьмо ты вляпалась?

Марго допила виски и уставилась в одну точку.

— Ты-то каким боком во всем этом? — тихо спросила она.

— Хотел помочь девчонке написать статью. Марго, не тяни. Ты знаешь, терпение никогда не было моей сильной стороной.

— Мне бы и в голову не пришло ее похищать. Как ты мог подумать? Я же не идиотка. Конечно, я была очень зла на брата. Очень! А эта его Никочка всегда меня бесила. Идеальная пара... Самовлюбленный идиот и корыстная гадина. Отец видел ее насквозь.

— Марго! — нетерпеливо рявкнул Кирилл.

— Братик прислал мне Аркашу помочь с ремонтом, и мы... Короче, у меня на тот момент никого не было, и я не прочь была немного поразвлечься. Ну и как-то заговорили об этой принцессе, женушке моего брата. Аркаша делал ремонт на их даче, там не Виталька, а как раз Вероника всем рулила, встречались каждый день... Меня прямо взбесило: он говорил о ней так, точно она и впрямь принцесса. И я посоветовала за ней приударить. Он решил, что я шучу. А я не шутила. И объяснила: если он сможет развести эту шлюху, мы прилично заработаем.

— Шантажом?

— Вот только давай без этого, — скривилась Марго. — Братик прикарманил папашины деньги...

— Разве не было завещания?

— Было. Но...

— Разве он тебе не помогал?

— Не заундствуй. Вот уж радость каждый раз идти к нему на поклон! Пусть бы принцесса повертелась, как вша на гребешке...

— Ты была уверена, что Аркадий справится?

— Да чего там справляться? Она шлюха. Всегда ею была. Просто хитрая.

— И что, он смог похвастать победой?

— Она с ним заигрывала. Все закончилось бы так, как мы хотели. Свидание в укромном уголке, десяток фотографий, и эта проныра у нас на крючке. Но тут мой брат погиб. И все это стало бессмысленным. Только знаешь что... Очень может быть, Аркадий мне голову морочил.

— Что ты имеешь в виду? — поднял брови Кирилл.

— Я тут подумала, вдруг эта дрянь меня провела? Несколько дней назад Аркаша прибежал весь вздрюченный, сказал, что накануне вечером на него напали. Я голову ломала, чего он так трясется? Похоже, случайный грабитель. Ну, заявил бы в полицию, в конце концов. А он бормотать начал: вдруг это братишка? Заподозрил, что у него с Вероникой шуры-муры, и решил соперника проучить? Я его на смех подняла, это совсем не в правилах моего брата, но он все равно трясся как осиновый лист. Само собой, я спросила, зачем он в парк поперся на ночь глядя, вот тогда он и проговорился. В общем, ему позвонили и предложили встретиться.

— Кто?

— Само собой, неизвестный. Сказал: вы ведь не хотите, чтобы Волков узнал о ваших шашнях с его женой? Так давайте это обсудим.

— Интересно, — кивнул Кирилл.

— Куда уж интересней. Вот я и думаю, может, эта гадина и ему голову заморочила, и он братца того... А потом и сам ненужным стал.

— Ты не увлеклась? — усмехнулся Кирилл. — Вероника у тебя просто гений злодейства.

— Не знаю, — пожала плечами Марго. — Умной я бы ее не назвала, но хитра и запросто пойдет по головам, если надо.

— Значит, так, — сказал Кирилл, поднимаясь. — Следователю об этом лучше не знать. Сиди тихо, если вызовут в полицию, свяжись со мной. Найду тебе толкового адвоката, разумеется, заплачу ему сам. И ради бога, больше никаких гениальных идей.

— Кирюша, спасибо тебе... — запричитала Марго и уже возле входной двери спросила: — А Аркашка как же? Ты в полицию сообщил?

— Пусть пока полежит, — сменил он гнев на милость. — Менты его ищут, не худо им свой хлеб отработать. — Он достал из бумажника несколько купюр и сунул Марго.

— Спасибо, — едва не прослезилась она и кинулась его обнимать.

— Так нельзя, — сказала я, когда мы шли к машине.

— Что нельзя? — спросил он недовольно.

— Мы обязаны сообщить в полицию про труп. Хотя бы просто позвонить, не называя себя.

— Хочешь разобраться в этом деле, слушай меня.

— Но... Кирилл... Стоит мне подумать о Маше и ее сыне...

— Твоей Маше станет легче, когда ей сообщат, что она вдова?

— Я не знаю, но...

— Никаких «но», — отрезал он, однако, должно быть, решив, что прозвучало это слишком грубо, привлек меня к себе и поцеловал. — Извини, вид трупов меня нервирует.

— Откуда ты знаешь Марго? — спросила я, решив воспользоваться ситуацией.

— Лет пять назад она носилась с идеей фестиваля, который намеревалась провести в Нижнем Новгороде. Я ей помог. С тех пор мы вроде бы друзья, то есть она периодически обращается ко мне и просит деньги.

— Вы с ней друзья, но ты не был знаком с ее братом?

— Тебя это удивляет?

— Кирилл, — сказала я, когда мы уже оказались в машине и ехали к его дому, — Мария утверждает, в тот вечер, когда погиб Волков, Аркадий был дома. Ночью она плохо спала...

— Жена станет утверждать что угодно, чтобы выгородить мужа.

— Сомневаюсь, что она могла связать мои вопросы с убийством Волкова.

— Допустим. Мы точно знаем: Аркадий любовник Вероники. Так?

— Так, — кивнула я.

— Но об этом он поведать Марго не спешил. Следовательно, у него возник собственный план. Убил Аркаша Волкова или нет, но за всем этим стоит кто-то весьма сообразительный. Кукловод, дергающий за ниточки. Аркадием заинтересовалась полиция, и его надо было срочно выводить из игры.

— Получается, что Вероника все-таки виновна в убийстве мужа? Или ее тоже использовали? Если за всем этим стоит она, место, чтобы спрятать труп, выбрали довольно странное. Рядом с домом ее тетки. Разве это не насторожит полицию?

— Дом еще надо связать с Вероникой, а главное, найти труп. Он может пролежать там и год, и два. На соседнем участке даже дома не осталось, кому придет охота заглядывать в заброшенный канализационный колодец?

Мы вошли в дом, Люк радостно бросился к нам под ноги.

— Надо с ним погулять, — сказала я.

— Потерпит еще немного, — проворчал Кирилл. — А я уже не могу... — Он стал меня целовать, на мгновение прервался, чтобы добавить: — Весь день мечтал об этом.

В ту ночь я была абсолютно счастлива, и лишь мысль о Маше сидела как заноза, мешая сполна насладиться этим самым счастьем.

Утром, когда мы вместе гуляли с собакой, я вновь попробовала завести разговор о полиции.

— Детка, я просто пытаюсь выиграть время, — поморщился Кирилл. — Хотелось бы все более-менее держать под контролем. Кстати, мне придется уехать.

— Куда? — удивилась я.

— Домой. В Нижний Новгород. Видишь ли, у меня очень важная встреча, которую я не могу перенести.

— Когда?

— Сегодня после обеда.

— Значит, вечером ты не вернешься?

— Завтра утром проведу совещание, раз уж буду в Нижнем, и сразу сюда.

Я старалась не подать вида, но то, что он не пригласил меня с собой, очень задело. У меня отпуск, и поездке я бы только порадовалась. Тем более что смогла бы составить хоть какое-то представление о его жизни. Увидеть квартиру, где он живет, офис, где работает. Может, посвящать меня во все это Кирилл не собирался? Он уверен, что наши отношения прекратятся, как только мы закончим свое расследование?

Мы вернулись в дом и как-то незаметно переместились в спальню. Но впервые за все время, что мы были вместе, наша близость не избавила от досадных мыслей. Сознание точно раздвоилось, и если одна половина моего «я» порхала на крыльях, то вторая ядовито шипела: «ты для него просто игрушка», и заткнуть эту мерзавку не получалось.

Кирилл все оттягивал отъезд, что несколько примирило меня с действительностью. Но в очередной раз, взглянув на часы, он отправился в душ, а я пошла варить ему кофе. Бог знает, в какой момент у меня возникли подозрения. Как, из каких глубин вообще является та или иная мысль, но она появилась. Сначала смутная, она начала постепенно облекаться в слова, которые вызывали глухую боль.

Я вышла проводить его до машины, уже чувствуя неловкость из-за внезапной преграды тех самых непроизнесенных слов, которые заставляли мучительно сжиматься сердце.

— Я тебя люблю, — шепнул он, целуя меня.

— Возьми меня с собой, — наплевав на гордость, попросила я, а он засмеялся:

— Завтра в это время я уже буду здесь. Даже раньше. Не забудь погулять с Люком.

Он сел в машину и уехал, а я в обнимку с собакой устроилась на ступеньках лестницы.

— Что скажешь, пес? — спросила со вздохом.

Пес преданно смотрел мне в глаза, реветь от этого захотелось даже больше. Я пробовала призвать себя к порядку. Ничего не случилось, он просто уехал по делам. Все остальное я сама напридумывала.

Через полчаса он позвонил на домашний номер. Весело спросил, как я справляюсь, и сказал, что уже скучает.

— Я тоже скучаю, — ответила я, вдруг подумав: почему он не позвонил на мобильный? Хотел убедиться, что я по-прежнему в доме?

«Белая горячка», — мысленно фыркнула я, злясь на себя за эти подозрения, но, повесив трубку, сразу же направилась к компьютеру. Почему меня вдруг заинтересовал Збарский, тот самый отчим Вероники, который не оставил ее матери вожделенного наследства? Смутные догадки, которые вдруг приобрели вполне отчетливые очертания. Ссылок на статьи было много, я быстро пробегала их глазами, сама толком не зная, что ищу. Пока не наткнулась на довольно подробную биографию Збарского, точнее, на фамилию его первой жены. Збарская Виктория Сергеевна, в девичестве Ремизова. Збарского звали Александр Эдуардович. Выходит, поссорившись с отцом, Кирилл взял девичью фамилию матери? Покопавшись еще немного, я нашла фотографию, на которой были изображены Збарский, его жена и сын. Кириллу на фото лет пятнадцать, но узнать его можно без труда. Давняя любовь Вероники. Он забыл мне сказать, что они хорошо знакомы. Или не хотел, чтобы я об этом знала.

Я отправилась за своей машиной, а потом на Первую Комсомольскую, к дому Волковых, и заняла позицию в переулке. С момента отъезда Кирилла прошло довольно много времени. Он мог уже быть здесь, или они в целях конспирации встречаются в другом месте. Но подобные доводы впечатления не производили, я смотрела на дом и ждала.

Машина появилась, когда уже стемнело. Точно не «Лексус». Ворота открылись, лишь только она свернула на подъездную дорожку, и опустились вновь, словно торопясь скрыть ее от посторонних глаз. А я отправилась переулком к дому Волковых в расчете подобраться к нему с другой стороны. В руках у меня была пляжная сумка, а в ней веревка. Я намеревалась попасть в дом, чего бы мне это ни стоило.

По узкому проходу между соседскими заборами добралась до задней калитки, она оказалась заперта. Я сделала из веревки широкую петлю и забросила ее на верхушку столба, на который была навешена калитка, перехватила веревку потуже и начала подъем, упираясь ногами в забор.

Мне было плевать, что меня заметят из соседних домов и вызовут полицию, в тот момент я об этом даже не думала. Зато поздравила себя с тем, что нахожусь в прекрасной физической форме. Подъем, а затем и спуск заняли у меня всего несколько минут. Я спрыгнула на подстриженную траву, неловко подвернув ногу, и, чуть прихрамывая, направилась к дому. Сзади к нему была пристроена огромная застекленная веранда, ее озарял мягкий золотистый свет. Деревья в саду, через который я шла, были довольно высокими, при желании их легко использовать как укрытие, но прятаться в тот момент я хотела меньше всего.

Двигалась быстро. Дверь на веранду оказалась открытой, точно меня здесь ждали. Я поднялась на несколько ступенек и очутилась среди тропических растений: воздух отяжелел от цветочных запахов, таких насыщенных, точно здесь разбили флакон духов. Я сбилась с шага. Тут же возникло ощущение опасности, как будто я и вправду в джунглях и за каждым кустом меня подстерегает хищник. Теперь я шла очень осторожно. Впереди отливала синевой вода в бассейне, имитирующем озеро. Такое чувство, что я не в частном доме, а на киностудии, где снимают приключенческий фильм.

И тут я их увидела. Ремизов сидел в плетеном кресле с бокалом в руке. Босой, с голой грудью, из одежды — только джинсы, да и те расстегнуты. Возле его ног пристроилась Вероника. В крохотной маечке, которая больше показывала, чем скрывала. Волосы распущены по плечам. Оба были так красивы, что захватывало дух.

Она смотрела на него с обожанием влюбленной женщины, для которой не существует преград, для которой ничего не существует, кроме этого мужчины, а он, что-то ответив ей, засмеялся, сделал глоток из бокала и провел свободной рукой по ее волосам. Она поймала его руку и быстро поцеловала, вызвав на его лице усмешку, легкую, поощрительную. Мужчина, позволяющий себя любить, и женщина, лишившаяся разума от своей любви.

Я зажмурилась, пытаясь избавиться от этой картины, вычеркнуть ее из памяти. И попятилась. От недавней решимости не осталась и следа. Выбравшись на улицу, я жадно хватала воздух, словно надышавшись ядовитым газом. И бросилась бегом к калитке. У меня не было сил снимать веревку, я думала, что у меня не хватит сил даже для то, чтобы добраться до машины. Но я добралась, повалилась на сиденье, жалобно шепча:

— Мамочка, больно-то как...

Боль разлилась в груди, на миг показалось, что я ослепла и оглохла. Подтянув колени к животу, я заставила себя дышать глубоко, ровно... Вдох, выдох. Сосредоточиться на дыхании, ни о чем не думать...

Не знаю, сколько прошло времени, час или больше, но я в конце концов смогла завести машину и поехала к дому Ремизова. Остаток ночи нарезала круги на участке позади его жилища. Это бессмысленное движение помогало держаться. Я то и дело стискивала рот рукой, чтобы не закричать и не перепугать Люка, который и так наблюдал за моей беготней с величайшим недоумением.

В восемь утра мы отправились с ним на длительную прогулку, а вернувшись, я покормила пса и уехала к себе, поняв, что свои возможности переоценила. Первоначальный план делать вид, что ничего не произошло, и ждать развития событий ни к черту не годился. Я знала, картина, увиденная ночью и словно впечатавшаяся в мой мозг, мгновенно лишит уверенности, лишь только я встречусь с Ремизовым. Да и не было никакой уверенности, только боль и жгучая обида. Лишь в мечтах я была хитра и коварна и с легкостью осуществляла задуманную месть. А на деле мне не хватит сил просто взглянуть ему в глаза.

Дома я выпила таблетку снотворного, но и она не помогла. Момент возвращения Ремизова приближался, и меня трясло как в лихорадке. Каждую секунду я ожидала его звонка и мысленно вопила: «Нет, нет!»

Он позвонил в половине первого, голос звучал слегка недовольно.

— Детка, ты где?

И вновь моя решимость испарилась, и я ответила уклончиво:

— Встречаюсь с подругой.

— Какая, к черту, подруга? Я лечу сломя голову, думал, что ты ждешь меня...

— В конце концов, у меня отпуск.

Он что-то почувствовал. Голос изменился.

— Где ты? Я сейчас приеду.

— Кафе на Кирова «Очумелый заяц».

— Дурацкое название, — буркнул он.

Руки у меня так дрожали, что я едва не выронила мобильный. В кафе мне ничего не грозит, и мне, и Кириллу придется держать себя в руках, в это время там полно народу. Кафе — это отличная идея. Улица Кирова всего в нескольких кварталах от моего дома, и я отправилась пешком.

Я пришла на несколько минут раньше, чем он. Успела занять столик. Ремизов вошел, недовольно огляделся и направился ко мне. Подскочившей официантке бросил равнодушно:

— Эспрессо.

Я сделала заказ, старательно отводя от Ремизова взгляд.

— Может, объяснишь, что происходит? — дождавшись, когда девушка отойдет, спросил он. Взгляд исподлобья пугал, хотелось прикрыться от него рукой.

— Ты меня любишь? — спросила я и неожиданно для самой себя посмотрела ему в глаза.

— Тебе это непременно сейчас нужно выяснять? — в голосе раздражение.

— Так трудно ответить?

— Я спрашиваю, какого черта ты так себя ведешь?

— Мы оба будем только задавать вопросы? Отвечать не обязательно?

— Я люблю тебя, — сказал он, презрительно усмехнувшись. — Что дальше?

— Наверное, у нас разные представления о любви.

— Ты за мной следила, — он покачал головой. — Надо было ожидать этого, учитывая твою неуемную страсть подглядывать и подслушивать. Дура ревнивая! — рявкнул он, люди за соседними столиками дружно обернулись.

Официантка принесла кофе, но ни он, ни я к нему не притронулись. Ремизов перегнулся ко мне и заговорил, понижая голос:

— Я тебе сказал: сиди дома и жди меня. Что, так трудно было послушаться?

— Оказывается, вы давно знакомы с Вероникой, а твоя фамилия по отцу Збарский. Ты забыл об этом или просто счел, что знать это мне ни к чему? Обо всем остальном мне даже думать противно.

— Вот что, — поморщился он. — Поедем ко мне, спокойно поговорим.

— А здесь что мешает? Или ты о сексе на столе?

— Тебе не понравилось? — усмехнулся он.

— Понравилось, — кивнула я. — Но теперь это не прокатит.

Я начала подниматься, чтобы уйти, а он прикрикнул:

— Сядь, идиотка!

Его слова точно хлестали по лицу, били наотмашь, но, странное дело, вместе с болью несли освобождение. Было бы хуже, начни он вдруг притворяться и убеждать меня в своей любви.

— С определением полностью согласна, — вновь кивнула я. — Давай не будем тратить время на болтовню. Катись из моей жизни.

— Ты спятила. — Его голос вновь изменился, а я сказала, глядя ему в глаза:

— Чтоб ты сдох, сволочь.

Он резко поднялся, перевернутый стол полетел на пол. Кирилл пошел к выходу, на мгновение задержавшись у стойки, бросил несколько купюр, колокольчик на двери истерично звякнул. Девушка-официантка бросилась ко мне.

— Все в порядке?

— Извините, — пробормотала я и поспешила скрыться в туалете. Быстро умылась холодной водой. Хотелось бежать отсюда сломя голову, забиться в угол дивана, а еще лучше уснуть. Спать и ничего не чувствовать. А если Ремизов ждет возле ресторана? Второго раунда мне точно не выдержать.

Я достала мобильный. Кому звонить? Элке? В такой ситуации от нее мало толку, если только Вовку своего приволочет... Я набрала номер Бориса, не уверенная, что он ответит. Но он ответил после первого же звонка.

— Привет. Ты не на работу ли собралась? — спросил ворчливо, но в голосе была радость, неподдельная. А мне стало стыдно, что я так и не позвонила, хотя расстались мы в прошлый раз нехорошо.

— Может, и соберусь на днях. Боря, прости, ты не мог бы забрать меня из одного места? Если не слишком занят, конечно.

— Из какого места? — обалдел он.

— Из кафе. Просто... В общем, долго объяснять.

— Говори куда, я приеду.

Он приехал минут через двадцать. За это время я худо-бедно успела успокоиться. Стол поставили на место, посуду убрали, пол подтерли. Борис, увидев меня, вздохнул с заметным облегчением, бог знает что успев напридумывать по дороге сюда. Граждане разглядывали нас с любопытством, совершенно не стесняясь, точно присутствовали на телевизионном шоу.

— Пошли отсюда, — попросила я, и мы отправились к его машине.

Я огляделась, стараясь делать это незаметно. Ремизова не видно, что вызвало вздох облегчения.

— Тебя домой отвезти? — нерешительно спросил Борис.

— Лучше к родителям.

Машина тронулась с места, тут же раздался звонок. Глядя на дисплей, я пыталась решить, отвечать или нет, и все-таки ответила.

— Отличная идея, милая: прыгнуть в постель к первому подвернувшемуся придурку, чтобы мне отомстить?

— Сказать, куда ты должен отправиться?

— Большая просьба, не спеши испоганить жизнь себе и мне. Я понимаю, что сейчас говорить с тобой бесполезно. Придется подождать, когда ты успокоишься, а до той поры, будь добра, обойдись без глупостей.

— Да пошел ты! — ответила я и убрала мобильный.

— Ремизов? — хмуро спросил Борька. Я молча кивнула. Он вроде бы сосредоточился на дороге, нервно покусывая губы, и, как видно, не замечал этого. — Что случилось? — все-таки спросил он, когда мы уже покинули город.

— Все так банально, Боря, что даже рассказать нечего.

— Прости, но он выглядит классической сволочью.

— Ага, не ясно, где были мои глаза. Бабы-дуры, да? — невесело хохотнула я.

— Такие, как Ремизов, умеют заморочить голову, — пожал плечами он. — Хорошо, что ты поняла, с кем имеешь дело, сейчас, и не угробила на него кучу времени.

— Да, повезло.

— Давай рассказывай, легче будет.

— Вряд ли.

— А ты попробуй.

— Просто ты любопытная Варвара, — улыбнулась я.

— Просто ты мне далеко не безразлична. Я хочу знать, что произошло.

— Само собой, застукала его с бабой. С Вероникой Волковой. Оказывается, у них давняя любовь.

— С Вероникой Волковой? Ни фига себе! — Борька вновь покачал головой. — И что Ремизов?

— Плевать на него. Я-то рассчитывала, он поможет мне найти убийцу, — начала оправдываться я.

— Кого? А-а-а... Лера, я не хочу тебя обижать, но, по-моему, все эти игры в сыщиков — большая глупость.

— Согласна, — вздохнула я. — Только я в очень скверном положении, вот и пытаюсь стать Шерлоком Холмсом.

— Что еще за положение? — испуганно спросил Борис.

— Твой Карпицкий тебе ничего не говорил?

— Нет. Слушай, ты меня пугать завязывай... — Борька затормозил, прижавшись к обочине, и повернулся ко мне, а я сказала:

— Волков написал завещание. И все свои деньги оставил мне.

Борька смотрел на меня пустыми глазами, видимо, сей факт в его голове не укладывался. Впрочем, неудивительно.

— Ты с ним спала, да? — обиженно спросил он и отвернулся к окну.

— Нет.

— Нет? Тогда почему он это сделал?

— Откуда мне знать? Иногда всерьез думаю, для того чтобы испортить мне жизнь. Она заметно усложнилась после этого.

— Получается, он предполагал, что его могут убить?

— Получается, — кивнула я.

— Это все очень серьезно, — помолчав немного, заметил Борис. — И дилетантский подход здесь не годится. Давай так, дождемся Карпицкого, все обсудим и уж тогда решим, как поступить.

Я кивнула. Встречных предложений не было, оставалось лишь согласиться.

Родители встретили Бориса с распростертыми объятиями. Мама, заподозрив в нем жениха, принялась угощать его разносолами, а папа провел экскурсию по дачному участку. К моему удивлению, Борька никуда не спешил, экскурсию стойко вынес и разносолам отдал должное.

Вечером мы сидели на веранде, пили чай, мама вскользь заметила: возвращаться в город уже поздновато, почему бы Борису не заночевать у нас. Я напомнила, что ему на работу, и он кивнул, но с кресла-качалки поднялся без особого энтузиазма.

Остаток вечера мама восхищалась его качествами, настоящими и предполагаемыми, а я молчала, опасаясь, что, если открою рот, чего доброго заору в голос, так было тошно на душе. Но Борьке все же следовало сказать спасибо — пока он был здесь, я чувствовала себя увереннее. Мол, все преодолеем, и прочее в том же духе.

Оставшись в своей комнате одна, я проревела всю ночь, накрывшись подушкой, чтоб родители не услышали. Вместе с горестным «жизнь кончена» возникла злость, в основном на саму себя. Ведь с самого начала знала, что Ремизов мерзавец, он ведь предложил убить человека, легко, точно играючи! Но я повелась, как последняя дура, и вот итог. Сейчас его роль в этой истории откровенно пугала. В голове звон, перспективы туманные. Спасибо Боре, он настоящий друг. А мог бы быть больше чем другом, не сваляй я дурака. Теперь броситься ему на шею я при всем желании не смогу, это просто неприлично — из одной постели сразу в другую. Порядочные девушки так себя не ведут.

Два дня я провела на даче, изводя себя все теми же мыслями. На третий день позвонил Ремизов.

— Ты все еще у родителей? — спросил он. Ни намека на вину или хоть какие-то чувства, голос абсолютно равнодушный. — Вот там и сиди. По крайней мере, глупостей не наделаешь.

Отвечать я не стала, но тут же засобиралась домой. И очень скоро пожалела об этом. На даче погрузиться в бездну отчаяния мешали родители, здесь же я была предоставлена самой себе и либо лежала, уткнувшись в спинку дивана, либо затравленно металась в четырех стенах. Позвонил Борис, узнав, что я в городе, тут же приехал. Вошел, взглянул на меня и сказал:

— Лера, так нельзя. У каждого в жизни бывают периоды...

— Боря, заткнись, пожалуйста, — попросила я, а он заорал:

— На твоем Ремизове что, свет клином сошелся?

— Да плевать я на него хотела, — соврала я. — Боюсь, меня в тюрьму посадят.

— Глупости. Собирайся, поехали.

— Куда? — удивилась я.

— Куда угодно. И не бойся, приставать к тебе я не собираюсь, прекрасно понимаю, что тебе нужно время. Мы друзья, а там посмотрим.

Я благодарно всплакнула, а он заключил меня в объятия и поцеловал, и в поцелуе этом не было ничего дружеского, что, однако, не смутило ни его, ни меня.

Мы отправились в тот самый Берестов, бродили по старым улицам, поужинали в ресторане и простились у моего подъезда с большой неохотой, причем взаимной. Боязнь все испортить дурацкой поспешностью удержала от решительного шага, но, получив от него смс со словами: «Как дела, котенок?» и торопливо ответив «Нормально», я впервые подумала, что, возможно, и правда справлюсь. И заживу лучше, чем прежде, то есть до встречи с Ремизовым.

Было еще кое-что, всерьез отравлявшее мое существование. Мысли о Маше, точнее, о трупе, лежащем в канализационном колодце. Борьке о нем я, само собой, не рассказала, так и не решив, как поступить: звонить в полицию или нет. Можно было позвонить, не называя себя, но тут же возникали сомнения: во-первых, действительно ли труп все еще в колодце, а во-вторых, был ли он там с самого начала, то есть не соврал ли Ремизов по причинам, мне неизвестным? А то, что такие причины у него есть, теперь совершенно ясно. Довод, как вы понимаете, слабенький, и я, покопавшись в себе, пришла к выводу: на самом деле я боюсь. Боюсь навредить Ремизову. И мое нежелание продолжать расследование именно этим и объясняется. Оттого чувство вины перед Машей все росло. Я звонила ей каждый день, пару раз заезжала. Ребенка она отправила к родителям, сама продолжала ждать своего Аркадия. А я в ужасе думала, что с ней будет, когда она в конце концов узнает...

В пятницу, ближе к обеду, позвонила Элка.

— Ты куда пропала? — спросила с обидой.

— А ты? У меня отпуск, зависла у родителей.

— Да? Я думала, ты со своим красавцем где-нибудь на Мальдивах.

— Красавец уже в прошлом.

— Да ты что? — ахнула Элка.

— Оказалось, у него жена и трое детей.

— Вот мужики сволочи! Переживаешь?

— Держусь.

— А как тебе новость?

— Какая? — насторожилась я.

— Я думала, ты видела сегодня в новостной ленте. Волкова покончила жизнь самоубийством.

— Что? — Мне потребовалось срочно сесть в кресло.

— Ее обнаружила домработница. После похорон мужа Вероника отправила ее в краткосрочный отпуск. Вчера домработница пришла часов в двенадцать. Волкова спать предпочитала подольше и не любила, чтобы ей мешали. Короче, тетка вошла в спальню не сразу, а когда вошла, поначалу решила, что хозяйка спит. Но смутил запах. Кондиционер не работал, и было довольно жарко. Вероника лежала там больше суток, то есть покончила с собой еще в среду.

— Это точно самоубийство? — с трудом произнесла я.

— Компьютер был включен, она оставила запись: «Мамочка, прости меня». Способ покончить с жизнью выбрала довольно экзотический: инъекция какой-то кислоты, название мудреное, я его не запомнила, но у меня записано...

— Господи, ее что, в аптеках продают?

— Вроде бы получить ее несложно в домашних условиях, в Интернете есть описание.

— В Интернете все есть.

— Вот именно. Вовка сказал — главное, рассчитать дозу, тогда эта хрень становится смертельным ядом. Ты дальше слушай, это еще не все. Сегодня рано утром кто-то позвонил в полицию и сообщил о трупе мужчины. Обнаружен неподалеку от Берестова в заброшенной деревне. Похоже, это тот самый тип, которого видели в Покровском, предположительно любовник Вероники. А самое занятное, нашли его рядом с домом, принадлежавшим ее тетке. Соображаешь, что вырисовывается? В полиции уже не сомневаются: мужа она грохнула. А потом и любовника, чтобы концы в воду.

— Чего ж тогда себе отраву вколола? Или все-таки не сама?

— Разберутся... Но прикинь, какой замес! Американский триллер да и только! Кстати, в тумбочке рядом с кроватью лежали всякие сексуальные игрушки: наручники и прочее, что дамочку тоже неплохо характеризует. Как считаешь?

— Сексуальные игрушки — не преступление.

— Ага. Рабочая версия примерно такая: Волкова с любовником задумали избавиться от мужа, а чтобы отвести от нее подозрение, инсценировали похищение с целью выкупа. Два придурка, что явились за ее баблом, к похищению непричастны. Из гостиницы она спокойно свалила сама, зато их идиотский поступок здорово ей помог. Мужа грохнул любовник, и в карман пиджака письмо сунул с требованиями выкупа, чтобы следствие запутать. Но вскоре, как водится, пошли разборка и дележ бабосов, и любовника она пристрелила. Вскрытия пока не было, но, скорее всего, убит он из того же оружия, что и Волков. А потом дамочка запаниковала...

— С какой стати? Если труп любовника в среду еще даже не нашли?

— Ну, не знаю... Разберутся.

Мы простились, и я нервно забегала по комнате. Женщины обычно травят себя снотворным. И достать куда проще, и использовать легче. Наглоталась таблеток и уснула. А тут инъекция. К тому же не факт, что смертельная.

С двух-трех таблеток снотворного не умирают, а растворить большее количество, к примеру, в вине, кофе и прочих напитках, не получится. Заставить человека проглотить целую горсть, конечно, можно, но если жертва начнет сопротивляться, следы борьбы наверняка обнаружат. Сексуальные игрушки в тумбочке... Очень удобно. Сковал девицу наручниками и вколол ей отраву. Дождался, когда она умрет, за собой прибрал... Если вскрытие покажет, что Аркадия застрелили из того же оружия, что и Волкова, круг благополучно замкнется. Хотя после оглашения завещания стрелки, скорее всего, на меня переведут. Но кого это волнует?

Я схватила ключи от машины и отправилась к Ремизову. Здравый смысл подсказывал: он наверняка уже покинул город. В глубине души на это я и рассчитывала. Мысль встретиться с ним откровенно пугала.

Я подошла к калитке, и она легко открылась. Входная дверь не заперта. На мгновение задержавшись на пороге, я осторожно вошла. Люк не бросился навстречу, в доме тишина. И теперь совсем другая мысль парализовала страхом. Но тут я услышала голос Кирилла:

— Проходи, я здесь.

Он сидел в кресле, залитый солнечным светом из эркерного окна. Босой, в джинсах, с бокалом в руке. У ног его стояла бутылка виски, но не похоже, что он пьян.

— Привет, — сказал Кирилл, усмехнувшись. — Хочешь выпить?

— Обойдусь, — ответила я и села в кресло напротив.

— Какой приятный сюрприз... Или я поторопился? — он вновь усмехнулся. — У тебя на редкость сердитое выражение лица. Вряд ли ты пришла заключить меня в объятия. Тогда зачем?

— Вероника умерла.

— Да, я видел в новостях, — равнодушно отозвался он.

— А где Люк? — спросила я, оглядываясь, — собака до сих пор так и не появилась.

— Люк? Сбежал, подлец. Как видишь, я в полном одиночестве, — развел он руками.

— Давно сбежал?

— Уже дня три. Хозяева будут расстроены. Я тоже расстроен, успел к нему привыкнуть. Впрочем, у меня есть куда более веский повод печалиться, — засмеялся он. — Правда, тот факт, что ты здесь, вселяет определенные надежды. Или я ошибаюсь?

— Ошибаешься, — кивнула я. — Хотелось бы расставить все точки в этой истории.

— Ах вот как... — он вроде бы задумался. — Надеешься услышать мою версию?

— Конечно.

— Я уверен, у тебя есть своя. Давай с нее и начнем.

— Хорошо, — не стала я спорить.

Ремизов насмешливо меня разглядывал, и я смешалась под этим взглядом. Еще час назад я была уверена, что этот человек ничего, кроме отвращения, вызывать у меня не может. Эдакий самообман: я точно знаю, что он мерзавец, и все чувства к нему вмиг исчезают. Любовь, радость от того, что я вижу его, нежность, восхищение... Список мог бы быть бесконечным. Ремизов стал другим, но мои чувства к нему остались, только сейчас причиняют нестерпимую боль. Я не хотела, чтобы он ее видел, и тоже усмехнулась.

— Ты и Вероника... Вы уже давно были любовниками... — Он кивнул, вроде бы соглашаясь. — Однако в какой-то момент такое положение перестало ее устраивать, и она вышла замуж. Но потом вы, должно быть, вновь встретились, и ваша любовь вспыхнула с новой силой. — Он хохотнул, наверное, мой лексикон вызвал такую реакцию, но мне было плевать. — И тогда вы решили избавиться от ее мужа. Развестись с ним, не потеряв деньги, она не могла, а остаться без денег не хотела. Роль Золушки вряд ли ее привлекала. Основная проблема — неизбежные подозрения. И тогда вы придумали план. Почему-то я уверена, это твоя идея... Вам был нужен киллер, и Вероника сходится с Аркадием, не подозревая, что он связан с Марго и ведет свою игру. Сомневаюсь, что Волкова убил он. Не рискнули доверить ему такое важное дело?

Теперь Ремизов вертел бокал, разглядывая напиток, и хмурился. Мои слова ему вряд ли нравились, но он ни разу не возразил, то ли решил выслушать до конца, то ли вовсе возражать не собирался.

— По заданию Марго он следил за Вероникой и, думаю, узнал о твоем существовании. Видел вас вместе? Возможно даже, сделал фото, в общем, стал опасен. Поэтому вы поторопились избавиться от него. Первая попытка успехом не увенчалась, зато во второй раз вам это удалось. Теперь о похищении. Оно было необходимо, чтобы запутать следствие. В пиджаке Волкова оставили письмо с требованиями о выкупе, о возможных контактах с похитителями вроде бы свидетельствовали звонки с мобильного Вероники. На самом деле все это время звонила она сама. Ничего не подозревающий Волков на звонки отвечал, считая, что супруга весело проводит время. В последний раз позвонил, должно быть, ты, уже когда тело Волкова обнаружили. Звонил для того, чтобы придать версии о похищении необходимую достоверность. Вероника в тот момент отсиживалась в доме тетки, благополучно покинув гостиницу и отогнав свою машину в лес. Но вскоре новоиспеченной вдове пришла пора выйти на сцену. В полицию поступил звонок, не один даже, а два, второй от случайного прохожего. Первый раз звонил опять-таки ты. Вы постарались, чтобы все выглядело натурально, Веронику действительно накачали наркотой, а ты пасся рядом, чтобы с девушкой в бесчувственном состоянии ничего не случилось. Хоть ты и сказал, что фотографии мне не отправлял, те самые, где я с Волковым, но это, уверена, твоя работа. Вы опасались, что Виталий мог рассказать о тебе, и я отправлюсь в полицию, вот и торопились намекнуть: не спеши стать подозреваемой. Однако вскоре ты счел, что фотографий недостаточно, и явился ко мне в роли прекрасного принца.

Ремизов вновь усмехнулся, сделал пару глотков из бокала и поставил его на пол, а затем откинулся в кресле, пристроив одну ногу на сиденье.

— Твою историю я с радостью скушала, ты демонстрировал намерение найти убийцу. Но от меня, понятное дело, надо было избавляться, никакой гарантии, что Волков о тебе в порыве откровенности не рассказал. Я чудом осталась жива после визита ночного гостя, зато мы оказались в одной постели, и я проболталась о наследстве. Это стало настоящей проблемой. А когда я застукала вас с Вероникой, ты понял, что игра теперь чересчур опасна.

— И избавился от любовницы, тем самым все свалив на нее? — заговорил Ремизов. — Что ж, история довольно интересная. Правда, я вижу в ней ряд нестыковок. Например, кто напал в парке на Аркадия, а потом и на тебя? Ты ведь не будешь утверждать, что это я?

— Нет, не ты.

— Получается, кроме меня, Вероники и Аркадия, в деле был еще кто-то? Крайне неосмотрительно. Допустим, Аркадия надеялись использовать как киллера, ну а в случае необходимости всех собак на него навешать. Однако еще один олух — явный перебор. Детка, я бы не стал так подставляться, все бы сделал сам, уж можешь мне поверить. На дороге в тот день, когда в лесу нашли Веронику, я, конечно, оказался не случайно. Точно так же, как и ты, кстати. Я же говорил, у меня неплохие связи в этом городе, вот один человечек и шепнул. Каюсь, фотографии тебе прислал я. Не хотел, чтобы ты наделала глупостей. У тебя были все шансы остаться в стороне. Напрасные надежды, я ведь не знал, сколько всего ты успела натворить. Идем дальше: откуда у нас ключи от квартиры твоей подруги?

— Я думала об этом, — кивнула я. — Ее ключ на одной связке с моими. Ты сделал дубликат со всех ключей, возможности у тебя были. А то, что я решила заночевать в квартире подруги, вам оказалось лишь на руку. Убей вы меня там, все бы запуталось еще больше. Связать Элку с Волковым невозможно, они даже знакомы не были. Тут же бы возникла версия: меня перепутали с подругой, она журналистка, и убийство могло быть связано с ее профессиональной деятельностью.

— Вот как? Что ж, неплохо. Хотя профессиональная деятельность твоей подруги лично у меня вызывает умиление. О трупе Аркадия я тебе сообщил, чтобы еще больше завоевать твое доверие?

— Я уверена, ты получал удовольствие от этой игры.

— Ну разумеется.

— Прости мне мое любопытство: ты как планировал от меня избавиться? Раз уж в деле лишних людей не хотел, выходит, сам? Не Веронике же такое поручать? Под машину бы толкнул? Или придушил в тихом месте и сбросил все в тот же колодец?

— Дура, — поморщился он. — Вероника действительно была когда-то моей любовницей. Очень недолго. С отцом у меня отношения не сложились, я ушел из дома, как только мне исполнилось восемнадцать. Хотел доказать: его деньги для меня ничего не значат. Мы с двумя приятелями организовали фирму, и в двадцать один год я уже имел приличный доход. Это я к тому, что деньги никогда не были для меня проблемой. С отцом отношения понемногу наладились, и тут умерла моя мать, а вскоре отец женился. Я это воспринял как предательство. Оттого и связался с Вероникой, знал, что отцу это не понравится. Я был мальчишкой, это оправдывает мою глупость. — Он выпрямился в кресле, а потом перегнулся ко мне и теперь смотрел в глаза, зрачок в зрачок, а я невольно поежилась. — Она убила моего отца. Из-за бабла. Понятно? Она не подсыпала ему яда, не зарезала и не столкнула с обрыва, как потом поступила с женихом, когда он дал ей отставку. У отца было больное сердце, он всегда держал под рукой таблетки. А она их спрятала. И когда у него начался приступ, спокойно наблюдала за тем, как он корчится от боли. Он не мог сам вызвать «Скорую», а она делать этого не собиралась. Отец умер, она ушла в свою комнату, оставив таблетки рядом с его телом, а потом сказала, что спала в наушниках и ничего не слышала. Она была уверена: убив отца, она получит и деньги, и меня. Своим убогим умом и представить не в состоянии, что кто-то от денег откажется. Но это убийство было напрасным, отец все оставил мне. Он любил меня, избалованного эгоистичного придурка, я это понял с большим опозданием, но, слава богу, все-таки понял. Веронике не повезло, как потом не повезло с Волковым. Оттого я так смеялся, когда ты сказала о завещании. Это ли не насмешка судьбы?

— Откуда ты знаешь о таблетках? — нахмурилась я. — Не сама же она тебе рассказала?

— На это ее глупости все же не хватило. Вероника вела дневник. Когда я приехал на похороны отца, она явилась ко мне, рассчитывая на продолжение отношений. И притащила с собой дневник, зачитывала особо жалостливые места с описанием ее страданий после того, как мы расстались. Обстоятельства смерти моего отца с самого начала казались подозрительными. И я, дождавшись, когда мамаша с дочкой отчалят из дома, обыскал комнату Вероники.

— И нашел дневник?

— Да. Она описала все довольно подробно.

— Но... почему ты не обратился в полицию?

— Не знаю, — пожал плечами он. — Наверное, считал, что несколько лет тюрьмы не слишком серьезное наказание для нее. На самом деле она не вызывала ничего, кроме отвращения. И я поспешил уехать. А когда узнал о наследстве... Я думаю, для нее это был настоящий удар. В двух шагах от богатства потерять все. Потом эта история с женихом... После того, что я узнал о ней, не приходилось сомневаться: его она тоже убила. Вероника рвалась к богатству, а судьба точно мстила ей. Занятно, правда?

— И у тебя возникло желание основательно помочь судьбе?

— Ты можешь не поверить, но не возникло. До тех пор, пока мы не встретились с Волковым.

— Случайно встретились?

— Случайно. Само собой, я его сразу узнал. Вероника прислала свои свадебные фото, должно быть, думала меня этим задеть. И здесь, в городе, я пару раз видел его, хотя всегда держался на расстоянии.

— Волков излил тебе душу, и ты решил этим воспользоваться?

— Конечно. Я был совсем не против того, чтобы он ее убил. Его женушка вполне это заслужила. Но, как это часто бывает, судьба распорядилась иначе. Он встретил тебя и влюбился. И его перестала волновать ее измена, да и все прочее тоже. Хотя нет, кое-какие мысли его посещали, должно быть, навеянные словами его отца, который догадывался, что собой представляет Вероника, не зря Волков поспешил с завещанием. А потом погиб...

— И ты решил, что на этот раз Веронике придется заплатить? — подсказала я.

— И что в этом плохого?

— Ничего. Если не считать ее убийства. Я уверена, что это убийство. Я не была с ней знакома, но рассказов наслушалась предостаточно. Такие, как она, рук на себя не накладывают. Есть такая занятная закономерность: чем легче лишаешь жизни себе подобных, тем труднее расстаешься со своей.

Я поднялась, Ремизов спросил:

— Ты куда? Мы ведь еще не закончили.

— Да мне и так все ясно. Люка жаль, — вздохнула я.

— При чем здесь Люк? — удивился Ремизов.

— Боюсь, он пал жертвой эксперимента. Ты ведь не знал, подействует эта самая кислота или нет. Если хозяевам придет охота покопаться в саду, они, чего доброго, обнаружат пропавшего питомца.

— Ах вот оно что... — усмехнулся Кирилл. — Я отравил собачку? А потом и Веронику? Детка, хорошо зная тебя, хочу предупредить: если ты ждешь, что я брошусь перепрятывать труп собаки и ты сдашь меня полиции, — то не мучь себя понапрасну.

Я пожала плечами.

— В любом случае оставшуюся часть жизни ты вряд ли будешь спокоен.

— Очень хочется видеть меня убийцей? — разозлился он. — Чем же я тебе так не угодил?

— Уезжай, — сказала я, направляясь к двери. — Надеюсь, у тебя не будет повода ни о чем жалеть, а если будет... что ж... по-моему, ты этого заслуживаешь.

— А что с твоими сожалениями, милая?

— Постараюсь забыть тебя как страшный сон.

— Ты с ним спишь? — спросил он. — С этим своим Борькой?

— У тебя есть заботы поважнее, чем выяснять, с кем я сплю.

— У меня нет никаких забот, если не считать тебя. Глупой девчонки, которая торопится наделать глупостей.

— Я не хочу тебя видеть и не хочу ничего знать о тебе, — спокойно сказала я. — Именно поэтому рассказывать о тебе следователю я не стану. Считай это прощальным подарком.

— Дура! — рявкнул он, но я уже закрыла за собой дверь.

Не помню, как я дошла до машины и как добралась домой. Верно говорят: не спеши считать этот день самым ужасным, следующий день может неприятно удивить. Когда я отправилась к Ремизову, еще была надежда, призрачная, но была, что всему найдется благополучное объяснение, что я все поняла не так и неправильно и на самом деле он меня любит. А теперь — никаких надежд. Я сцепила кулаки и заорала, громко, во все горло. Соседи, должно быть, решили, что я спятила, но стало легче.

Вечером приехал Борька, перед этим позвонив на мобильный. Полчаса, которые прошли от звонка до его появления, я потратила на то, чтобы привести себя в порядок. Неизвестно, как все сложится, но знать о моих душевных страданиях ему ни к чему.

— Сегодня пятница, — сказал он, входя в квартиру.

— Предлагаешь напиться?

— Можно, конечно. Вообще-то я обещал матери быть сегодня на семейном ужине. Не хочешь составить компанию?

От такого предложения я малость растерялась.

— Это тебя ни к чему не обязывает, — поспешно добавил Борька. — В смысле, если хочешь, я скажу родителям, что мы просто друзья... Давай лучше в ресторан пойдем, — сказал он, окончательно смешавшись.

— Ты обещал родителям, — возразила я. — И я вовсе не против, если ты скажешь, что я твоя девушка.

— Правда? — обрадовался он.

— Боря, конечно, правда. Я два года по тебе сохла. И броситься тебе на шею мне мешает только... сам знаешь что, — махнула я рукой.

— Я, конечно, потерплю, — с серьезным видом заверил он. — Но ты особо не тяни.

Тут мы дружно засмеялись и вскоре отправились к родителям Бориса. Мне они сразу понравились. Папа заявил, что я красавица и Борька меня не заслуживает, маме это высказывание не особо понравилось, но ко мне она отнеслась благосклонно, а узнав, что я «та самая Лера», и вовсе подобрела. Выходит, Борис рассказывал обо мне родителям. Это произвело впечатление.

После ужина Борька с отцом сели в гостиной играть в шахматы. Подобное времяпрепровождение мне тоже очень понравилось. «Именно такой и должна быть семья», — думала я с умилением, помогая Жанне Николаевне убирать со стола.

— Лерочка, я так рада нашему знакомству, — зашептала она, когда мы остались одни. — По-моему, вы с Борей очень подходите друг другу. Наконец-то я вздохну спокойно.

«А что вас раньше беспокоило?» — подумала я, а вслух сказала:

— У вас замечательный сын, с ним просто не может быть никаких проблем.

— Он замечательный, это верно. В детстве я с ним не знала хлопот, не то что другие матери. Но подобные чистые мальчики очень часто становятся легкой добычей всяких аферисток.

— Боря стал добычей? — округлила глаза я, представляя, как буду рассказывать о нашем разговоре Борьке.

— Вот именно, — поджала губы Жанна Николаевна. — Эта мерзавка долго ему голову морочила. А потом бросила. Он так переживал: вы не представляете, похудел килограммов на десять! И было бы из-за чего страдать! Я ему говорила: Борис, посмотри, сколько вокруг девушек... Но он все никак не мог ее забыть. Потом, конечно, справился, однако серьезных отношений не заводил. Видно, обида в нем была сильна, обида и страх вновь обмануться.

— Давно это было?

— Давно. Еще в студенчестве. Но два года назад эта девица опять объявилась. Наверное, зря я вам это говорю? — спохватилась она.

— Я думаю, о таких вещах лучше знать.

— Он мне поклялся, что с ней покончено. Я себе места не находила: Борис, твердила я, ты должен понять, такие девицы используют мужчин, а потом бросают. От них надо держаться подальше. Он обещал, но я знаю, они какое-то время встречались. Я следила за ним. Только ему не говорите, он страшно разозлится. Потом она его, как видно, опять бросила, он ходил точно в воду опущенный. А последнее время повеселел. Я гадала, в чем дело, даже спросила: «Боря, ты что, влюбился?». — Он отшучивался, а сегодня вдруг такой подарок...

— Вы сказали, два года назад? — думая о своем, уточнила я.

— Да. Слава богу, теперь все это в прошлом... Я наконец-то вздохнула с облегчением. Конечно, грех говорить такое...

Тут появился Боря, и мы поспешно прервали разговор. Но по дороге домой Борис спросил:

— Что тебе мамуля рассказывала?

— Ничего особенного, — ответила я.

— Неужто о моей несчастной любви не поведала? Это ее любимая тема.

— У тебя была несчастная любовь? — заинтересовалась я.

— Была, куда ж без нее? Не знаю, как она звучала в маминой интерпретации, в моей все просто. Встретились, вроде полюбили друг друга, а потом она сказала, что я не перспективный. Типичный неудачник, у которого то ипотека, то машина в кредит. А ей нужен парень без проблем, с солидным банковским счетом, то бишь с богатыми предками. Моих ты видела, они в этом смысле здорово подкачали.

— Тебя ее слова задели? — спросила я серьезно.

— Еще бы! Но на самом деле девушке надо сказать спасибо. Благодаря ей, то есть этим самым словам, я открыл свое дело. Кто знает, не задень она меня тогда за живое, может, до сих пор горбатился бы на какого-нибудь дядю?

— А что потом?

— Она вышла замуж. Вполне удачно.

— И вы больше не встречались?

— Почему не встречались? В одном городе живем. Я знаком с ее мужем.

— Она не пыталась вернуть тебя?

Борис взглянул вопросительно и нахмурился, потом головой покачал.

— Ну, мамуля! Интересно, как она узнала? Да, одно время мы... В общем, стали любовниками. Это длилось месяц, не больше. Я думаю, муж ей успел надоесть, и она решила немного поразвлечься.

— Когда это было?

— Какая разница? — вновь нахмурился он.

— Мы ведь задавались вопросом, почему два года назад у нас ничего не получилось?

Борис кивнул.

— Ты права. Тогда я встретил ее после долгого перерыва... Все как-то быстро закрутилось. Не уверен, что тебе надо было все это знать. Но... можешь не сомневаться: все кончено. Два года назад я сам ее бросил, очень быстро поняв, какого свалял дурака. Иногда думаешь, что продолжаешь любить кого-то, а на самом деле этот кто-то существует лишь в твоих мечтах. И ничего общего с реальным человеком уже давно не имеет.

Эти его слова навели меня на грустные мысли, точнее, они навели на мысли о Ремизове. А о нем я думать совсем не хотела. Но думала. Наверное, по этой причине возле своего подъезда торопливо попрощалась с Борькой, а он в ответ лишь вздохнул.

— Ничего, — поднимаясь по лестнице, бормотала я. — После таких разговоров в постель не спешат. Не хотелось бы вновь лопухнуться. Вдруг его пассия опять позовет, а ему опять чего-то там покажется?

Уснуть я не могла долго и чувствовала себя глубоко несчастной.

Утро радости не прибавило. Позвонила Маша, она так плакала, что ее слова я понимала с трудом, но было и так ясно: ей сообщили о найденном трупе.

Я отправилась к ней и пробыла там до середины дня, пока не приехали ее родители и родители Аркадия. Она вышла проводить меня в прихожую и вдруг сказала:

— Я тайник нашла. В кухне, за плинтусом.

— Тайник? — не поняла я. Она кивнула.

— Я все думала, вдруг у него правда женщина есть, вот и пыталась найти доказательства. Всегда ведь что-то бывает.

— И что было в тайнике?

— Фотографии. Несколько штук. Там женщина и мужчина, но вовсе не Аркадий. Как думаешь, я должна рассказать о них в полиции? Это поможет найти убийцу?

— Фотографии здесь?

— Конечно.

— Можешь мне их показать?

Она ушла и вскоре вернулась с плотным конвертом, в нем было несколько фотографий 10 х 15. Взглянув на них, я на мгновение прикрыла глаза, поспешив привалиться к стене, чувство было такое, точно земля уходит из-под ног.

— Телефон следователя у тебя есть? — спросила я.

— Да, он мне визитку оставил.

— Звони сейчас же. Думаю, это важно. Я могу взять на время одну фотографию?

— Зачем? — удивилась она.

— Хочу показать ее своему знакомому.

— Возьми, — кивнула она.

Я сунула фотографию в карман и торопливо попрощалась. Выехав со двора, остановила машину и чуть не полчаса сидела, откинувшись в кресле и глядя перед собой. Но мало что видела. Зато в этой истории все вдруг встало на свои места. Я набрала номер Борьки и спросила:

— Сможешь ко мне приехать?

— Что случилось? — заволновался он.

— Ужасное свинство дергать тебя, но... В общем, нужна дружеская поддержка.

— Конечно, я сейчас приеду, — заверил он.

Через двадцать минут я была дома, а еще через десять появился Борька. Я успела приготовить кофе, налила ему чашку и села напротив.

— Мне не нравится, как ты выглядишь, — нахмурился он. — Может, пока Карпицкий не вернулся, махнем к морю? И еще я вот что подумал: узнай у Элки, когда точно погибла Волкова. На всякий случай лучше придерживаться версии, что в тот момент ты была у меня. Или я у тебя, неважно.

— Думаешь, мне понадобится алиби?

— Надеюсь, что нет. Просто на всякий случай.

— А может, алиби понадобится тебе?

— Что? — не понял Борис, а я выложила на стол фотографию. Он и Вероника. Борька взглянул и нахмурился. — Откуда это? И почему у тебя такое выражение лица, точно ты меня в чем-то обвиняешь?

— Вы были знакомы?

— Ну да. Вероника — та самая девушка, о которой я тебе рассказывал.

— И когда вы виделись в последний раз?

— Почти два года назад.

— Боря, здесь на тебе галстук, который я подарила на Рождество.

— Да брось, у меня таких галстуков... Возможно, мы встретились где-то в городе... Лера, я тебе клянусь, наши отношения давно прекратились, и то, что два года назад мы ненадолго сошлись... Это было ошибкой.

— Остальные фотографии довольно откровенные.

— Выходит, кто-то знал о наших отношениях? — пожал он плечами. — Возможно, Волков что-то заподозрил и нанял детектива следить за женой. В любом случае это старая история, и она не имеет значения. Ты так и не ответила, откуда у тебя эти фотографии?

— Скорее всего, эти фотки стоили жизни Аркадию Спицыну, — услышали мы голос Ремизова, и вскоре он появился в кухне. Привалился к дверному косяку, сложив руки на груди.

— Аркадию Спицыну? — переспросил Борис. — Кто это?

— Любовник Вероники. Девушка она хоть и недалекая, но запасливая, ничем не брезговала. Вот и держала парня при себе на всякий случай. Зная мадам Волкову долгие годы, я не сомневался, что за ее спиной стоял некто куда более сообразительный.

— О чем это он? — повернулся ко мне Борис. — Что вообще здесь делает этот тип?

— Об этом лучше у него спросить, — ответила я.

— Давайте вернемся к фотографиям. — Ремизов подошел к столу, повертел фото в руках и вернул на прежнее место. — Вполне безобидная фотография. Остальные откровеннее? По ним можно заключить, что они любовники?

— Можно, — кивнула я.

— Значит, Аркадий их выследил. А после убийства Волкова надумал срубить бабки старым, как мир, способом. Шантажиста вы вычислили сразу, и ты решил сыграть на опережение, позвонил ему и, в свою очередь, потребовал денег за фотографии, которые у тебя якобы есть и которые свидетельствуют о том, что Аркадий и Вероника — любовники. Аркадий, конечно, испугался и согласился встретиться. Окажись фотографии у следователя, он автоматически стал бы подозреваемым. За парнем следила наша Валерия, и избавиться от него в тот раз не удалось. Возможно, Аркадий понял, что за роль уготована ему в этой игре, но события развивались не в его пользу. Сначала он не мог встретиться с Вероникой, потому что она находилась в больнице, а потом сам оказался под подозрением. Вам все-таки удалось выманить его в безопасное для вас место и убить. Денег пообещали?

— Что за бред? — возмутился Борька. — И все из-за каких-то старых фотографий?

— Это не бред, Боря, — покачала головой я. — Странная мысль пришла мне в голову, когда я увидела тебя в парке, а потом в Элкиной квартире: толстовка лишняя. Я никогда не видела тебя в толстовке, обычно ты носишь костюм. Само собой, я и предположить не могла, что ты имеешь отношение к этой истории, не то бы поняла, кто передо мной.

— Этот тип заморочил тебе голову, — кивнув на Ремизова, сказал Борис. — Ты что, не понимаешь, он просто хочет избавиться от соперника?

— Нет, Боря, теперь я уверена: в квартире Элки был ты. Помнишь, в начале марта мама потеряла ключи от квартиры и мне пришлось делать дубликат? Я решила, что одного комплекта маловато, лучше сделать два. Боря, ты сам их отдал в мастерскую по соседству с офисом. Оказал любезность вечно занятой сотруднице. Но не смог вспомнить, какие ключи на связке мои, и попросил сделать все три, то есть и Элкин ключ тоже. Я оставила комплект ключей на работе в сейфе, чтоб были под рукой на всякий случай, о чем сама же тебе и сказала. Забрать их оттуда тебе труда не составило.

— Ты в самом деле считаешь, что я хотел убить тебя?

— Может, и не хотел, но понимал: это придется сделать после моего признания, что я следила за Вероникой.

— Бред. Ее, по-вашему, тоже я убил?

— Конечно, — сказал Ремизов. — Ситуация вышла из-под контроля. И чтобы спасти себя, от Вероники следовало избавиться. Думаю, была еще причина... — Ремизов повернулся ко мне. — Ты рассказала ему о завещании?

Я кивнула.

— И о том, что застукала тебя с Вероникой, тоже.

— Отличный повод задуматься о будущем, — усмехнулся Ремизов. — Подружка запросто могла предпочесть мою любовь твоей. Да и твоя любовь с годами наверняка поостыла. А вот деньги... Дела в вашей фирме идут не особо хорошо?

Теперь он вновь обращался ко мне.

— Не особо, — вздохнула я.

— Вероника в одно мгновение могла стать нищей, а Лера — превратиться в богатую наследницу. Глупо было упустить такую удачу.

— Понятно, — скривился Борис. — Я разыгрывал влюбленного в надежде, что Лера ответит мне взаимностью. Все это здорово, ребята, но абсолютно недоказуемо. Фотография ничего не стоит. Да, мы были любовниками два года назад. И что? А вот этот тип спал с ней на днях, возможно, именно он ее и убил. Почему нет? Ни о каком Аркадии я даже не слышал. Хотя вполне могу поверить, что Вероника подбила его укокошить мужа. С моралью у нее и впрямь проблемы. Кстати, насколько я знаю, сама она покончила жизнь самоубийством. Лера, мне очень обидно, что ты решила, будто я способен на все эти мерзости. Мы ведь хорошо знаем друг друга, разве нет? Уверен, если бы не гнусная клевета этого типа, ты бы никогда...

— С чего ты взял, что у меня нет доказательств? — полюбопытствовал Ремизов. — Знаешь, почему я вдруг решил навестить бывшую подружку? Я был уверен, что тот, кто затеял все это, себя проявит. А зная некоторую безголовость Вероники... В общем, местом встречи, скорее всего, явится ее спальня. И я поставил там камеру. Если честно, не одну, и не только в спальне. Так что момент ее убийства благополучно заснят, и в настоящее время это видео в полиции. Поначалу на камеры они не обратили внимания, то ли были уверены, что Вероника покончила с собой, то ли просто поленились все как следует осмотреть. Пришлось прийти им на помощь.

— Врешь... — пробормотал Борис.

— По возможности, стараюсь избегать этого. Я уже сообщил, где тебя искать, так что очень скоро сам убедишься в моей правдивости.

Говоря это, Ремизов поднялся и сделал шаг ко мне.

— Тебе их лучше на улице дождаться. — Он подтолкнул меня к двери, Борька вдруг резко встал, в руках у него появился пистолет. — Не дури, — покачал головой Кирилл. — Вряд ли ты уйдешь далеко. Еще и пристрелят, чего доброго, узнав, что ты вооружен. — И, чуть повернув голову, сказал мне: — Беги!

— Нет, — пробормотала я.

— Беги! — повторил он, шагнув навстречу Борьке.

Мужчины сцепились в узком пространстве между столом и шкафом. Грохнул выстрел, а я отчаянно закричала. Ремизов стиснул Борькину руку, в которой тот держал пистолет. Борька выстрелил еще раз и угодил в люстру, на них посыпались осколки, а пистолет выпал из его руки прямо мне под ноги. Я схватила его и заорала:

— Руки за голову, лицом к стене! — и только потом поняла, что сморозила.

Никто к стене не встал, а вот Ремизов действовал очень ловко. Сбил Борьку с ног и навалился сверху. Тот обмяк, точно разом лишившись чувств, лежал, прижавшись щекой к полу, а потом заплакал.

Кто-то из соседей вызвал полицию, и прибыли они в рекордный срок. Борьку подняли с пола, Кирилл направился ко мне, я увидела кровь на его рубашке и рухнула в обморок.

В результате нас отправили на «Скорой» в больницу, меня отпустили в тот же вечер, а Кирилла оставили до утра. Точнее, утром он сам сбежал. К счастью, рана оказалась пустячной, это он так сказал. Я огнестрельное ранение пустяком считать не могла, а мужчины, как известно, ужасные выпендрежники.

Само собой, нас вызвали к следователю давать показания, Ремизов явился с целой сворой адвокатов. Я думала, он о себе беспокоится, оказалось, обо мне. Но их услуги не понадобились. К тому моменту Борька уже во всем признался. В том числе рассказал о том, как они с Вероникой убили Аркадия. Тот, опасаясь встречи со следователем, решил на время покинуть город и потребовал денег. Пообещав их собрать как можно скорее, Вероника посоветовала ему отсидеться в доме ее тетки. Вечером она приехала, но не одна. В багажнике ее машины прятался Борька. Пока Вероника отвлекала внимание Аркадия, тот выбрался из машины и проник в дом. Так что когда Аркадий, проводив Веронику, вошел в сени, там его ждал мой босс с пистолетом.

Выйдя из здания следственного комитета, Кирилл, взглянув на небо, надел солнцезащитные очки и с улыбкой повернулся ко мне.

— Ну вот, ни одной загадки не осталось. Ты довольна?

— Не особенно, — буркнула я.

— Что так?

— Жениха я лишилась, и работы, похоже, тоже.

— Работа тебе без надобности. А чем я не жених?

— Мне никогда не нравился принцип «цель оправдывает средства».

— И какое он имеет отношение ко мне? — спросил Кирилл. Я усмехнулась:

— Тебе нужны были доказательства, и чтобы получить их, ты отправился к Веронике. Мне плевать, по какой причине ты мне изменил...

— Вот уж действительно дура ревнивая, — покачал головой он. — Ты хоть подумала... — тут он безнадежно махнул рукой. — Мне надо было камеры установить, дорогая, а не трахаться. Я опоил ее лошадиной дозой снотворного и трудился всю ночь. Утром, пока она спала, съездил в цветочный магазин, скупил все розы, что у них были, и разбросал их по спальне, чтоб не вызвать у девки подозрений. И тут же смылся. Дарить цветы кому попало, конечно, не стоило, но это все-таки не измена.

— Это правда? — пробормотала я. — Почему же ты сразу мне не сказал?

— А ты бы послушала? Дорогая, в гневе ты страшна. Представляю, что за жизнь меня ожидает: шаг влево — и сразу гильотина.

— А ты шагай как положено, — нахмурилась я.

— Как скажешь, милая. Кстати, Люк нашелся. Звонили из питомника, вечером сможем его забрать.

Я счастливо улыбнулась, последние сомнения наконец развеялись. Кирилл обнял меня и стал целовать.

— Молодые люди, — услышали мы недовольный голос и, оглянувшись, увидели тучную даму в погонах. Она поднималась по лестнице ко входу в здание и как раз поравнялась с нами. — Найдите более подходящее место.

— Отличная мысль, мадам, — сказал Кирилл и потащил меня к «Лексусу».

Литературно-художественное издание

АВАНТЮРНЫЙ ДЕТЕКТИВ Т. ПОЛЯКОВОЙ

**Полякова Татьяна Викторовна**

**НАСЛЕДСТВО БИЗНЕС-КЛАССА**

Ответственный редактор *О. Рубис*
Младший редактор *П. Тавьенко*
Художественный редактор *С. Груздев*
Технический редактор *Г. Романова*
Компьютерная верстка *Л. Панина*
Корректор *В. Кочкина*

В коллаже на обложке использована иллюстрация:
Anna Ismagilova / Shutterstock.com и фотография:
Mykola Mazuryk/ Shutterstock.com
Используется по лицензии от Shutterstock.com

ООО «Издательство «Э»
123308, Москва, ул. Зорге, д. 1. Тел. 8 (495) 411-68-86.
Өндіруші: «Э» АҚБ Баспасы, 123308, Мәскеу, Ресей, Зорге көшесі, 1 үй.
Тел. 8 (495) 411-68-86.
Тауар белгісі: «Э»
Қазақстан Республикасында дистрибьютор және өнім бойынша арыз-талаптарды қабылдаушының
өкілі «РДЦ-Алматы» ЖШС, Алматы қ., Домбровский көш., 3«а», литер Б, офис 1.
Тел.: 8 (727) 251-59-89/90/91/92, факс: 8 (727) 251 58 12 вн. 107.
Өнімнің жарамдылық мерзімі шектелмеген.
Сертификация туралы ақпарат сайтта Өндіруші «Э»

Сведения о подтверждении соответствия издания согласно законодательству РФ
о техническом регулировании можно получить на сайте Издательства «Э»

Өндірген мемлекет: Ресей
Сертификация қарастырылмаған

Подписано в печать 28.06.2016. Формат 84х108$^1$/$_{32}$.
Гарнитура «Ньютон». Печать офсетная. Усл. печ. л. 16,8.
Тираж 33 000 экз. Заказ М-1678.

Отпечатано в типографии Полиграфическо-издательского
комплекса «Идел-Пресс», филиала АО «ТАТМЕДИА».
420066, г. Казань, ул. Декабристов, 2.
e-mail: id-press@yandex.ru   http://www.idel-press.ru

**Оптовая торговля книгами Издательства «Э»:**
142700, Московская обл., Ленинский р-н, г. Видное,
Белокаменное ш., д. 1, многоканальный тел.: 411-50-74.

**По вопросам приобретения книг Издательства «Э» зарубежными**
**оптовыми покупателями обращаться в отдел зарубежных продаж**
*International Sales: International wholesale customers should contact*
*Foreign Sales Department for their orders.*

**По вопросам заказа книг корпоративным клиентам,**
**в том числе в специальном оформлении,** *обращаться по тел.:*
+7 (495) 411-68-59, доб. 2261.

**Оптовая торговля бумажно-беловыми**
**и канцелярскими товарами для школы и офиса:**
142702, Московская обл., Ленинский р-н, г. Видное-2,
Белокаменное ш., д. 1, а/я 5. Тел./факс: +7 (495) 745-28-87 (многоканальный).

**Полный ассортимент книг издательства для оптовых покупателей:**
**В Санкт-Петербурге:** ООО СЗКО, пр-т Обуховской Обороны, д. 84Е.
Тел.: (812) 365-46-03/04.

**В Нижнем Новгороде:** 603094, г. Нижний Новгород, ул. Карпинского, д. 29,
бизнес-парк «Грин Плаза». Тел.: (831) 216-15-91 (92/93/94).

**В Ростове-на-Дону:** ООО «РДЦ-Ростов», 344023, г. Ростов-на-Дону,
ул. Страны Советов, 44 А. Тел.: (863) 303-62-10.

**В Самаре:** ООО «РДЦ-Самара», пр-т Кирова, д. 75/1, литера «Е».
Тел.: (846) 269-66-70.

**В Екатеринбурге:** ООО«РДЦ-Екатеринбург», ул. Прибалтийская, д. 24а.
Тел.: +7 (343) 272-72-01/02/03/04/05/06/07/08.

**В Новосибирске:** ООО «РДЦ-Новосибирск», Комбинатский пер., д. 3.
Тел.: +7 (383) 289-91-42.

**В Киеве:** ООО «Форс Украина», г. Киев,пр. Московский, 9 БЦ «Форум».
Тел.: +38-044-2909944.

**Полный ассортимент продукции Издательства «Э»**
**можно приобрести в магазинах «Новый книжный» и «Читай-город».**
Телефон единой справочной: 8 (800) 444-8-444.
Звонок по России бесплатный.

**В Санкт-Петербурге:** в магазина «Парк Культуры и Чтения БУКВОЕД»,
Невский пр-т, д.46. Тел.: +7(812)601-0-601, www.bookvoed.ru

**Розничная продажа книг с доставкой по всему миру.**
Тел.: +7 (495) 745-89-14.

ISBN 978-5-699-90395-5

**16+**

# ТАТЬЯНА УСТИНОВА
 ## РЕКОМЕНДУЕТ

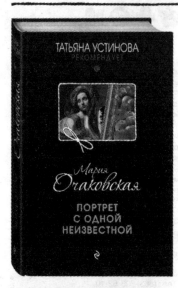

**ТАТЬЯНА УСТИНОВА**
РЕКОМЕНДУЕТ

*Мария*
**Очаковская**

**ПОРТРЕТ
С ОДНОЙ
НЕИЗВЕСТНОЙ**

Татьяна УСТИНОВА знает, что привлечет читателей в детективах Екатерины ОСТРОВСКОЙ и Марии ОЧАКОВСКОЙ! «Антураж и атмосферность» придуманного мира, а также драйв, без которого не обходится ни одна хорошая книга. Интригующие истории любви и захватывающие детективные сюжеты – вот что нужно, чтобы провести головокружительный вечер за увлекательным чтением!

**ТАТЬЯНА УСТИНОВА**
РЕКОМЕНДУЕТ

*Екатерина*
**Островская**

**ЖЕЛАТЬ
НЕВОЗМОЖНОГО**

**ТАТЬЯНА УСТИНОВА**
РЕКОМЕНДУЕТ

*Екатерина*
**Островская**

**ТЕМНИЦА
ТИХОГО АНГЕЛА**

# Ольга
# Володарская

# ВЫСОКОЕ
## ИСКУССТВО ДЕТЕКТИВА

**ТАТЬЯНА ГАРМАШ-РОФФЕ** отлично знает, каким должен быть настоящий детектив, и следует в своих романах законам жанра. Театральный критик, она умеет выстраивать диалоги и драматургию чувств. Неординарная личность, она дарит часть своей харизмы персонажам. Непредсказуемость сюжетных поворотов, точность в логике и деталях, психологическая достоверность в описании чувств, — таково ВЫСОКОЕ ИСКУССТВО ДЕТЕКТИВА Татьяны Гармаш-Роффе.

*Вы можете обсудить роман и пообщаться с автором на его сайте.*

*Адрес сайта: www.garmash-roffe.ru*